閒閒來養娃 下

風文創 1101

君子一夢 著

目錄

第二十三章

今天顧家比較熱鬧，因為落雪、竇東娘和李家媳婦帶著女兒都過來了。

小葡萄追著落雪甜甜地叫姨姨。

竇東娘蹲下身子問他。「小葡萄，落雪姨肚子裡是弟弟還是妹妹啊？」

落雪懷孕四個月了。

小葡萄不回答竇東娘的問題，掙開竇東娘，對落雪說：「糖。」

落雪彎下腰，摸了摸小葡萄的臉蛋。「今天沒有帶糖，下次帶給你好不好？」

蘇箏把兒子拉過來。「別給他，他得少吃點糖。」

「這是妹妹，跟妹妹一起玩，不可以欺負妹妹，知道嗎？」蘇箏指著李家媳婦萃萃一歲多的女兒，把兩人都放到床上玩。

小葡萄很少見到跟他差不多大的幼兒，此刻好奇地看著萃萃的女兒，學著娘親的話試探地叫。「妹妹？」

萃萃的女兒茵茵還不怎麼會說話，因此聽到小葡萄跟她說話，只是抬眼看了看小葡萄。

小葡萄見妹妹不搭理他，他想了想，大方地把自己的糕點拿給茵茵。「吃。」

茵茵性子內向，李婆婆有吃的也不會給孫女吃，導致茵茵這會兒看見吃的也不敢伸手拿。

見妹妹不知道吃，小葡萄把糕點往茵茵嘴裡塞。

這一塞把茵茵嚇哭了，她哭著叫娘，哭聲細細的。

小葡萄眨了眨眼睛，不明白她為什麼要哭。

萃萃抱著女兒哄。

蘇箏笑著把糕點收起來，對坐在床上愣愣的小葡萄說：「傻兒子，別人不吃不能硬塞。」

小葡萄勾住娘親的脖子。「吃……」

他還沒吃到糕點呢！

蘇箏不理會想吃的兒子，把家裡小葡萄用剩下的布料給萃萃。

雖然是藍色的，不過也能湊合加減用。

「謝謝。」萃萃抱著女兒道謝，這些都是純棉的好料子。

「這有什麼好謝的，不嫌棄就行啦，我還要感謝妳讓這些布料不用浪費呢。」

竇東娘知道李家婆婆是什麼樣的人，在一旁說道：「我看啊，不然萃萃白天到我家做衣服，我幫妳看著茵茵，我怕這布被妳婆婆用來給老大家的孩子做衣服。」

雖然在蘇箏看來這點布料不算什麼好東西，但在她們眼裡，這塊布料可是不錯的。

萃萃想了下，同意了，她婆婆還真有可能把這塊布料訛走。

幾人一直做到中午，要做飯了，這才都回去。

「小姐，我下午再過來。」臨走時落雪說。

蘇箏看她的肚子說：「別，妳老實在家待著吧，天冷，等天氣暖和了再來。」

等人都走了，蘇箏問兒子。「小葡萄喜歡妹妹嗎？」

小葡萄還在生氣，剛才娘親不給他吃的。因此他聽到娘親的話，把身子轉了轉，用屁股對著娘。

蘇箏把兒子的小身子轉過來，再次問他。「你喜歡妹妹嗎？」

小葡萄想了一下說：「娘。」

蘇箏捧著兒子的臉重重親了一口，高興地說：「喜歡娘對不對？」

小葡萄的小腦袋點啊點，然後他指著被娘親放到桌上的吃食。

蘇箏把他抱到凳子上坐著，低頭對他說：「你只能吃兩塊，不能多吃。」

「啊。」小葡萄答應娘親，小胖手去拿娘親手裡的糕點，迫不及待地放進嘴裡，吃得腮幫子鼓鼓的。

蘇箏倒了半碗水餵他喝。

小葡萄一口糕點一口水，渾身都洋溢著開心。

被兒子喜歡也是一件值得開心的事，蘇箏坐在兒子旁邊捧著腮看他，時不時地餵他一口水。

然而，幸福來得快，去得也快。

小葡萄吃完兩小塊糕點後，舔了舔手指，眼巴巴看著桌子中間用油紙包起來的糕點，他伸了伸胳膊去拿，搆不到。

試了幾次後，小葡萄放棄了，扭頭喊道：「娘……」

蘇箏冷漠道：「沒有。」

小葡萄呆住了，他看了她好幾眼，確定她說的是真的之後，他委屈地癟嘴，眼淚就下來了。

蘇箏也覺得兒子非常不講信用，她委屈道：「我們是不是說好只吃兩塊？」

小葡萄淚眼婆娑地看著娘親，張著嘴巴忘了哭。

「你怎麼能耍賴呢？小葡萄不乖！」蘇箏一錘定音，身子一扭，不理兒子了。

小葡萄獨自思考半晌，伸出小手拉娘親的衣服。「小葡萄乖。」

「不乖！」

「乖……」小葡萄奶聲奶氣地說，小身子自動黏進娘親懷裡。

蘇箏摟住他的胖身子，說：「乖就不能吃糕點了。」

小葡萄皺著小眉頭，努力理解娘親的話。

「吃……小葡萄要吃……」

「呵！那你就不是乖寶寶。」

小葡萄急著辯解。「乖的。」

母子倆就乖不乖這個問題辯論了半天，也沒辯出勝負，幸好顧川回來了，不然母子倆估計能吵起來。

「爹。」小葡萄向爹爹伸手討抱。

他急切地想讓爹爹說他是個乖寶寶，但他一著急，話反而說得不順了，他摟著爹爹的脖子，委屈地放聲大哭。

蘇箏告狀。「他已經吃過兩塊核桃糕了，還要吃！」

顧川拍拍兒子圓墩墩的屁股。「不能多吃，等會兒要吃飯。」

「哇……」小葡萄聞言把腦袋枕在爹爹肩上，哭得更傷心了。

他是乖寶寶！

直到吃飯時，顧川才從兒子斷斷續續的話裡明白他在傷心什麼，哭笑不得地哄了他幾句。

小葡萄打了個哭嗝，窩在爹爹懷裡，紅紅的眼睛看著娘親。

蘇箏敗給他了。「你是，你是！」

她這麼多年和別人鬥智鬥勇，口水戰就沒輸過！

得到娘親的承認，小傢伙不憂鬱了，沒一會兒就在爹爹懷裡動來動去，搖頭晃腦地坐起來，張了張嘴。「啊。」

顧川餵了他一勺蛋羹。

小葡萄吃了片刻，很快就不滿爹爹餵飯的速度，把勺子搶過來自己吃，吃得一片狼藉，抱著他的顧川也受到波及，衣襟上是他不小心弄掉的蛋羹。

蘇箏吃完一碗米飯，對顧川打了個手勢，自己先溜了。

顧川低頭看看坐在他腿上埋頭苦吃的傻兒子，對兒子的吃相無可奈何。

蘇老爺買地的位置要偏一點，不過離蘇箏一家也不遠，平日來往方便，夏天來臨之際，房子已經可以住人了。

蘇老爺迫不及待搬過來住下了。

「外公，你要住在這裡了嗎？」小葡萄邁著小短腿，跟在外公身後，好奇打量屋子，奶聲奶氣地問外公。

蘇老爺彎下身子跟他說話。「是的，小葡萄今晚要不要和外公一起睡？」

小葡萄一口答應。「好！」

瞬間蘇老爺樂得找不著方向，抱著小葡萄一口一個乖孫，心中柔情萬千，只覺得此刻哪怕外孫要天上的星星，他都得想法子弄過來。

顧川和蘇箏對視一眼，皆保持沈默。

「老爺，吃飯了。」廚娘過來說道。

蘇老爺抱起小葡萄，在手裡掂了掂重量。「走，小葡萄，我們吃飯了。」

蘇老爺坐在主位上，左邊坐著顧川夫妻倆，他抱著懷裡的外孫，心裡分外滿足，連面前的飯都覺得比往日好吃。

小葡萄吃飽了，在外公懷裡就坐不住，他小屁股扭來扭去，想下去。

蘇老爺捨不得放，被女兒瞪了兩眼才鬆開外孫。

一鬆開，小葡萄就跑了，天氣熱起來，他一刻也閒不住。

所幸就在自家院子裡，顧川和蘇箏也不管他，讓他自己去玩。

小葡萄一個人跑到後院。日後廚娘打算種點菜，由於還沒來得及種，此時空曠一片，唯有一隻雄赳赳、氣昂昂的大公雞，伸著尖嘴在泥土裡啄來啄去。

小葡萄眨了眨眼睛，邁著兩條短腿走過去。

大公雞不屑這個人類幼崽，繼續悠哉地找蟲吃。

小葡萄好奇地盯著大公雞看，圍著牠轉了好幾圈，而後小心翼翼靠近牠，眼神緊緊盯著牠，觀察牠的反應。

見牠似乎沒什麼反應，小葡萄的膽子變大了，他伸手想摸大公雞尾巴上的毛。

還沒等他摸到毛，大公雞突然張開翅膀，憤然發起進攻，尖嘴就要去啄小葡萄。

小葡萄嚇得哇哇大哭，雖然害怕，他還知道要跑，跌跌撞撞往前跑，哭著回頭看大公雞追來沒有。見到大公雞就在他身後，他哭得更大聲了，小短腿更加賣力地跑，一不留神，腳下絆到一塊凸起物，四肢著地趴在地上，白胖的臉蛋蹭到泥地上，狠狠摔了一跤。

摔倒的一瞬間，他不覺得疼，他好害怕身後的大公雞。

幸而顧川在前面隱約聽到小葡萄的哭聲，他趕來時見到兒子趴在地上哭，後面一隻公雞蠢蠢欲動，眼看就要啄上兒子，顧川隨手扔了半截樹枝，把公雞趕走了。

顧川從地上拉起兒子，剛想說幾句，看著兒子一身狼狽又說不出口了。

小傢伙原本乾淨的衣服此刻全是灰塵，整張臉鼻涕、眼淚到處都是，右臉被磕花了一塊，上面冒著血，嘴裡流出的口水也帶著血。

顧川撐開他的嘴仔細看了看，發現腮幫子裡面他自己咬破了一塊。

小葡萄撐開眼皮，哭著撲進爹爹懷裡，口齒不清地說：「爹，有一隻雞咬我。」

顧川道：「看見雞，你不趕緊跑，還在地上趴著？傻不傻？」

不過兒子實在慘，這次吃到苦頭了，顧川也沒訓他調皮，把他抱到懷裡哄。

因為小葡萄的動靜，引來蘇老爺、蘇箏還有廚娘，幾人看著小葡萄的慘樣都嚇了一跳。

蘇老爺著急地問：「這是怎麼回事？」

顧川解釋道：「他被雞嚇得自己摔了一跤。」

蘇老爺盯著公雞的目光簡直要著火了，吼道：「我這裡怎麼會有隻雞？」

廚娘弱弱地解釋。「老爺，公雞是明天打算殺來吃的。」

蘇老爺道：「那拴起來啊，放在後院幹什麼！」

「是，這就拴起來！」廚娘此時也很懊惱，她是想著這隻雞明天就要死了，今天就讓牠跑一跑，反正後院也空著，沒想到害小少爺受傷了。

「岳父，先回去吃飯吧。」

蘇老爺哼了一聲。「不吃了，小葡萄啊，外公帶你去上藥。」

小葡萄抱著爹的脖子不敢撒手，他對外公搖了搖頭，不讓外公抱。他偷偷看廚娘手裡的大公雞，小聲問道：「明天就要把牠殺了嗎？」

蘇箏以為兒子還在害怕，立刻同仇敵愾地說：「對，明天就把牠殺來吃，兒子你不用怕！娘帶你過來吃肉！」

小葡萄想到剛剛活靈活現、神氣十足的大公雞，他嘴一張，又哭了，痛訴地說：「你們怎麼可以把牠殺了！我不准！」最後三個字說得鏗鏘有力。

每次大啖雞肉吃得最歡，挾根青菜配著吃都樂意的人是誰？

顧川默默托住兒子的小屁股，心想：怪我，每次殺雞都背著母子倆。

顧川小心翼翼把兒子的臉洗乾淨，抹上膏藥，叮囑他。「不能把藥蹭掉，知道嗎？」

小葡萄眼裡帶著淚花，指著嘴巴。「裡面痛。」

顧川道：「裡面不能抹藥，過幾天就好了。」

小葡萄委屈地垂下腦袋，一身髒兮兮，配上他臉上一大坨黑乎乎的藥膏，活像剛被虐待。

顧川安慰地拍了拍他的腦袋瓜。

蘇箏道：「晚一點，娘帶你去坐鞦韆好不好？」

蘇老爺特地搭建了一個漂亮的鞦韆給小葡萄玩。

小葡萄竟然搖頭拒絕了。「我要找堯哥哥和東哥哥玩。」

顧川冷硬地拒絕他。「不能。」

穆以堯和竇東都在學習，他現在調皮搗蛋，只會影響他們。

見小葡萄癟癟嘴又想哭，蘇箏瞪了顧川一眼，轉頭哄小葡萄。「你現在髒兮兮，又是藥膏又是灰塵，不美，我們改天美美地去找堯堯和竇東，好不好？」

小葡萄對美醜已經有了初步概念，僅思考了一下就點頭答應。「好吧。」

顧川無言地看著兒子，不知道他什麼時候有了美醜之分。

蘇箏哄好兒子，得意洋洋地使了個眼色給顧川，用嘴形說：快誇我！

顧川微微笑，回了蘇箏一個眼神，示意她做得很好。

如果她有尾巴，估計早就翹起來了。

顧川走後，蘇箏帶著小葡萄在外公家玩一下午，小葡萄雖然臉受傷了，但是這不影響他活動。他邁著小短腿把外公的幾間房子角落都看了一遍，滿足他的好奇心。不過他還記著那隻大公雞，不敢去後院，只敢在前院跑來跑去。

「別跑了，過來吃西瓜。」蘇箏把西瓜籽挖出來，再把果肉給兒子，她嘆了一口氣，盯著西瓜的目光滿是垂涎。

小葡萄沒用旁邊的勺子，小胖手把西瓜放到嘴巴，貪心地咬了一大口。

「好吃嗎？」蘇箏問他。

小葡萄苦著臉說：「痛痛。」

嘴巴張太大，扯到他嘴裡的傷口。

蘇箏嫌棄道：「你好笨啊！」

她用勺子把西瓜切成小塊，裝在小碗裡給兒子。

「用勺子吃。」

小葡萄用勺子舀著吃，西瓜汁水多，他動作又笨拙，紅色汁水順著他下巴流到衣服上，染出一片暗色痕跡，對此蘇箏已經見怪不怪了。

天氣熱了之後，他一天起碼得換三套衣服才能維持乾淨。

小葡萄吃完碗裡的西瓜，舔了舔嘴上的汁水，盯著娘親的半個西瓜。

蘇箏伸手護住她的西瓜。「你不能吃了，我已經把最甜的給你了。」

小葡萄不答，眼巴巴看著娘親的動作，在娘親舀了一勺西瓜時，抱住娘親的手，小嘴湊上去咬西瓜，如願以償地吃到了。

「哈哈。」小葡萄開心到眼睛都瞇起來了。

蘇箏輕輕彈了一下他腦門。「小賴皮。」

西瓜汁水多，她怕他吃多了要如廁。

西瓜甜甜的，小葡萄很愛吃，他膩在蘇箏身旁不願走，娘吃一口他吃一口，格外美滋滋。

半晌，蘇箏摸他的肚子鼓鼓的，就把西瓜推旁邊。「不能再吃了，你的小肚肚要破了。」

小葡萄還想吃，然而他的身高只能看到綠色西瓜皮，他看著遙遠的西瓜，辯解道：「沒有，沒有破。」

「走，我們去洗洗。」

小葡萄不想走，腳彷彿釘在地上。

蘇箏半拉半拖地把人拽走了，避開他臉上的擦傷，把他的嘴巴周圍洗乾淨，又擦了擦他的脖子，西瓜汁都流進脖子裡。

「手給我。」

小葡萄乖乖把手遞過去。

晚飯，一家人也是在蘇老爺這兒用餐。吃完坐了一會兒，蘇箏就要回去，她中午沒睡覺，現在有點睏。

小葡萄見爹娘要走，他急忙從蘇老爺懷裡下來。「爹爹抱抱。」

顧川垂眼看著抱住他腿的小團子。

蘇老爺懵了。「小葡萄，你不是說好了要和外公一起睡嗎？」

床都鋪好了，他怕有蚊子咬小葡萄，還特意讓廚娘提前煙燻艾草。

小葡萄頭搖得像撥浪鼓。「不行，不行，不能在這裡睡。」他生怕被單獨留下來，扒著顧川的腿要上去，嘴裡喊著。「爹……」

顧川把他提起來抱在懷裡，問他。「你不陪外公了？」

小葡萄道：「回家。」

蘇老爺痛心疾首，捂著胸口說：「你怎麼能不講信用？跟你娘一個樣！」

蘇箏小時候也經常騙他。

蘇箏不悅。「什麼叫跟我一個樣？」

顧川抱著兒子，看著跳腳的蘇箏，彎了彎嘴角。

蘇老爺看著女兒哼了兩聲，不欲跟她爭辯，擺擺手示意兩人趕緊滾。

晚上，小葡萄洗得白白淨淨地躺在自己的小床上，拿著爹爹做給他的木偶玩了一會兒，等爹爹洗澡回來。

小葡萄問：「爹爹，外面是什麼在叫？」

顧川回道：「是蟬。」

小葡萄好奇地問：「蟬是什麼？」

顧川說：「是蟲。」

「蟲為什麼要叫？」

「……爹明天帶你去捉蟬，現在乖乖睡覺。」見兒子還想說話，顧川說：「你再不睡，爹就把你送到外公那兒。」

小葡萄嚇得立馬閉上眼睛。

顧川熄了燈和蘇箏說：「等小葡萄過了兩周歲生日，就讓他自己去隔壁睡吧。」

蘇箏有些猶豫。「會不會有點早？」

「先讓他試一試。」

「好吧，不行的話就再跟我們睡一年，明年單獨睡。」

「嗯。」顧川淡淡應聲，心裡想的卻是不行也得行。

蘇箏身子往旁邊挪了挪，天氣熱，顧川身上更熱，躺在他身邊要著火了一樣。

「小葡萄兩周歲生辰還像去年那樣熱鬧過嗎？」

黑暗中，顧川挑了挑眉，不動聲色地向蘇箏靠近了點。「明日看看岳父的意思。」

「好。」蘇箏側身問顧川。「你的生辰是什麼時候啊？」

顧川好像從未提過他的生辰。

顧川沈默一瞬，再開口時聲音略有些低沈。「九月。」

他出生在桂花開的季節。往年過生辰時，他娘會親手做一份糯米桂花藕呈上來，至於是不是親手做的不重要，她有這份心意就夠了。

顧川不知道想到了什麼，眼底閃過濃濃的諷刺。

月光從敞開的窗落進來，屋內雖然不夠明亮，但是蘇箏敏銳地察覺顧川好像不太開心。她湊過去，腦袋枕在顧川肩膀上，小手找到顧川的手握著，軟軟地說：「今年我和兒子陪你過生辰。」

顧川一定是因為沒人給他過生辰才不開心，想到顧川從來沒慶祝過生辰，蘇箏心裡就堵得慌。

她今年一定要幫顧川過一個難忘的生辰！

顧川握著蘇箏柔軟的手把玩，懶懶應聲。「喔。」

生辰什麼的，他並不在乎，反而會讓他想起一些不太愉快的往事。

顧川攬著蘇箏。「睡吧。」

蘇箏覺得熱，但她想到顧川這會兒可能正在難過，就忍住滾出他懷抱的想法，閉上眼睡了。

因為蘇箏一句話想起往事的顧川卻是久久未能入睡。

第二十四章

哪怕夜裡睡得再晚，顧川也會準時醒來，今早他有課，他鬆開懷裡的蘇箏，起身穿衣服。

空氣中有淡淡的異味，顧川穿衣服的動作頓了頓。

顧川穿好衣服去看小床上的兒子。

果然，他尿床了。

褲子床單全濕漉漉的，而罪魁禍首翹著屁股睡得十分香甜。

顧川大手一撈，把他提起來去洗。

溫水碰到小屁股時，兒子就醒了，小胖手揉揉眼睛，看清是爹爹。他摟著爹爹的脖子，腦袋靠在爹爹肩膀上又睡著了。

顧川把兒子弄乾淨後再放到床上，轉身去做早飯，等早飯煮好，才喊母子倆起床。

洗臉時，小葡萄大聲喊道：「我洗過了。」

蘇箏拿著帕子問他。「什麼時候洗的？」

你還在作夢？

小葡萄指著顧川。「爹爹洗過了。」

顧川哼笑兩聲。「我幫你洗的是屁股，可沒幫你洗臉。」

蘇箏懂了，拿帕子把兒子的臉擦了一遍。「你又尿床了是不是？」

小葡萄不承認。「沒有，沒有尿床。」

吃完早飯，顧川打算出門去私塾。

小葡萄見爹爹要走，他連忙邁著小短腿跟上去，嘴裡嚷嚷著。「我也去！」

顧川修長的手指放在門上，低頭問追過來的兒子。「你去幹麼？」

小葡萄仰著大腦袋。「去玩。」

顧川動動腿。「那裡不是玩的，是讀書的地方。」

小葡萄扒著爹爹的腿不放。「要去。」

顧川意味不明地笑了笑，對他說：「等你再大一歲，爹爹就帶你去。」

蘇箏把兒子拉過來。「娘等會兒帶你去。」

顧川道：「妳不能因為他年紀小就騙他。」

蘇箏無辜地看向顧川。「我沒有騙他啊，我帶他去私塾外面逛逛不行啊？」

顧川說：「我走了。」

「我們也走。」蘇箏捏了捏兒子的胖臉蛋。

蘇箏牽著兒子去竇東娘那兒，這個時辰竇東娘應該在賣豆腐，她打算買兩塊中午吃。

小葡萄走出門就不讓娘親牽了，邁著小短腿走得非常歡快。路上糟蹋了幾朵野花野草，小手上全是綠黃色的液體，他也不在意，看見一隻蝴蝶都能高興半天。

「娘，抓牠。」小葡萄指著一隻白色帶斑點的蝴蝶。

蘇箏搖頭，實話實說。「娘抓不到。」

小葡萄眼睜睜看著蝴蝶飛走，氣急敗壞地跺著小腳。「我要去找爹！」

娘太笨了！爹爹肯定能抓到！

「嗯，先去買豆腐，再去找爹。」

竇東娘家門口圍了幾個買豆腐的人，見到蘇箏帶兒子過來了，扯著嗓子說：「箏箏，到裡面來。」

「買兩塊豆腐。」

「我給妳留著，妳先到屋裡坐一會兒。」

「不用……」蘇箏本想買了豆腐就回去。

竇東娘忙裡抽閒，端了碗豆漿叫小葡萄過來喝。

小葡萄開心地跑過去喝。

「……」蘇箏只得跟在傻兒子屁股後面。

小葡萄早飯吃得飽飽的，此刻捧著碗仍然喝得津津有味，不知道的人還以為他沒吃早飯。

蘇箏陰惻惻地問兒子。「好喝嗎？」

「好喝。」小葡萄點頭，他以為娘也想喝，小小糾結了一下，最後還是忍痛割愛，把碗推過去。「娘也喝。」

「我不喝。」

見娘真的不喝，小葡萄喜孜孜把頭湊過去，咬著碗緣咕嚕咕嚕喝完了。

「你好丟人啊。」蘇箏擦去他嘴角的豆漿。

竇東娘也忙完了，笑著過來。「小葡萄還要不要喝？」

蘇箏道：「他不要了，我們吃完早飯才過來的。」

小葡萄也跟著搖頭。「不要了。」

竇東娘對小葡萄笑了笑，又問蘇箏。「等會兒要不要一起去看看萃萃？」

「嗯？」蘇箏不解。

竇東娘這才想起蘇箏可能不知道李家媳婦的事情。

「萃萃昨晚上吊了！」

蘇箏震驚到眼睛都瞪圓了。

「人沒事，就是鬧騰了大半夜，請村長分了家。」

蘇箏說：「人沒事就好，那我先回去一趟，等會兒一起去看看她。」

「好。」竇東娘起身把蘇箏送到門口。

稍後，蘇箏把兒子放在蘇老爺那兒，再返回竇家。

竇東娘在家等蘇箏，見到她來了，挎上準備好的籃子一起出門。

「小葡萄呢？」

「放我爹那兒，他太吵了。」蘇箏怕兒子到別人家鬧騰。

兩人到李家時，李家靜悄悄，萃萃和她男人還住在以前的房間，竇東娘上前敲了敲門。開門的是她男人，面上憔悴，眼底是濃厚的青色。他見到竇東娘和蘇箏後，微微點了點頭，把地方讓給兩人。

萃萃半躺在床上，女兒茵茵依偎在她旁邊，小姑娘也不鬧，乖得不得了。

萃萃對兩人笑了笑。「妳們來了，坐。」

她臉色蒼白，脖子上有一道深深的勒痕，蘇箏移開視線，不忍再看。

竇東娘恨恨地說：「妳傻不傻啊，妳也不想想，萬一妳走了，茵茵怎麼辦？」說著自己忍不住眼睛紅了。

萃萃虛弱一笑。「當時沒想那麼多。」

昨天她是氣急了，她和她男人一天到晚幹活，自己吃不上好的不說，昨天幹活回來，發現大哥家六歲的兒子在吃肉，她的茵茵縮在角落裡，她婆婆嘴上罵罵咧咧，還把她手裡的饃饃奪回去不讓她吃。

昨晚她回來比平時早才撞見這一幕，平日裡不知道婆婆怎麼苛待她女兒，怪不得茵茵膽子越來越小。

她要分家，沒人同意，連她男人也不同意，她一個想不開就上吊了。

「幸好沒事，只要活著，事情總會解決，以後千萬別這麼傻了。」蘇箏認真說，死過一次，就會明白活著有多美好。

「嗯。」萃萃點點頭，她也怕了。

蘇箏掏了五十兩銀子給萃萃。

這麼多銀子，萃萃當然不敢收。

蘇箏道：「五十兩銀子對我來說不算什麼，以後你們有錢再還我也可以，找塊地蓋房子，搬出去住吧。」

這一大家子住在一起，還是會有矛盾。

萃萃紅了眼眶。「謝謝。」

自從出了事，她的娘家人都沒來看她，第一個過來的人竟然是竇大姊和蘇箏。

蘇箏眨著眼睛。「謝就不必了，有需要買的東西去我爹的鋪子，照顧他的生意就行了。」

「去，去！我明日啊，發動我們全村人都去。」竇東娘噗哧一聲笑了。「我啊，沒箏箏有錢，帶了點家裡的雞下的蛋，妳就留給孩子吃。」

除了雞蛋，她還帶了幾塊豆腐、幾斤麵粉。

萃萃自是感謝二人，連聲道謝。

「等妳身子好了再謝我們也不遲。」

兩人怕打擾到萃萃休息，小坐一會兒就走了。

出來時撞見李婆婆，竇東娘和蘇箏看不上這老太太的所作所為，也沒打招呼就走了。

李婆婆看著兩人的背影啐了一口，探著頭往屋裡看，這兩人來的時候提著籃子來，她從窗戶可都看到了，也不知道提了什麼好東西，特別是顧川媳婦，那麼有錢能不帶好東西來嗎？

小兒子從柴房出來。「娘，妳看什麼呢？」

「兒子，娘煮碗麵條，端給你媳婦吃？」

小兒子知道李婆婆打什麼主意，拒絕她。「娘，不用了。既然分家了，就不在一起吃了。」說完他就進去了。

平時他總想著一家人不必計較那麼多，也沒想到娘會這麼對待他女兒，這次差點逼死他媳婦，再忍讓估計日子沒法過了。

李婆婆看著兒子的背影暗罵了一句白眼狼，怒氣沖沖回屋了。

路上竇東娘和蘇箏說：「雖然村子裡也有不喜女孩的人家，但是好歹是自家孩子，還沒人像李婆婆這麼苛刻。」

竇東娘雖然生的是兒子，但她婆婆一碗水端平，對待另外幾個孫女也不差。

蘇箏深以為然，李婆婆是她碰到第一個這麼不喜歡孫女的。

蘇箏還沒走進家門，就聽到小葡萄的哭聲，哭著要找娘。見到娘了，小葡萄哭著撲過來抱住她的腿問：「妳去哪兒了？」

蘇箏抱起他親了親。「對不起，娘下次帶你一起去。」

蘇老爺哼了一聲。「哄了半天，越哄他越會哭。」

小葡萄很快就止住哭聲，小臉蛋眷戀地靠在娘親肩上，奶聲奶氣地說：「娘不可以再偷跑了。」

他只是找外公吃了一顆紅紅的果子，娘就不見了。

蘇箏答應他。「好。」

小葡萄這才開心起來。

蘇箏還沒問起小葡萄兩周歲怎麼過，蘇老爺自己就提出來了。「下個月就是小葡萄兩周歲生辰，妳看去鎮上辦行嗎？」

蘇箏無所謂。「都可以。」

蘇老爺揚揚眉，興沖沖。「那我去安排！」

他要把那些老夥計都請過來，讓他們看看他家小葡萄有多招人喜歡，他們的晚輩沒一個有他家小葡萄長得好！不過這也正常，想他年輕的時候也是玉樹臨風，一表人才，他的孫子當然好看了！

蘇老爺喜孜孜，渾身肥肉顫啊顫，挺著肚子去找管家商量了。
「娘，找爹爹。」小葡萄玩了一圈，竟然還記得要找爹爹。
蘇箏看時辰，估計等小葡萄到私塾就已經散學了。「好，娘帶你去找爹爹。」
小葡萄跑進客廳，把半包綠豆糕抱在懷裡，又跑回來。「走吧。」
他自己率先走在前面，邁門檻時小身子晃了晃，還不忘護住懷裡的綠豆糕。
「你帶這麼多幹麼？拿兩塊路上吃就可以了。」蘇箏伸手想把綠豆糕拿下來。
小葡萄護住綠豆糕不讓她碰，倔強地說：「要帶，給堯哥哥和東哥哥。」
蘇箏拽他頭頂的小辮子。「喲，看不出來你還挺有分享精神。」
小傢伙邁著腿走在前面，蘇箏動作慢吞吞地跟在他後面，這小傢伙看著走得快，實則腿太短……
突然小葡萄不動了，他翹著屁股，盯著面前的草叢看。路邊的野草無人打理，亂糟糟一片，各種品種都有，且有半個小葡萄高。
蘇箏用腳尖踢了踢他的屁股。「你又在看什麼？」
「娘。」小葡萄指著草叢裡面讓她看。
蘇箏隨意往草叢裡一看，冷不防對上一雙烏黑的狗眼，嚇得她差點坐倒在地。
草叢裡有一隻黑色小狗，應該是被遺棄了，剛出生沒多久，小小一隻，瘦骨嶙峋，小肚子餓得凹進去，渾身毛髮都髒兮兮的，看樣子吃了不少苦頭，此刻牠警惕地看著蘇箏。

牠這副樣子著實讓人怕不起來，蘇箏最初的驚嚇過去後就緩過來了。

小葡萄扔了一塊綠豆糕過去。

小黑狗用鼻子嗅了嗅，確定這是吃的後，一口吞進肚子裡。

小葡萄吃驚地瞪大眼睛，又扔了一塊。

小黑狗又一口吞了。

小葡萄扭著屁股回頭。「娘，牠為什麼能吃這麼快？」

「因為牠餓了。」

餓肚子一定很難受！

小葡萄看著小黑狗的眼神充滿同情，把自己手裡的綠豆糕一股腦兒全扔在地上，對小黑狗說：「吃。」

他指著小黑狗。「娘，帶回家。」

蘇箏看著狼吞虎嚥的狗抽了抽嘴角。「只要狗願意，就可以帶回家。」

聽見娘答應了，小葡萄還沒來得及高興，小黑狗舔完地上的綠豆糕後拔腿就跑。

小葡萄邁著兩條腿追了幾步，然而他怎麼可能跑得過狗，不大一會兒狗就跑遠了。

「娘。」小葡萄想讓蘇箏幫他。

「不要。你還要不要找爹爹了？」蘇箏才不會幫他追狗，這有損她的美麗。

小葡萄看了看已經跑得沒影的小黑狗，耷拉著腦袋說：「要找爹爹。娘抱。」

他不願意走了，小賴皮一樣扒著蘇箏的腿。所幸到私塾也沒多遠，蘇箏彎腰抱起他。

「你現在也太重了。」

小葡萄摟著娘的脖子搖頭。「不重。」

還沒等兩人走到私塾，私塾已經散學了，小葡萄看到這些孩子又吵著要下來。

蘇箏忙不迭放下他，掏出手帕擦了擦額頭的汗，大中午抱著這小胖子走路，可熱死她了。

小葡萄可不怕熱，一溜煙跑到穆以堯跟前，甜甜地叫。「堯哥哥。」

穆以堯微微一笑。「小葡萄過來找爹爹嗎？」

小葡萄點點頭。「找爹爹，找堯哥哥。」

竇東逗小葡萄。「你到底要找誰？」

「堯哥哥，吃……」他想說自己帶了綠豆糕給堯哥哥和東哥哥，然而他低下頭，發現手上空空如也，這才想起來綠豆糕都給狗吃了。

穆以堯問他。「你想吃什麼？」

這一問把小葡萄問哭了，他的糕點全沒有了！

竇東和穆以堯一頭霧水，他怎麼突然就哭了？

蘇箏拉住兒子，對竇東和穆以堯說：「你們別管他，趕緊回家吃飯。」

「那師母，我們先回去了。」

兩人告別後就回去了，穆以堯回去還得幫他爺爺燒火做飯。

小葡萄哭得可傷心了，嘴裡嗚嗚地說：「我的糕點……」

蘇箏揪著他的衣領幫他擦眼淚，告訴他事實。「你的糕點不是全被你餵狗了嗎？」

「哇……」小葡萄哭得更傷心了，糕點沒了，狗也沒了。

顧川等學生都走光了才出來，就見兒子站在路上嚎啕大哭，蘇箏半蹲著身子哄他。

「爹爹不是告訴過你，男子漢不能整天哭嗎？」

小葡萄壓根兒不理他爹，兀自哭得傷心，嘴裡還咕咕噥噥說著什麼。

顧川側耳細聽，也沒聽清他咕噥什麼，便看向蘇箏。

蘇箏攤攤手，無奈道：「剛開始我還能聽懂他在說什麼，後面他越說越急，就聽不懂了，不過，他大概是在說一隻狗。」

「狗？」顧川不解。

蘇箏大概說了一遍小葡萄「賠了夫人又折兵」的故事。

顧川彎唇笑了，單手抱起哭泣的傻兒子，牽起蘇箏的手，回家吃飯了。

小葡萄抽抽搭搭哭了一路，到家打了個哭嗝，開口帶著濃濃的哭腔。「娘，吃糕點……」

他知道好吃的都在娘那兒。

蘇箏一聽這話趕緊溜了，留給兒子一個看不見的背影。

小葡萄眼睛通紅地看向爹。

顧川看著他可憐兮兮的樣子，狠下心拒絕。「沒有了，馬上要吃飯了。」

聽到沒有綠豆糕，小葡萄的眼裡重新蓄滿眼淚。

新一輪的魔音傳腦即將開始。

顧川嘆了一口氣，把小葡萄放在地上，扶著他站直，試著跟他講道理。「是不是你自己把糕點給狗的？」

「是……」

「那你還要？給了狗，你就沒有了。」

小葡萄急忙道：「不給牠了……」

顧川道：「你已經給過了。」

小葡萄愣了一瞬，隨即放聲大哭。「哇，爹爹壞……」

這下不管他爹跟他說什麼，他都不理了，倔強地站在院子裡，淚珠順著胖臉蛋滾滾而落，傷心成一顆肥胖的球。

算了，讓他哭吧！等會兒吃飯，他又屁顛屁顛地自己過來了。

第二十五章

很快地小葡萄兩周歲生辰就到了。

這天，一家人早早趕車去鎮上。

蘇老爺昨日就在鎮上蘇府忙著準備，一進門，蘇箏就被裡面的排場震驚了。

不知道的人，還以為她爹又要娶個填房回來呢！

蘇老爺喜氣洋洋地走出來，問女兒。「箏箏，怎麼樣？爹爹昨天就讓管家開始佈置了。」

蘇箏不想說話。

顧川就比較善良，咳了一聲道：「還不錯。」

蘇老爺拍拍顧川的肩膀。「你帶著小葡萄跟我一起在外面。」

如果可以，蘇老爺更想自己抱著小葡萄和他那些老友會面，奈何寶貝孫子不給他面子，不樂意讓他帶，只喜歡黏著他爹娘。

顧川頷首。「好。」

蘇箏自己去後院，丫鬟替她切了一顆西瓜，皮薄汁甜，還是放在井裡冰鎮過的，蘇箏一個人吃得也很開心。

中午，江寶珠過來了，提著給小葡萄的禮物，被丫鬟領到後院。
江寶珠四下看了看。「小葡萄怎麼不在？」
蘇箏道：「他在前院啊，妳過來時沒看到？」
江寶珠哼了一聲，撇嘴道：「前院那麼多人，我哪裡看得到？再說了，門口小廝一見到我，就喊丫鬟把我帶過來了。」
「估計吃完飯小葡萄就會過來，妳就能見到了。」蘇箏示意丫鬟上菜。「對了，妳婚期是什麼時候？」
回答蘇箏的是江寶珠的怒目以對。
蘇箏無辜道：「我不是故意的，我是真的不記得了。」
江寶珠一字一頓地說：「中秋過後，八月二十，記住了嗎？」
蘇箏點頭。「記住了，記住了。」
吃完飯江寶珠也不回去，她的婚服都繡好了，回去也無事，還不如在這裡看小葡萄。
「哎，妳知道嗎？」江寶珠四下看了看，小聲地說。
蘇箏眨眨眼睛。「我不知道。」
「黃氏，就是以前那個，嫁給吳舉人了。」
「吳舉人？」蘇箏吃驚地瞪大眼睛，她小時候就聽說過吳舉人。
江寶珠狂點頭。「就是那位吳舉人，今年應該有六十多歲了，家裡正室小妾一大堆，然後黃氏具體做第幾房小妾，我就不知道了。據說，是她兄嫂收了吳舉人的錢，黃氏才不得不嫁的。」

蘇箏還真不知道這事，她不經常來鎮上，蘇老爺更是不會和她說這事。

此時兩人討論的吳舉人正在前院和蘇老爺寒暄。

蘇老爺臉上掛著笑，內心則想著這老不要臉的，怎麼不請自來了？

吳舉人的背微微佝僂著，頭髮白了一大半，身邊帶了一名三十歲上下的男子。

吳舉人笑道：「蘇老爺的孫子真可愛，虎頭虎腦的，細看之下還有幾分你的影子。」

蘇老爺皮笑肉不笑。「這孩子長得像他娘。」

吳舉人身邊的男子多看了顧川幾眼。他怎麼覺得抱著孩子的這人有幾分眼熟？

顧川不動聲色地任他打量。

那男子想了半天搖搖頭，想來是他出現幻覺，這窮鄉僻壤的，怎麼可能有他眼熟的人？大抵是好看之人皆有相似之處吧？而他，平生最喜歡看美人。

小葡萄揪了揪顧川胸前的衣襟。「爹，找娘。」

他吃飽了就不願意待在這裡。

顧川跟岳父低聲說了兩句，就把兒子送到蘇箏那兒。

江寶珠一見到小葡萄就如寶貝似的摟住他的小身子。「你可算過來了，姨姨等你好久了。」

江寶珠和小葡萄見面並不頻繁，小葡萄不太記得她，掙扎著從她懷裡出來，奶聲奶氣地問：「妳誰啊？」

江寶珠一陣無言。

她好傷心，她時刻記著小葡萄，而小葡萄已經忘了她。

蘇箏翻了個白眼。「上次你們見面時，他才一歲半，現在已經兩歲了。」她指著江寶珠道：「這是寶珠姨姨。」

小葡萄跟著娘親學。「寶珠姨姨……」

最後一個姨，他拖長了尾音，相當可愛。

江寶珠剛想抱他，他就跑到蘇箏跟前，向蘇箏張開手。「娘，抱抱。」

蘇箏搖頭拒絕。「不抱。」

小葡萄跺了跺腳，抱住蘇箏的腿，撒嬌說：「要抱，要抱。」

「你今天吃什麼？」

小葡萄的注意力被拉走了，一時忘記要娘抱了，他想了想。「吃肉。」

「還有呢？」

「沒有了！」

想到兒子最愛吃肉，蘇箏抽了抽嘴角，吩咐丫鬟去端一碗銀耳蓮子羹過來。

「娘餵你。」蘇箏舀了一勺送到他嘴邊。

小葡萄搖搖頭。「不要，飽飽。」

蘇箏放在旁邊，打算過會兒再給他喝。

江寶珠逮到機會就和小葡萄搭話，爭取下次見面小葡萄能記得她。

過沒一會兒，和江寶珠說話的小葡萄就湊到蘇箏面前。「娘，吃西瓜。」

蘇箏斜眼看他。「你不是飽了嗎？」

小葡萄重複說：「吃西瓜……」

蘇箏再次餵了他一勺銀耳蓮子羹。

小葡萄張嘴吃掉，他吃兩口就不願意了，惦記著他的西瓜。

「不就是想吃西瓜嗎？」江寶珠大手一揮，吩咐旁邊的丫鬟去拿西瓜。

見江寶珠有西瓜，小葡萄重新回到她身邊。江寶珠抱著他，他也不反抗了，乖巧地等西瓜。

江寶珠悄悄捏了捏小葡萄肉乎乎的胳膊，軟軟的，手感極好。

蘇箏撫著額頭說：「他一吃西瓜，晚上就會尿床。」

江寶珠道：「我們小葡萄就算尿床也是可愛的，對不對啊，小葡萄？」

小葡萄不高興了。「沒有！」

爹說了，不能尿床，會被笑話的！

江寶珠立刻很沒有原則地說：「對，我們小葡萄才不會尿床呢！」

得到肯定，小葡萄又陰轉晴了，拿著剛剛吃蓮子羹的勺子等西瓜。

西瓜呈上來後，他迫不及待咬了一大口，眼睛都要瞇起來了，好甜。

小葡萄從江寶珠懷裡下來，獻寶似的把他咬過一口的西瓜高高舉起。「娘吃。」

粉色的汁水順著他高高舉起的手腕一路下滑，落進衣袖裡。

蘇箏看著被他一口咬掉的西瓜，連聲拒絕。「你吃，吃完，娘帶你換衣服。」

小葡萄吃完兩塊西瓜，蘇箏就不准他吃了，帶他去換衣服。

「娘，看花花。」只要小葡萄在，蘇箏耳邊就沒一刻是清靜的。

蘇箏看向江寶珠。「去嗎？」

小葡萄想看當然要去！

江寶珠騰地站起來。「走吧。」

蘇家後面種了一大片荷花，後院陣陣清風，一眼望去是開得正豔的荷花。

大朵淺粉的荷花，碧綠的荷葉，配上一壺花茶，坐在涼亭中倒也愜意。

此刻不知從哪兒飛來一隻蜻蜓，小葡萄眨著眼看了看，追著蜻蜓跑了。

他的兩條腿怎麼可能追得到蜻蜓，哪怕那隻蜻蜓似故意一般飛得很低，就在他眼前，他也捉不到。

小葡萄跑累了停下腳步，蜻蜓一下子飛遠了。

蜻蜓不見了，小葡萄癟著嘴就想哭，蘇箏拿了一朵荷花在他眼前晃了晃。

小葡萄的眼淚收回去，接過娘手裡的花左看右看，又快樂起來，一朵完整的荷花很快被他拔得七零八落。

「娘，尿尿。」

剛坐下沒一會兒的蘇箏無語。

「小姐，我帶小少爺去吧。」一旁立著的丫鬟說。

蘇箏點頭。「嗯。」

丫鬟還沒抱起小葡萄，小葡萄就緊貼著娘親，小手抓著他的褲子，警惕地看著丫鬟。

「娘去。」小葡萄不要丫鬟帶他去。

蘇箏只得放下手裡的茶杯，帶著傻兒子去尿尿。

江寶珠和丫鬟在涼亭中等她回來。

「吳舉人，你說這裡有荷花？」

吳舉人恭敬道：「是的，公子若是想看，現在就可以過去。」

錦衣公子搖了搖手中的摺扇。「去看看也無妨。」

吳舉人心裡暗暗發愁，這上頭來的貴公子，也不知道什麼來頭，很難伺候，愁得他頭都要禿了，生怕這貴人不滿意。幸好他新納的小妾給他出了個主意，說這些貴公子應當好那些風雅之物，蘇家有一大片荷花，他定然會喜歡。他偶爾提了一嘴，這位劉公子還真有那麼點興趣，今日趁著蘇家辦宴，他就帶著人過來了。

吳舉人揚聲說：「蘇老爺，聽聞您後院種了一大片荷花，乃夏日一盛景，不知我等可否有機會看上一看？」

來者是客，蘇老爺縱然心中不喜，也不好拒絕，只得道：「尋常而已，談不上盛景，若是諸位不嫌棄，就隨我去後院看看。」

一群人浩浩蕩蕩移至後院，蘇老爺走在最前面，顧川和那位錦衣公子並排走在後面。行至拐角處，蘇老爺不動了，他回身道：「諸位，今日有客，不方便看荷花，改日約個時間再過來。」

有眼尖的人發現亭子裡坐了一位女客，紛紛表示改日再來。

劉公子瞇起眼睛，朝前方看了一眼，恰逢此時江寶珠側頭對一旁的丫鬟說話，露出大半張臉，不知道說了什麼，對丫鬟揚唇一笑，劉公子這一看就挪不開眼了。

明眸善睞，顧盼生輝。

回去路上，劉公子吩咐身邊跟著的隨從。「去查查亭子裡那位姑娘是誰？」

隨從低頭應下。「是！」

江寶珠和蘇箏對這一切毫不知情。

江寶珠一直在蘇家坐到太陽落山才不得不回去，臨走前，她依依不捨地捏小葡萄胖乎乎的臉蛋。

「姨姨走了。」

小葡萄掙開江寶珠的手，生怕江寶珠再捏他，用後背對著江寶珠，對這個陪他玩了半天的人沒有一絲留戀。

江寶珠道：「小沒良心的。」

蘇箏笑著抱起兒子。「一起走。」

送走江寶珠後，顧川才過來找蘇箏。

小葡萄半天沒見到爹爹，在娘親懷裡手舞足蹈。「爹爹！」

顧川拍了一下兒子的腦袋。「別亂動，下來走。」

小葡萄摟緊娘親的脖子。「不要！」

蘇箏被他勒得死死的，她看著顧川，嘟著嘴抱怨。「你幹麼要說他？」

顧川抓住兒子的胖胳膊。「過來，爹抱你。」

小葡萄覺得爹爹是想把他騙到地上，頭搖得像撥浪鼓。「不要，不要，要娘抱。」

顧川強行把他扒拉下來，小葡萄轉眼間就換了一個懷抱。他懵了懵，反應過來後緊摟著爹爹的脖子，顧川享受了一把蘇箏的感受。

顧川拍拍兒子圓墩墩的屁股。「越大越懶。」

不會走路時，天天纏著人帶他走路；會走了，逮到機會就黏在人懷裡。

小葡萄才不管爹爹說什麼，舒舒服服地躺在爹爹懷裡，腦袋擱在爹爹的肩膀上。

時間不早了，今晚就不回大陽村，他們住在蘇府，打算明早再回去。
蘇箏的閨房沒有小床，顧川把兒子帶到隔壁房間，哄他睡覺。
顧川輕輕拍著小葡萄的肚子，小葡萄極其享受，閉著眼睛昏昏欲睡。好不容易把人哄睡了，顧川回到蘇箏房裡。
蘇箏正在卸頭飾，聽見動靜回頭。「兒子睡了？」
「嗯。」顧川走過去，站在蘇箏身後，把她頭上的簪子取下來。
蘇箏有一絲絲憂愁。「他睡覺都是和我們同個房間，突然自己睡，會不會害怕？」
顧川眼都不眨地說：「不會的，小葡萄一般夜裡都不會醒。」
他兒子一覺睡到天亮，尿床都不會醒來。
蘇箏想想也是，而且和他們離得近，又有丫鬟在，稍微有點動靜就能聽到，她把這點擔憂放下了，往後一仰靠在顧川身上。「那我們也睡吧。」
「嗯。」顧川應了一聲，手上的動作卻絲毫不見加快，依舊慢悠悠的。
「你快點啊。」蘇箏等了一會兒，從鏡子裡見他還沒弄好，不由催促他。
顧川道：「這就好了。」
「我自己來。」蘇箏推開他，兩三下把珠釵全取下來。
顧川有點遺憾，摩挲著手指，指尖還留有剛剛軟滑的觸感。
蘇箏疑惑地看向顧川。「你站在這兒幹麼，不睡？」

「咳咳，睡。」

蘇箏的床比顧家的小，夏天兩人貼在一起熱得慌。

蘇箏推了推顧川的胸口。「你往旁邊去一點。」

顧川閉著眼充耳不聞。

蘇箏藉著窗外的月光，支起身子看了看，顧川已經睡著了，她自己往床裡面挪了挪。

躺了一會兒，她覺得不舒服，翻了個身又滾回顧川懷裡，這才睡著。

聽見身旁的呼吸聲漸漸平穩，顧川勾起唇角笑了笑，單手摟住懷裡的人，重新閉上眼睡覺。

然而，這個覺卻睡得不安穩。

半夜，顧川聽到隔壁兒子驚天動地的哭聲，其間夾雜著丫鬟輕哄他的說話聲。

顧川披上外衣，下床。

丫鬟正站在床頭摟著小葡萄，見姑爺來了，她讓開位置道：「小少爺怎麼哄也哄不好。」

小少爺半夜醒了，她點亮油燈後，小少爺就哭了。

「無事，妳下去休息吧。」

「是。」

小葡萄聽到爹的聲音，睜開緊緊閉著的眼睛，他又委屈又害怕。「嗚嗚，爹……」

他睜開眼，爹娘都不在房間裡。

顧川抱起他。「不哭了，睡吧，爹陪著你。」

小葡萄不睡了，哭哭啼啼吵著要娘。

顧川沒辦法，只得抱著他去找蘇箏。

小葡萄一到床上，胖胳膊就緊抱著娘親，生怕再像剛剛那樣，一醒來大床上就剩他自己。

顧川熄了油燈，盯著床中間圓潤的小身子，暗暗嘆了一口氣。

小葡萄躺在爹娘身邊，滿滿的安全感，很快合上眼睡著了。

顧川等他睡著後，把他移到床的一側，自己躺在中間，摟著對這個小插曲一無所知的蘇箏入睡。他心中對於傻兒子什麼時候可以自己睡，添了些許憂愁。

清晨，熟睡的顧川覺得呼吸困難，胸口很沈重，他強迫自己醒來。

小葡萄不知什麼時候爬到他身上，胖臉蛋枕在他胸口睡得正香，小嘴微張，口水順著嘴角流下來，落在他的褻衣上。

顧川把他提下去，這才發現他睡得地方濕了，估計尿床沒多長時間，還沒乾。

所以兒子是覺得濕答答，睡得不舒服，就爬到他身上睡了？

顧川長嘆一口氣，任勞任怨地幫傻兒子換衣服，換完後把他放在蘇箏旁邊睡覺。

小葡萄被翻來覆去折騰半天，此刻躺在床上仍然呼呼大睡，睡眠品質相當好。

顧川納悶，這小子昨夜究竟是為什麼醒了？

昨夜沒睡好，今早被迫醒來，眼睛有些酸澀，顧川去洗漱。

「姑爺。」

顧川略一點頭，指了指內室，示意丫鬟小聲點。

丫鬟輕手輕腳退出去了。

顧川洗完臉重新回到內室，坐在窗邊等母子倆醒來。清風從敞開的窗吹進來，微微拂過面龐，帶來一陣花香。

顧川向窗外看去，院子裡種了一片梔子花，開得正好。

蘇箏醒來時看到靠著她睡的兒子懵了。

昨晚他不是在隔壁睡嗎？什麼時候抱過來了？

蘇箏剛想說話，就看見不遠處顧川身姿坐得筆直，拿著毛筆在寫些什麼，她把話嚥回肚子裡，躡手躡腳地下床，好奇地湊到顧川身後，看他在寫什麼。

他不是在寫字，他在作畫，畫的是窗外的梔子花。

蘇箏的目光從畫移到人身上。

側臉俊秀，眉目專注，濃黑的睫毛微垂。他垂眼時，雙眼皮線條明顯，寬窄度剛剛好。看人時，是微微內雙，到眼尾處，雙眼皮的痕跡漸漸展現。

察覺到蘇箏在背後，顧川放下筆回頭，目光落在她的腳上，皺眉道：「怎麼不穿鞋就下來了？」

夏日雖然炎熱，清晨光腳踩在地上還是涼的。

顧川把蘇箏抱到床上。「穿鞋。」

蘇箏動了動瑩白粉嫩的腳趾，晃了晃小腿，慢吞吞地應道：「喔。」

晨光下，那雙腳泛著珍珠白，白得發光，趾甲是淡淡粉色，小巧可愛。深夜時，他也曾把這雙腳握在手中把玩過。顧川的喉結動了動，移開了視線。

穿好鞋，蘇箏又蹦蹦跳跳去看顧川的畫了，他還沒畫完，但是已經有了雛形。

蘇箏欣賞了半天，最後放下畫，乾巴巴蹦出兩個字。「……好看！」撓了撓額頭，她補充道：「畫得特別好！」

顧川扔了一張帕子給她。「別說了，去洗漱吧。」

蘇箏拎著帕子出去了。

是畫得好看啊，她想不出別的詞，怪她嗎？

顧川坐在床邊，目光深沈地看著側身翹著屁股睡覺的兒子。

是時候教兒子讀書了。

小葡萄的胖臉蛋在被褥上壓得微微變形，嘴巴微張，嘴角還有可疑之物流出，沈寂在美夢中，對即將到來的命運一無所知。

第二十六章

江家。

「你說什麼？」

江老爺面色陰沈，看著眼前這位昨天還跟他稱兄道弟的準親家，險些把手中的熱茶朝他那張布滿皺紋的的老臉潑過去。

孟老爺嘆了一口氣道：「江老哥，我也不想啊！昨天夜裡，一群人闖進我家，個個訓練有素，看著不像尋常家丁，拿刀架在我兒子的脖子上逼著我們退婚啊！說出來不怕你笑話，孟逸昨晚被嚇到了，發了高燒，這會兒還昏昏沈沈下不了床呢，不然，定讓他親自登門賠禮道歉。」

孟老爺這話說得半真半假，昨晚是有一群人闖入他家，不過並未拿刀架在他兒子的脖子上，而是帶了幾大箱金銀珠寶讓他們退婚。

這些人一看就不是尋常人，孟家哪裡敢惹事，再說退婚又有錢拿，一大早就忙不迭來退婚了。

不過也是多年兄弟了，孟老爺提了一嘴。「最近，有沒有招惹上什麼不該招惹的人？」

江老爺哼了一聲。「這個就不勞你操心了，不過貴公子身體有點虛啊，這麼點小事就下不了床？真是體虛的話，我們家閨女也不能嫁。去讓夫人把訂親信物拿來。」他吩咐外面的小廝。

孟老爺剛想反駁，聽到最後一句話又沈住氣等待。

江夫人和江寶珠正在吃早飯，不知道外面發生什麼事，聽小廝說老爺要訂親信物，趕緊回屋取來讓貼身丫鬟送過去。

江夫人笑著對女兒說：「養了妳這麼久，終於要嫁出去了。」

「我會經常回來看娘的。」

江夫人輕啐了一口。「哪個要妳經常回來？在夫家能老實乖順不惹事，我就燒香拜佛了。」

江寶珠揚揚拳頭。「我不用老實，誰讓我不開心，我就教訓誰！」

而且孟逸看著文文弱弱的，她小時候可是跟著師傅學武一段時間，他肯定打不過她！

江夫人搖搖頭，卻也縱容一笑，打算由女兒去。

她和老爺千挑萬選，最後選中孟家，對方家世比他們略遜一籌，也算是知根知底，女兒嫁過去定然不會受委屈。退一步說，若真受委屈了，他們也會挺直腰板上門討個公道。他們江家的女兒，別人不能欺負了。

很快，江老爺和孟老爺換回彼此的訂親信物。

江老爺道：「聘禮我會按照名單，午後統一送回孟家，時辰尚早，就不耽誤你趕著回家吃早飯了。」

言下之意是諷刺孟老爺一大早飯也沒吃，就火燒火燎跑來退婚。

孟老爺今天來明裡暗裡被擠對一遍，偏偏還不能發火，他咬咬牙，面上掛起笑意。「那江兄，我先回去了。」

沒得到江老爺的回應，孟老爺灰溜溜地走了，走出門和小廝嘀咕。「神氣個什麼勁兒？還不知是福是禍呢！」

若是真有富貴人家看上他女兒，那是福氣，他不敢得罪，以後見到江老爺少不得伏低做小，厚著臉皮拉近關係；若是禍，以後鎮上有沒有江家還不一定呢！

小廝彎腰諂媚附和。「老爺說得是。」

孟老爺走後，江老爺回到飯廳，拿起平時愛吃的肉包子，此刻卻失了胃口，他嘆了一口氣放下。

江夫人進來柔聲問：「你剛才要訂親信物做什麼？」

江老爺回道：「退婚。」

退婚？

江夫人面上的溫柔盡數褪去，氣勢洶洶地快走幾步，朝著江老爺的頭打了一巴掌。「好端端的你退婚做什麼！」

江老爺捂著頭。「不是我退啊，夫人，是孟家那老狗要退。」

江夫人揉了揉江老爺的頭以示安慰。「為什麼？當初訂婚，不是他們家先提的嗎？退了也無所謂，大不了以後幫寶珠招個入贅的。」
江老爺把事情大概說了一遍。
江夫人手上的動作停住，蹙眉道：「怎麼會這樣？我們家最近沒招惹什麼人啊？」
江老爺肯定道：「絕對沒有。」
他們家做生意本本分分，童叟無欺，他兒子更是為人謙遜，斷然不會招惹是非。
江夫人道：「不管怎樣，這事先瞞著寶珠。」
江老爺點頭，他也是這個意思。
不過事情沒能瞞住，第二日就有人抬著聘禮來江家。為首的，是吳舉人。
吳舉人面上帶著笑。「江老爺，恭喜啊。」
江老爺看著一箱箱的東西，神色淡淡，道：「舉人老爺這是做什麼？何來喜這一說？」
吳舉人看了看四周，壓低聲音道：「近日，我的府上住了一位貴人，來頭大得很。」
吳舉人指了指上面示意江老爺。
「那位貴人在蘇家驚鴻一瞥，看上您的掌上明珠了。」吳舉人拍拍江老爺的手，笑道：「您呢，就安心等婚訊到的那一日，那位貴人說了，定不會委屈了姑娘。話和聘禮都帶到了，我就不多留了，日後，別忘了我就成。」
吳舉人尋思著他也算是半個媒人，日後少不得好處，這一切得感謝他的小妾，她提到蘇家的荷花，才有這些後續。

吳舉人摸著白花花的鬍子滿意地想，至於江家不想嫁女，他還真沒想過，哪個不想攀高枝？

因為下聘陣仗這麼大，想瞞著江寶珠也不可能。

江寶珠看向她爹。「爹。」

江老爺看著女兒嘆了一口氣。「進來說。」

他還在納悶怎會天降橫禍，原是他女兒自己招惹來的。

「前日去蘇家，有沒有遇到什麼人？」

江寶珠回想了一下搖搖頭，她沒有印象。

江老爺說：「下午我出去打聽打聽，看看能不能約這位貴人見上一面。」

江家媳婦看著一家人愁眉苦臉，她上前拉住小姑子的手。「說不定事情有轉機呢？現在別想這麼多，上次給孩子做的衣服還沒做完，妳來幫我看看好不好看？」

江家媳婦懷孕六個月了，小孩的衣服都是她親手準備的。

江寶珠知道嫂子是好意，應了一聲後，魂不守舍地跟嫂子走了。

她前一天還想著尚有三個月，她就要嫁給孟逸，誰知眨眼間就變樣了。

兩人走後，剩下江老爺、江夫人和江家長子，三人面上不見任何喜色。

「爹，下午我跟你一起去。」江家長子道。

江老爺道：「也好。」

只能去試一試，看看有沒有轉機，畢竟把女兒嫁給一個連面都沒見過的貴人，他是萬般不願。

江家父子注定是失望的。

他們見到人，對方並不是他們想像中的糟老頭子，反而一表人才，哪怕再如何好，高門大戶他們也不敢高攀。只是當他們委婉說明來意時，對方突然怒氣沖沖地走了，留下一句乖乖籌辦婚事。

劉公子確實很生氣，他長這麼大，後院也是小妾一大堆，還從來沒人拒絕過他，哪一個不是爭相討好？這窮鄉僻壤的，他能看上他們閨女是他們的福氣，哪來的膽子拒絕？

江家父子對著滿桌的菜面面相覷。

良久，江老爺推開碗，長嘆了一口氣。

江家都在等消息，見兩人回來了，急忙圍過去。「怎麼樣？」

江寶珠站在不遠處，敏銳地從江老爺臉上察覺到什麼，她問：「爹，你見到人了嗎？」

江老爺點點頭。「見到了。」

「年齡大不大？」

江老爺搖搖頭。「不算大，三十左右。」

「年齡不大，又是個有權有勢的，嫁過去也不錯啊，女兒不虧。」江寶珠走過去挽住爹和娘的手臂笑著說：「你們也別太憂愁了，說不準這是件好事呢。」

江家其他人實在笑不出來。

江夫人嘆了一口氣，內心後悔沒有早些把女兒嫁出去，他們商賈之家，縱然吃喝不愁，也無法跟權貴抗衡。

江家嫁女的事很快就傳出去，現今住在大陽村的蘇老爺也聽說了。臨到婚期，突然換了新郎，這事說起來，和他家還有點關係。據他所知，江老爺是不情願嫁女的，這兩天私下裡也走過關係，最後估計是不得不嫁。

蘇老爺的心裡不太好受，他也有女兒，設身處地想一下，他也不願女兒嫁給一個所謂權貴之人。

「箏箏，妳明日要不要去江家找江寶珠玩？」

蘇箏正在和傻兒子玩，聞言道：「嗯？才見過沒幾天啊？而且江寶珠婚期將至，應該比較忙。」

蘇老爺嘆了一口氣，把婚禮換人的事說了一遍。

蘇箏愣在原地，連兒子拉她都沒反應。

蘇老爺沒察覺，自顧自地說：「順便帶點禮物過去，那日如果不是劉公子去了荷花池，也不會遇見這檔糟心事，早知道，我肯定攔著這些人了。」

蘇老爺想到都是因為吳舉人提議才去後花園，一時對吳舉人嫌棄到極點。不過他和江老爺鬥了大半輩子，縱然心中同情，也拉不下老臉去探望，再說，他要是去探望，搞不好那老東西還以為他是去幸災樂禍呢！

小葡萄發現自己怎麼拉娘親，娘親都不理他，他生氣了，把手中爹爹做的小木馬扔在地上。

小葡萄的動靜讓蘇老爺閉嘴了，他這才注意到女兒的反應。「箏箏，妳怎麼了？不想去江家就不去。」

大不了他去！那老東西總不能趕他出去吧？

蘇箏恍惚地搖頭，聲音極輕。「無事，爹，我先回去了。」

蘇老爺皺眉，女兒不太像沒事的樣子，於是喚來丫鬟陪她一起回去。

荷花園？權貴之人？這不就是她上輩子的經歷嗎？

遲了兩年，還是來了，只是這次發生在江寶珠身上。

上輩子，她聽從丫鬟的建議去荷花園散心，招惹了禍事，這輩子，如果不是她帶兒子離開，就換作是她了吧？所以江寶珠，是替她擋了災？

是不是命運無法改變？很快地，她就會死去，二十年後，她的兒子還是會成為貪官，還是會自殺？

盛夏的午後，蘇箏從頭涼到腳，心底發顫。

「娘……」小葡萄拉著娘親的手，讓娘陪他玩。

「小葡萄。」蘇箏抱起兒子，眼淚從眼角落下，想到這麼可愛的小葡萄，日後會自殺，她就不能接受。

大概是蘇箏抱得太緊，小葡萄不舒服，他動了動小身子掙扎。

蘇箏一放下他，他就跑到外面去玩了。

顧川推院門進來，小葡萄像一隻小鳥衝進爹爹懷裡。

「爹……」

「你是怎麼把自己搞這麼髒的？」顧川拎起泥猴子一樣的兒子。

很快，顧川的目光落到院子裡的鳳仙花上面。

只見那紅粉紫白、開得姹紫嫣紅的鳳仙花此刻一片狼藉，花枝被壓倒一大半，好些花朵強行從枝頭脫落，還有的花被攔腰折斷，只剩光禿禿的花梗立在那裡，有的小棵花苗被連根拔起，就連葉子都遭殃了。

顧川低頭看兒子，不僅渾身是泥土，衣服上還有綠色的汁液，估計是在花堆裡打滾了，嘴角還有紅色花瓣的殘留，肯定是放到嘴裡吃。

小葡萄不回答爹爹的話，一頭扎進爹爹懷裡。

顧川把他拎出來認真說：「你娘如果打你的話，我是不會攔著。」

小葡萄眨著烏溜溜的眼睛，一臉懵懂。

顧川拎著兒子進屋。

「箏箏？」

這一看顧川發現不對勁，蘇箏坐在床邊，看向他的眼睛水潤，眼角泛紅，顯然是哭過了。

顧川心裡咯噔一下，不會是因為花被兒子破壞，氣哭了吧？

「咳咳，箏箏，鳳仙花特別好種，那些花不會死的。」最多就是數量上減那麼一點。

蘇箏沒聽清顧川說什麼，目光落在兒子身上，她想抱一抱兒子。

「你怎麼搞這麼髒？娘帶你去洗澡。」蘇箏聲線比平時溫柔，不像是生兒子的氣。

顧川試探地說：「他剛剛在花堆裡打了個滾。」

蘇箏很淡定。「喔。」

那看來不是兒子的問題。

顧川似隨口般問：「今天在妳爹那邊？」

「嗯。」蘇箏向兒子伸手。「過來，去洗澡。」

小葡萄抱著爹爹的脖子。「不要，爹爹去。」

顧川看了蘇箏兩眼。「我帶他去洗吧，妳先坐一下，等會兒吃晚飯。」

小葡萄最喜歡玩水，坐在他的專屬木盆裡，光溜溜的小身子，白白胖胖的，露著圓滾滾的小肚子。

他一點也不知道害羞，笑呵呵的模樣，眼睛彎成月牙，兩隻胳膊亂撲騰著，濺了顧川一臉水。

顧川把他洗乾淨，心裡掛念蘇箏，也不像往日一樣陪他玩，直接把人抱出來。

小葡萄不願意，小身子掙扎著，嘴裡嚷著。「還要洗。」

顧川打了一下他的屁股。「已經洗乾淨了，穿衣服吃飯了。」

晚飯時，蘇箏沒什麼胃口，挑了兩口米飯就放下筷子。

顧川看得皺眉。「今天在岳父家，遇到什麼事了嗎？」

蘇箏垂下眸子說：「江寶珠被退婚，要嫁給別人了，這一切都是因為我，她明明有一門安穩的親事。」

若是江寶珠不來找她，不會有這禍事，而且很有可能，她會一去不回。

想到上輩子，自己莫名其妙死在半路上，蘇箏的身子抖了抖。

顧川想到兒子生辰那天，那位衣著華貴的公子，略微聯想就明白了。「因為荷花園？」

不問還好，一問蘇箏又想哭了，她應了一聲，聲音裡隱隱有哭腔。

顧川道：「那怎麼會因為妳？」

「若不是因為我帶小葡萄去尿尿，被看上的人就是我，若不是江寶珠過來替小葡萄慶生，根本不會有這一齣。」

江寶珠若是像她一樣，死在半路上，恐怕日後她死了都不會安寧。

顧川愣了愣，隨即目光上下打量了蘇箏一遍，聲音裡有笑意。「妳對自己，還挺自信？」

蘇箏沒被他逗笑，她牽著兒子，淚眼婆娑要回臥房。

顧川拉住她，用指腹擦去她臉上的淚。「這麼點小事也值得你哭？明日妳去問問江寶珠想不想嫁，若是不想嫁，不嫁便是。」

蘇箏抱住顧川的腰，把臉埋在他胸口，哭著說：「哪有這麼容易？哪能說不嫁就不嫁？」

得罪了官家，怎麼死的都不知道。

顧川不答，只道：「妳去問問便是。」

若是江家真的不想攀高枝，這場因為蘇家而起的事，他插手一二也無妨。

小葡萄後知後覺地發現娘親哭了，矮矮短短的身子擠進爹娘中間，仰頭看娘親，奶聲奶氣地道：「不哭喔。」

他哭時，娘就是這樣哄他的。

蘇箏只覺得悲從中來，她彎腰抱起兒子。「娘沒有哭。」

晚上睡覺時，蘇箏抱著兒子不肯撒手，也不願意讓兒子去小床睡，顧川沒辦法，只得同意。

蘇箏摟住小葡萄的胖身子。「睡吧。」

小葡萄親了她的臉。「娘也睡。」

因為娘哭了，小葡萄今晚還是很老實，也不像下午那會兒那麼鬧騰，乖乖地躺在爹娘中間，相當安靜。

蘇箏卻翻來覆去，很晚才睡著。

她睡著後，顧川幫母子倆蓋上棉被，自己披上外衣下床，藉著月色把下午被兒子糟蹋的鳳仙花打理一下。

能活的就留下，被摧殘太狠的、攔腰折斷的則挖出來扔掉，放著實在影響美觀。不大一會兒，一小片鳳仙花被他整理出來了。

顧川洗過手，打算重新躺到床上，發現他睡的位置已經被兒子霸占了，小傢伙這會兒橫著身子睡，頭抵著蘇箏的腹部，腳搭在床邊。

顧川把兒子的睡姿擺好，放在兩人中間，這才閉眼睡去。

第二天，蘇箏帶著禮物到江家。

「箏箏來啦！」江夫人面上顯而易見的疲憊，比上一次蘇箏見她時，顯得老了很多。

蘇箏吶吶地道：「我來找寶珠。」

「寶珠在房裡，我讓丫鬟帶妳過去。」

江寶珠正坐在房裡發呆，見到蘇箏過來，她有氣無力地說：「隨便坐。」

在爹娘面前不能有傷心的情緒，房間裡只剩她和蘇箏兩人，江寶珠就隨意多了，精緻的妝容難掩眼裡的疲憊之色。

「對不起。」

江寶珠擺擺手。「對不起啥啊，這又不關妳的事，怪就怪在本姑娘天生麗質。」

蘇箏咬住下唇，她無法對江寶珠說出上輩子的事，害怕會被當成鬼怪，她也不忍眼睜睜看著江寶珠替她走上輩子的路。

「好了，真替我難過，就去跟我娘說一聲，帶我出去玩。」

蘇箏一口答應。「好，妳想去哪兒？」

江寶珠只是不想待在家，想出去透透氣，去哪兒玩還真沒想好，一時語塞了。

蘇箏提議說：「要不要去靈香廟？」

靈香廟是鎮上很有名的寺院，每逢廟會，很多人前去燒香拜佛。

江寶珠立馬同意。「去，裡面的齋飯挺好吃的。」

於是，兩人同坐一輛馬車來到靈香廟。

今日不是廟會，來往的人並不多，蘇箏跪在蒲團上，誠心祈禱，願蒼天有靈，保佑江寶珠一世平安。

靈香廟的齋飯確實不錯，不過兩人情緒都欠佳，吃起來味如嚼蠟。

馬車到了江家門口，江寶珠就讓蘇箏先回去。「妳出來大半天，再不回去小葡萄估計要鬧了。」

見蘇箏淚眼汪汪的不想走，江寶珠扠腰說：「嘖嘖，別捨不得我，日後，我偶爾也會寫信給妳。快點回去！」

蘇箏到家時小葡萄並沒有鬧，見到娘回來了，靜悄悄黏上去。娘心情不好，他也不鬧騰了。

顧川問：「回來了？」

蘇箏情緒低落。「嗯。」

「那個江寶珠，不情願嫁？」

蘇箏道：「誰會樂意嫁啊？」

顧川心道，多的是想攀高枝的人。

「興許明日，那人就自己來退婚了。」

蘇箏一臉「你是不是在作夢」的表情。

顧川挑挑眉，不置可否。

深夜，確定母子倆都熟睡了，顧川睜開眼，眼底沒有絲毫睡意。他穿戴整齊，仔細關好房門，騎著馬出去了，直到寅時才歸來。

蘇箏在顧川躺下時，身子無意識地靠近他，毛茸茸的腦袋在他肩膀蹭了蹭，許是覺得顧川身上帶著令人舒服的涼意，她又貼近了點。
顧川長臂一伸，摟著母子倆入睡，腦海中紛紛擾擾的往事盡數退去，只餘溫柔。

第二十七章

江家想破腦袋也想不到，那天趾高氣揚的貴公子，今兒一大早就來退婚，態度甚至稱得上一個「好」字。

「江老爺，是我唐突了，若是你們不願，婚事就此作罷。」

想到那天看見的美人兒，劉公子心裡到底是遺憾，但他想到昨夜見到的人，身子抖了抖。

美人多的是，命只有一條啊！

婚事作罷，江老爺簡直不敢置信，這等喜事他求之不得啊！

江老爺施禮道：「公子一表人才，氣宇軒昂，是我等不配高攀，我這就讓人把您的東西抬回吳舉人家。」

劉公子心想：你好歹也掩飾一下吧？嘴巴都要咧到耳後根了，談什麼高攀不起？

不過劉公子到底不敢多說，嘴上客套兩句就回去了。

他前腳剛到吳舉人府上，江家的下人後腳就把他送去的聘禮抬回來，像是他的聘禮有毒一樣。

劉公子咬咬牙，到底不敢發火。

吳舉人此刻見到聘禮都回來了，滿頭霧水地問道：「這是怎麼回事？」

劉公子不敢對江家人發火，卻還是敢對吳舉人發火，聞言，踹了吳舉人一腳，橫眉怒目道：「本公子做事，用得著你管？」

吳舉人年紀大了，哪裡受得住他這一腳，倒退兩步跌坐在地上，半天都沒爬起來，最後還是被下人扶起來的。

吳舉人捂著老腿動彈不得，哀號著吩咐下人。「快去請大夫！」

劉公子也不敢在這小鎮上作威作福，當天下午，帶著所有的隨從坐馬車匆匆走了。

出去盯梢的下人回來親口說，看著那公子走出城，他跟了老遠，確定那公子不會回來了。

江老爺這才放鬆下來，一直懸著的心落下。

江夫人高興道：「他真的走了？」

「走了。」

「太好了！」江夫人掏手帕擦眼睛。「我這就去告訴寶珠！」

這幾天她每晚都睡不著，想著捧在手心裡的寶珠受委屈了怎麼辦？高門大戶，他們無能為力。

現在，不用嫁了？

雖然她女兒這幾天沒表現出傷心，但她了解自家女兒，心裡指不定怎麼難受呢？

江夫人健步如飛，穿著繡花鞋走得飛快，急著將這個好消息告訴女兒。

江寶珠聽到消息先是不敢置信，接著便是狂喜。「對了，娘，妳派人去大陽村告訴箏箏一聲，她也在擔心我。」

江夫人樂得合不攏嘴。「好好，聽說妳們昨天去靈香廟了？明日跟娘再去一趟。」

她得好好拜菩薩。

蘇箏得到消息時整個人是懵的，她不敢置信地問江家小廝。「你剛剛說的是真的？」

小廝渾身喜氣洋洋，眉開眼笑地道：「是的，我家小姐特意讓我來告訴妳一聲，無事的話，我這就要回去了。」

小廝走後，蘇箏還暈乎乎的，她問顧川。「剛剛那個穿黑衣服的小廝，說的話你聽到了？」

顧川點頭道：「聽到了，江寶珠不用嫁了。」

蘇箏有些語無倫次，喃喃地說：「這麼說，命運是可以改變的，我不會死，兒子也不會死……」

顧川聽得皺眉，屈起食指敲了敲蘇箏的腦門。「妳在說什麼亂七八糟的？沒事去把菜洗了。」

什麼死不死的，聽了糟心。

蘇箏突然笑了，一雙桃花眼彎成好看的形狀，眼底似含著光，透著瀲灩風情。她撲過去抱住顧川，在他的臉上重重親了一口，開心地說：「太好了！你說得對！果然他自己就退婚了！」

顧川揚揚眉梢不說話，任由蘇箏掛在他身上。

這時小葡萄邁著兩條小胖腿從屋裡跑出來，嘴裡叫著爹爹，他也要抱抱！

蘇箏鬆開顧川，撈起小葡萄，抱著他原地晃了幾圈，對著他的胖臉蛋親了好幾口。

小葡萄樂得見牙不見眼，他察覺到娘的心情變好了，噘著小嘴湊過去，親了她兩口。

顧川眼皮跳了跳，分開這黏膩的母子倆，他單手提著小葡萄後背的衣服，對蘇箏說：「妳去洗菜。」

蘇箏難得沒有反駁顧川，雙手背在身後，悠哉地去洗菜了。

小葡萄在爹爹手裡掙扎著，小手小腳亂晃，動了半天也下不來，他停住動作，癟癟嘴，委屈地想哭。

顧川把他放在地上。

小葡萄一溜煙跑到娘面前蹲下，看娘在洗菜，他也伸出小胖手洗菜。

蘇箏在洗茄子，她只有兩根手指放在水裡，來回在茄子上滑動，與其說是在洗茄子，不如說在玩茄子，壓在心頭的陰霾散去，眼角眉梢俱是鮮活的笑意。

小葡萄最喜歡玩水，尤其是現在天氣炎熱，顧川和蘇箏也不拘著他，他也湊熱鬧來洗茄子，母子倆蹲在水盆前，一個比一個懶散。

顧川無言，把兒子拎到一邊，自己蹲下，大手一撈，兩個茄子就洗好了。

蘇箏道：「茄子本來就很乾淨了。」

新剛摘下的茄子表皮光滑，沒有一絲污垢，隨便洗一洗就行了。

顧川挑眉不搭話，開始洗豌豆。

小葡萄被爹爹占去位置，他站在原地呆了一下，然後邁著小短腿強行擠到爹娘中間，兩隻小手放進水裡學著爹爹洗菜。盆裡的水頂不住小葡萄粗魯的動作，水花都濺到外面，他看到還挺高興，咯咯笑著，手在水裡撲騰著，這下連在旁邊的顧川和蘇箏都沒能倖免，被濺了一臉水花。

顧川擦了擦眼睛，拎起衣袖已經浸濕的兒子，往蘇箏那邊推了推。「妳帶他去換衣服，我自己洗。」

小葡萄不想走，兩條腿釘在地上，眼巴巴看著水盆。

蘇箏將兒子強行抱走，在房間裡把他的衣服脫掉，轉身從櫃子裡拿出乾爽的衣服打算給他穿。

小葡萄卻不願意，他掀起被子拱進去，連頭也蒙進去，聲音悶悶地從被子裡傳來。「不穿。」

「出來，小葡萄。」

被子隆起一小坨，小葡萄動也不動。

蘇箏把他挖出來，因為夏天悶熱，就這麼一小會兒，他臉蛋已經悶得紅紅的，烏溜溜的眼睛含著水霧，可憐巴巴看著她。

蘇箏聲音軟了下來，坐在床邊問他。「為什麼不想穿？」

小葡萄盯著剛剛脫下的衣服。

蘇箏順著他的目光，看到被她隨手扔在一旁濕漉漉的衣服。

蘇箏試探地問：「你喜歡那件衣服？」

小葡萄竟然點點頭。

蘇箏噗哧一聲笑了，揉了揉兒子的腦袋。「你還有自己的審美啊？」

那是他兩周歲生辰時，剛在鎮上做的新衣服。

蘇箏去櫃子裡拿出另外一套新做的衣服，這套衣服是淺綠色的，她也有一套同色的。

「穿這個。」

這下小葡萄乖乖地配合娘親穿衣服了，他雖然胖墩墩的，但是皮膚白嫩，穿綠色也好看。

小葡萄抬起胳膊看了看，這下眉開眼笑的。

蘇箏幫他穿鞋後，將人抱下床。

她確定兒子小小年紀就愛美這點像她，畢竟顧川從不在意穿什麼衣服，當然，顧川怎麼穿都好看。
母子倆手牽著手去廚房，小葡萄自覺很美，跑到爹爹懷裡，展現他的美。
夏天熱，正在燒火的顧川更是熱得汗流浹背，於是推開他。「到外邊去。」
小葡萄不願意，扯著他爹的衣袖，指指自己的衣服對他說：「看！」
蘇箏轉達小葡萄的意思。「他是想讓你瞧他好不好看。」
顧川頗為無語地看著兒子。「你又不是女子，在意這些外表幹麼？」
而且，兒子現在渾身綠油油的，男子漢穿這個顏色，雖然小葡萄穿得不醜，但顧川著實做不到違心誇獎。
小葡萄眨巴著和蘇箏如出一轍的桃花眼，執著地等爹爹的誇讚。
顧川無奈，含糊地說：「挺好的。」
說完，把兒子趕到他娘那邊去。
小葡萄分辨不出爹爹說的是真心還是假意，得到誇讚後昂首挺胸，雄赳赳、氣昂昂地走了。
到了晚上，小葡萄已經習慣地爬上大床。
蘇箏只用了兩個夜晚，就把顧川辛苦培養小葡萄半年的習慣改了。
小葡萄爬上床也不睡覺，跳來跳去，有時沒站穩倒在床上，就膩在蘇箏懷裡翻滾著，配上他胖臉蛋的笑容，怎麼看怎麼傻。

顧川默默地想，幸好當初床做得夠結實，不然禁不住他如此蹦跳。

小葡萄蹦跳累了，就躺在爹娘中間，翻個身是爹爹，再翻個身是娘親，他咧著嘴哈哈笑。

「你要不要回去睡？」顧川指著房間裡擺的小床。

「不要、不要！」小葡萄連聲拒絕，胖胳膊摟住娘親的脖子，臉蛋埋在娘親肩膀上。

顧川輕哼一聲，穿著褻衣躺下。

不要就不要唄，大不了等你睡著了，再抱過去。

不過今天小傢伙興奮過度，可能是前幾天蘇箏心情不好，他察覺到了所以不鬧騰，把所有的話都憋到今天晚上，嘴裡有問不完的問題。

顧川聽得忍無可忍。「你閉嘴吧，現在開始睡覺。」

小葡萄搖頭。「不睡。」

顧川道：「爹和娘都要睡了，你看看娘親，她已經睡了。」

蘇箏聽到這話，非常配合地閉上眼。

小葡萄看看娘親，他伸手扒娘親的眼皮，發現娘真的睡著了，他垂頭喪氣了一瞬，下一刻他抬起頭，眼睛亮晶晶。「爹爹……」

顧川吹滅油燈，冷漠道：「爹爹也睡了。」

黑暗中，小葡萄坐在床上，無措地揪手指頭，躺在爹娘中間。

早就過了小葡萄平日的睡覺時間，再加上沒人搭理他，那股興奮勁過去後，他張開小嘴打了個呵欠，腦袋在爹爹身邊蹭了蹭，閉著眼很快睡著了。

等他睡著了，顧川起身把他移到小床上，推了推身旁的蘇箏。

沒反應？

顧川側耳細聽，聽到她平穩的呼吸聲後搖頭失笑。

敢情裝睡變成真睡了？

清晨，顧川打算上山割點草回來餵馬，小葡萄看見他要走，扔下吃了一半的飯跑出來。

「爹爹，你要去哪兒？」

顧川道：「去割草，回來餵馬。」

「我也去！」小葡萄不理解割草是什麼，但是並不妨礙他要跟著爹爹。

蘇箏端著他的小碗出來。「不行，你的飯還沒吃完。」

小葡萄拿起湯勺喝粥，由於喝得太急，粥順著他的下巴滑落。他也不在意，匆匆忙忙喝完後，跑向爹爹，大聲說：「我吃完了！」

顧川垂眸看著興致高昂的兒子，左右只是在山腳下割點草，帶上他也無妨，於是他把兒子抱起來放進背簍裡揹在背上，帶著他一道去了。

小葡萄第一次坐背簍，他摟著爹爹的脖子，興奮地看來看去，兩隻眼睛都不夠用。

「哇！爹爹！」小葡萄一興奮，胳膊就用力。

顧川扭頭看了他一眼，見他指著天上，抬頭一看。「是鳥。」

「鳥……」小葡萄眼睛眨也不眨地看，嘴裡學著爹爹的話。

「嗯。」

到了目的地，顧川把他放下，叮囑他不能亂跑，開始割草。

小葡萄根本不跑，他好奇地看著爹爹的動作，偷偷撿了一株掉在地上的草放在嘴裡咬。

「呸！呸！」小葡萄一臉嫌棄地吐出來，嘴角沾著綠色的草。

顧川側頭一看，清冷的眼底閃過笑意。「什麼都吃，蠢死了。」

後面有一些野葡萄，上次來已經結果，現在應該熟了，有的被鳥兒叼了。

顧川挑了幾串完整的葡萄摘下來，剝了外皮塞進小傢伙嘴裡。

葡萄略酸，更多的是甜，小葡萄兩三下吃完，意猶未盡地舔舔嘴唇，朝爹爹張嘴，示意還要。

去年他也吃過葡萄，只是那時他才一歲，記不得事。

顧川又剝了一顆餵他，告訴他。「這是葡萄。」

葡萄？

小葡萄拍拍自己。「我是！」

顧川道：「它也是。」

小葡萄跺腳，著急地重複。「我是！」

他是小葡萄！

顧川選擇閉上嘴，不跟傻兒子爭辯。

顧川手裡拎著竹筐，裡面裝新鮮的草，身上揹的背簍裡裝傻兒子，步伐穩穩地下山。背簍的高度到小葡萄胸前，他站在背簍裡，唇紅齒白，眉眼精緻，像年畫裡的漂亮小娃娃。他手裡拿著爹爹給的一串葡萄，在眼前晃來晃去，嘴角不自覺流出口水。

小葡萄剛想摘一顆吃，顧川背後好像長了眼睛一樣。「不准偷吃。」

顧川壓根兒沒看見兒子的動作，只是出於對兒子脾性的了解，才說了這麼一句話。兒子自己又不會剝皮，葡萄都沒洗。本來葡萄也不打算拿給他，他吵著非要拿，不給就要哭，這才給他一小串拿著玩。

小葡萄癟癟嘴，卻聽話地不敢吃，他怕爹爹把這串葡萄收回去，嘴邊的口水滴得長長的，眼睛眨也不眨地盯著紫紅色的葡萄。

一到家，小葡萄就迫不及待地找娘。

「娘！」他從院門就開始喊，邁著兩條短腿，一路喊到裡屋。

蘇箏放下手中的銅鏡。「你回來了？」

「娘，吃！」小葡萄撲到娘親腿上，把葡萄往前遞。

一隻腳踏進裡屋的顧川無語了。

他發現，這小子特別愛對蘇箏獻殷勤。

顧川大步走過去拎開兒子，順便拿走葡萄。「還沒洗，我拿去洗乾淨。」

小葡萄眼巴巴看著爹爹手裡的葡萄，跟著爹爹走，葡萄去哪兒，他去哪兒。

吃葡萄時，小葡萄學著爹爹剝皮，然而他的小手指又短又胖，動作笨拙，怎麼可能剝得好。他想了想，把葡萄放在嘴裡啃，又拿出來，吐出嘴裡的葡萄皮和葡萄肉。

終於把一顆葡萄啃成自己滿意的模樣，他遞給蘇箏。「娘吃……」

「呵，原來這個是為妳啃的啊？」顧川開口道，聲音裡帶著笑，眼底滿是促狹。

蘇箏看著兒子手裡又是口水又是坑坑洞洞的葡萄，哼了一聲道：「好歹這是兒子的一片心意，而你呢？」她又轉頭對小葡萄說：「兒子啊，這種的，你還是自己吃了吧。」

小葡萄並不嫌棄自己，見娘不願意吃，他一把塞進自己嘴裡吃了。

顧川把剝好的葡萄推到蘇箏面前。「吃吧。」

白瓷盤裡的葡萄一顆顆晶瑩剔透，泛著水光，蘇箏捏了一顆放進嘴裡，滿足得雙眼微微瞇起。

「挺甜的。」

「明年種的葡萄應該也要結果了。」

蘇箏懷孕那年，顧川找村長買了一塊地，種了一些果樹，明年已經第三年了。

蘇箏捏了捏兒子的小臉。「明年帶你去摘果子。」

小葡萄任由娘親捏他，看著爹爹剝好的葡萄，貪心地伸手一抓，小手捂得嚴嚴實實，卻只抓到兩顆葡萄。

顧川看著模樣相似、脾性相似的母子倆搖頭，繼續幹剝葡萄的事。

晚飯後，顧川在廚房洗碗，蘇箏搬一張小交杌坐在院子裡乘涼，傍晚有風，抬頭是橘紅色的晚霞。小葡萄撅著屁股蹲在鳳仙花那裡，也不知道在看什麼，很入迷，蘇箏沒在意他，讓他自己玩。

鳳仙花裡面有一隻癩蝦蟆，小葡萄盯著癩蝦蟆看。

癩蝦蟆被人盯著，動也不敢動，四肢蓄力，鼓鼓的眼睛警惕地看著這個人類幼崽。

小葡萄伸出食指，好奇地戳了戳癩蝦蟆。

癩蝦蟆認為這個人類幼崽沒有威脅，牠放下警惕，頗為不屑地動了動前趾，牠要換個地方。

小葡萄出其不意提著癩蝦蟆的後腿，把整隻癩蝦蟆提起來，癩蝦蟆不甘地動了動腳趾，想跑。

「娘！」小葡萄邁著短腿跑得飛快。

「嗯？」蘇箏毫無防備地回頭，冷不防眼前出現一隻癩蝦蟆。她嚇得瞳孔驟然放大，直接從小交杌上摔下去。

那凸凹不平的表皮，鼓起的眼珠，慎人的肚皮，不斷掙扎的腳……

「啊！顧川！」蘇箏的聲音尖銳。

顧川沒來得及擦手，聽到蘇箏的聲音不對趕緊出來，看到眼前這一幕，他頗為無語，伸手扶起地上的蘇箏，拍了拍她裙襬上的灰塵。

蘇箏軟著兩條腿靠在顧川懷裡，有氣無力地道：「把那什麼……扔遠一點。」

「嗯。」顧川乾脆把蘇箏抱回裡屋，再出來時，見兒子還傻站在原地，手裡拎著那隻癩蝦蟆，不知道怎麼回事。

顧川心想：讓你獻殷勤，獻錯了吧？

「走，把這個扔了，下次不准拿給娘看了，知道嗎？」

「喔。」

顧川帶著他出去把癩蝦蟆扔了，回來用皂角仔仔細細地幫兒子洗了手，再拍拍他的小屁股。「去裡屋找娘玩。」

小葡萄萌萌地走進去，拖長了小奶音。「娘……」

蘇箏心有餘悸地看他的手。「爹爹幫你洗手了嗎？」

小葡萄點點頭，把手湊到娘親跟前讓她檢查。

蘇箏連忙把臉撇到一邊，拒絕道：「不不不，娘不看。」

她只想讓兒子暫時離她遠一點。

小葡萄沒有這個自覺，他快樂地圍在她身邊，像個小尾巴。最後還是顧川進來把他拎到自己身旁，小傢伙這才換了個人圍著。

顧川已經發現了，隨著兒子慢慢長大，他也變得越來越黏人。

「爹爹讀書給你聽。」顧川拿起書，把兒子抱到他懷裡坐著。「人之初，性本善，性相近，習相遠……」

低沈的嗓音猶如珠落玉盤，十分動聽，然而房間內的兩人並不懂得欣賞。

蘇箏半合著眼，歪歪扭扭靠在床上昏昏欲睡，小葡萄的小屁股就像長了蝨子一樣，不安分地動來動去。

顧川捲起書敲了敲他的腦袋。「別亂動。」他繼續讀。「苟不教，性乃遷……」

小葡萄牽爹爹的衣袖，眨巴著烏溜溜的桃花眼。「爹爹，睡覺。」

顧川低頭看他。「睏了？」

小葡萄立馬把頭點得像小雞啄米般。

「那我們去洗澡，洗完澡，你在這裡睡覺，知道嗎？」顧川指著他的專屬小床，今早他獨自在小床醒來時，發現自己沒睡在爹娘身邊，委屈地哭了大半天。

小葡萄眨巴著大眼睛，乖巧地點頭。

於是，顧川帶他去洗澡。

洗完澡回來，小葡萄蹬著腿就要爬上大床，顧川一把拉住他，指了指小床。「我們不是說好了嗎？」

小葡萄看看小床，又看看大床上睡著的娘親。他搖搖頭，固執地站在原地不動，絞著手指頭，垂下肉嘟嘟的臉，不開心地噘起小嘴。

他要和娘親一起睡！

顧川嘆了一口氣。「既然這樣，那我們還是繼續讀書吧。」

小葡萄瞪大眼睛，不敢置信地看著爹爹，下一瞬，他眼底蓄滿眼淚，癟癟嘴，哭聲欲來。

顧川眼疾手快捂住他的嘴，單臂使力把他抱到床上，說：「不准哭，不准吵到娘親睡覺，今晚就讓你在這裡睡，聽到了嗎？」

小葡萄「嗚嗚」兩聲點頭。

顧川一鬆開他，他就爬到娘親身側，依偎著娘親睡覺，胖臉蛋掛上滿足的笑。

上一刻哭，下一刻笑，變化得可真快。

小葡萄躺在娘親身邊，很快就睡著了。

顧川並沒有睡，雙手枕在腦袋下，藉著月光打量傻兒子的睡顏。

他在想，如何能讓兒子心甘情願去隔壁房間睡覺，並且不會鬧……

第二十八章

「娘，這個是什麼呀？」小葡萄扔了啃得乾乾淨淨的西瓜，湊到娘跟前，好奇地看著娘親的動作。

蘇箏正在把花瓣細細搗碎，隨口回道：「染指甲，你要嗎？」

小葡萄聽不懂這個陌生的詞彙，但他還是忙不迭點頭，奶音脆生生地道：「要要要！」

搗碎的鳳仙花放在準備好的小碗裡，蘇箏撈過兒子的胖爪子，把鳳仙花均勻地塗抹在他指甲上，用新鮮的葉子把指甲包起來，最後再用繩子緊緊繫上。

很快十個指頭都染完了，蘇箏道：「你乖乖的，娘親也要染指甲。」

「哦。」小葡萄點點頭，舉著雙手，坐在小交杌上低頭看自己被裹成粽子的手指，過了一會兒，他動了動小屁股。「娘，我想吃糖糖。」

蘇箏牙和手並用，咬著線，努力把自己指甲上的葉子綁起來，含糊不清地說：「等一會兒。」

小葡萄又坐了半炷香的時間。「娘，我想尿尿。」

「……等一會兒。」

「娘……」半炷香後小葡萄憋不住了，著急地叫娘，坐在小交杌上不安地動著。

蘇箏為難地看了看還差三個就好了的指甲。「兒子啊，你再忍忍。」

等顧川回家時，發現這母子倆誰也不理誰。

蘇箏獨自坐在一邊，小葡萄背對著蘇箏，垂著頭動也不動，用屁股對著門口。

顧川挑挑眉，兩人這麼安靜還是頭一回。

「我回來了。」顧川開口打破寧靜。

小葡萄聽見爹爹的聲音立刻轉頭，小屁股在小交杌上轉了一圈。「爹！」

聲音裡隱隱帶著哭腔，肉肉的胖臉上寫滿委屈，嘴巴噘得能掛油瓶。

「這是怎麼了？」

不問還好，爹爹一問，小葡萄就委屈地哭出來了。「娘親讓我尿褲子！」

「喂，你不要斷章取義，明明是你自己憋不住的。」蘇箏拍了拍桌子，轉頭對顧川說：「我在染指甲，他也要染，我就幫他染了，染好了他要尿尿，害得我指甲都白染了。」

由於兩人都染了指甲，動作都很笨拙，褲子還沒來得及脫，小葡萄就憋不住尿褲子了，她染好的指甲也全毀了。

顧川看了看委屈流淚的兒子，又看看噘著嘴生氣的妻子，咳了一聲。「咳，小葡萄褲子怎麼沒換？」

剛剛沒注意，說到尿褲子了，顧川這才發現兒子的褲子顏色深淺不一樣，顯然是濕的。

提到這個蘇箏更生氣了，哼了一聲，氣呼呼地把身子扭過去，不打算說話了。

倒是小葡萄難過地說：「不讓娘親換！」
娘親讓他尿褲子了，他才不讓娘親換，哼！
顧川拎起兒子。「走，去換褲子。」
他順便幫兒子洗了個澡，換上乾淨的衣服，小傢伙又變得清清爽爽的。
小葡萄被爹爹抱在懷裡，胖胳膊摟著爹爹的脖子，整個人又雨過天晴。
顧川把他放在地上。「你自己在這裡玩。」
他進屋時，蘇箏還保持剛剛的姿勢沒動。
「還生氣？」
蘇箏噘著嘴，顧川站的位置剛好看到她的側臉，生氣噘嘴的樣子和兒子簡直一摸一樣，他忍不住輕笑一聲。
蘇箏生氣了，凶巴巴地說：「你笑什麼？」
顧川收起嘴角的笑意。「我沒笑。」
他在蘇箏旁邊坐下，拉過蘇箏的手來看。
纖細嫩白的手此刻髒兮兮，由於顏色染得不成功，指甲沾了些淺淺的橙黃色，手指上有乾涸的綠色汁液。
顧川用準備好的濕帕子擦擦她的手，挽起袖子幫她染指甲。
蘇箏搗碎的花瓣還能用，顧川不太熟練地捧著她的手，儘量均勻地塗上去。

十根手指都染好後，顧川悄無聲息地鬆了一口氣。

蘇箏揚手看了看，還算滿意，瞇起眼睛笑了。

小葡萄從外面跑進來。「肚肚餓。」

已經過了平時吃飯的時辰，顧川拿了一塊棗泥糕給兒子。「還沒做晚飯，先吃這個。」

小葡萄伸手接了，眨了眨眼睛遞給蘇箏。「娘親吃。」

他顯然已經忘了和娘親生氣。

蘇箏哼了一聲，還是彎腰咬了一口，因為她也餓了。

小葡萄盯著娘親咬掉的缺口，張大嘴哭了，哭得撕心裂肺，傷心欲絕。

蘇箏嘴裡含著棗泥糕，含糊不清地說：「又怎麼了？」

小葡萄傷心的眼淚從眼角落下，他哭著說：「妳咬了這麼大一口！」

淚眼看著手裡的棗泥糕，他就剩這麼點了！

滿嘴棗泥糕的蘇箏無語。

坐在一旁的顧川哭笑不得，拿了一塊新的棗泥糕，塞到兒子手裡。「你現在有兩塊，不哭了。」

小葡萄垂眼看了看滿當當的兩隻手，這才抽抽搭搭止住哭聲。

蘇箏再也不會吃兒子塞給她的任何東西了！

真的！

吃完晚飯，顧川把小葡萄扛在肩上。「爹帶你出去玩。」
小葡萄一臉興奮。
「你們要去哪兒玩？」蘇箏蠢蠢欲動，滿臉寫著她也想去。
然而，顧川並沒有邀請蘇箏的意思，忽略蘇箏面上的神色。
「就隨便走走。」顧川拍了拍兒子的屁股。「走了。」
胖兒子滿臉開心地跟爹爹離開，剩下蘇箏一個人站在原地目送兩人。
良久，蘇箏悶悶地哼了一聲，嘟囔著說：「不去就不去！能有什麼好玩的！」
顧川帶兒子來到山腳下，入目是一片蔥蘢樹木，耳邊是聒噪不斷的蟬鳴。
「葡萄，你知道是什麼在叫嗎？」
小葡萄眨著大眼睛看爹爹，好像在說你問的是什麼傻問題。
「是蟬啊……」小葡萄拖長尾音，搖頭晃腦的樣子可愛極了。
顧川笑了笑。「那你知道牠們不會飛之前是什麼樣子嗎？」
小葡萄驀然瞪大眼，誠實地搖搖頭。「不知道。」
娘親曾捉過一隻蟬給他，可惜牠飛走了，娘親說蟬有翅膀，而他沒有，所以蟬會飛，他不會飛。
顧川讓兒子蹲在一旁，自己拿出早就準備好的竹筒，在地面尋了個有小孔的地方開始挖。

小葡萄走到爹爹跟前，小胖爪搭在爹爹背上。「爹爹，你在幹麼？」

「挖蟬。」

「蟬在樹上！」小葡萄小手指著樹。

顧川頭也沒抬地應道：「嗯，牠去樹上之前在地下。」

說話間，顧川就挖到一個蟬蛹，拿給小葡萄看。

小葡萄歪頭盯著在爹爹手掌心爬動、黑乎乎沾著泥土的蟲子看了半天，他搖搖頭說：

「這不是蟬。」

蟬不是長這樣。

顧川肯定道：「這是。」

小葡萄有理有據地反駁。「牠沒有翅膀！也不會叫！這是蟲子！」

顧川身子往後仰了仰，耳朵都要被小傢伙的說話聲震聾了。

「夜裡牠就會長出翅膀，變成你見過的蟬了，明天早上牠就會飛了。」

顧川繼續說，聲音裡帶著誘哄。「你想不想看牠長出翅膀？」

小葡萄毫無防備地點頭。「想。」

顧川把蟬蛹放在竹筒裡，遞給兒子。「你帶著牠，明天早上就能看見了。不過，蟬不喜歡人多的地方，人多，牠就長不出翅膀了，所以今晚你得自己去隔壁睡。」

小葡萄盯著在竹筒裡試圖往上爬的蟬蛹，獨自糾結一瞬，最終想看翅膀的心占了上風，他紅潤的小嘴微張，應了一聲。「好吧。」

搞定了兒子，顧川心情極好地抱著小傢伙回去了。

蘇箏還在屋裡生悶氣，所以她看見顧川回來也沒理他，招手讓小葡萄過來。

小葡萄萌萌地小跑過去。「娘。」

蘇箏一把抱起兒子。「去洗澡，洗完我們睡覺。」

她知道顧川不太喜歡兒子跟他們一起睡，她偏要帶兒子睡覺，哼！

結果懷裡的小傻瓜竟然搖頭不願意！

小葡萄緊緊抱著懷裡的竹筒。「我要自己睡！」

兒子，你知道你在說什麼嗎？

「呵呵……」顧川悶笑兩聲。

蘇箏瞪了他一眼，把傻兒子扔到他懷裡，自己躺上床睡覺了。

顧川把兒子哄睡後回房間，臥室的油燈早就熄了，他摸黑躺在床上，胳膊習慣性地搭在蘇箏腰上。

裝睡的蘇箏一把將他的胳膊甩下去。

「生氣了？」

蘇箏不搭理他，並且把身子往裡挪了挪，努力離顧川遠一點。

顧川伸手扣住她的腰，本意是不想讓她走，只是這一扣，就變味了。手掌下的腰線凹下去的弧度明顯，盈盈一握，顧川的手不自覺在腰上摩挲幾下，手指順著腰線向上滑。

蘇箏悶悶地說：「我要睡覺。」

顧川吻了吻她的後頸，聲音比平日要沙啞幾分，黑夜裡格外撩人。「嗯，等會兒睡。」

最後，顧川大半夜去廚房燒水洗澡，抱著已經睡過去的蘇箏，兩人一起洗了個澡。

他把蘇箏放在床上，臨睡前拿著蠟燭，去隔壁看看傻兒子。之前在蘇家時有丫鬟看著兒子，這次是兒子真正獨自睡覺。

微黃的燭火照亮屋內，小葡萄整個人橫向躺在大床上，張著小嘴睡得正香，小肚子隨著他的呼吸起起伏伏。

顧川忍俊不禁，捏了捏兒子肉肉的肚皮，拿過床上的毯子，蓋在兒子鼓起的肚皮上。

早上夫妻倆還在睡，小葡萄慌張地跑進來，懷裡抱著個竹筒，嗚咽地說：「爹爹，蟬不見了……」

顧川揉了揉眼睛，鬆開懷裡的蘇箏，抱著兒子去隔壁房間。

「爹爹。」小葡萄把竹筒倒過來，示意爹爹看。

「長出翅膀後牠就飛走了。」
昨晚忘了把竹筒蓋上了。
「那我能長翅膀嗎？」小葡萄期待地看著爹爹。
顧川正忙著把兒子胖腳上的灰塵擦掉，聽到這話他手上的動作頓住。
他握著兒子的腳丫子，認真說：「能，只要你堅持一個人睡，就能長出翅膀。」
小葡萄點點頭，一臉雄心壯志。「我自己睡覺！」
「嗯。」顧川讚揚地點頭，替小葡萄套上鞋子。「我們去做早飯。」

第二十九章

近日鎮上發生了一件大事，吳舉人不是舉人了！

據說前陣子有位大官悄悄來鎮上，偶然發現好幾年前，吳舉人逼死府上的一個丫鬟，特意來信讓縣老爺查清此案。

縣老爺查清楚以後，確認事情屬實，往上面一報，上面摘了吳舉人的稱號。

百姓們無不拍手稱好，這些年吳舉人仗著自己是舉人，沒少幹傷天害理的事，他們這些人敢怒不敢言，打落牙齒和血吞，這會兒一個個喜氣洋洋，排著隊去縣老爺那兒討個公道。

吳家。

被奪去舉人封號的吳老爺，本就白了的頭髮似乎白得更多了，他背著手走來走去，想到子孫後輩沒一個成器的，他焦躁地揮揮手，桌上的茶具全部落在地上，發出清脆的響聲。

「在這裡耍威風有什麼用？有這時間，還不如想想為什麼會這樣？」吳夫人淡淡說道。

吳夫人坐姿端莊，眼尾上挑，是典型的吊梢眼，細細的彎眉，五官銳氣，雖年華已去，但看得出來年輕時是個美人。

為什麼會這樣？上面突然查他？

以前處理乾淨的事，現在一件件冒出來，吳老爺心中多少猜到了點，估計是和那位難伺候的劉公子有關。

吳夫人冷笑一聲。「照我說啊，可能是老爺新納的那位夫人不吉利，這才害得吳家倒楣了，她沒進門前，吳家不說順風順水，也沒出過什麼大事，這下好了，什麼都沒了。」

按理說，吳老爺那麼多小妾，她也不在乎他納多少個，可巧，她這輩子最看不慣黃氏那種表面唯唯諾諾、實則滿心算計的人，整天一副知書達禮、落落大方的樣子，裝給誰看呢？

吳夫人是隨口挑撥，吳老爺卻是若有所思。

若不是黃氏提到蘇家的荷花，後續哪來這麼多麻煩事？

心中有所不喜後，再見到黃氏是哪兒都不順眼，吳老爺揮揮手，示意黃氏不必過來。

正欲上前替吳老爺捏肩的黃氏頓住腳步。

「妳去夫人那兒，看看有沒有需要幫忙的地方。」

「老爺……」黃氏不敢置信，震驚地抬頭，嘴巴張張合合，欲言欲止，一雙美目染上盈盈水霧。

吳老爺正心煩著，看都沒看黃氏，不耐煩地說：「現在就去，府上人手不夠用。」

雖然遣散一部分丫鬟小廝，人手不多，也不到需要她去幫忙的地步啊！

黃氏咬咬牙，看了吳老爺一眼，屈辱地退下了。

那老虔婆看不慣她很久了，去她手底下，能有什麼好果子吃？

黃氏在這一刻好恨，恨把她休了的蘇老爺，恨不顧她意願把她嫁給吳老頭的兄嫂，更恨的是，她處心積慮對付的蘇箏，如今生活得好好的！

為什麼她費盡心機引去蘇家的劉公子，看上的不是蘇箏？

「寶珠……」一聲寶珠，喊得熱切又深情。

江寶珠掏了掏耳朵，往後退了一步，看著面前的孟逸道：「叫我江小姐，我不習慣不熟的人喊我名字。」

「寶……江小姐……」孟逸白淨的臉上閃過哀傷，瘦弱的身子彷彿風一吹就跑。

江寶珠嫌棄道：「別擺這副死人臉，把我送給你的簪子還給我。」

如果不是想起簪子，孟逸約她，她根本不會出來。

江寶珠盛氣凌人，一臉不耐煩，偏偏她容貌極美，神采飛揚，一雙眼睛似帶著鈎子，勾得孟逸心裡直癢癢。

他就沒見過比江寶珠更好看的女人。

「寶珠，我爹去退親我是不知情的，那天我病了，昏迷了好久，等我醒來時，爹已經退親了。妳相信我，我真的不想退……」

江寶珠做了個手勢。「閉嘴，簪子呢？」

孟逸摸摸胸口。「妳送的簪子，我一直貼身珍藏，捨不得它有半分損壞。寶珠，我們的

「呵……」江寶珠冷笑一聲，吩咐她帶來的小廝。「搜他身上有沒有簪子。」

「是！」江家的小廝聽到小姐的吩咐，立馬行動起來，逮住孟逸就搜身。

孟逸連忙伸手阻擋，嘴裡叫道：「你們不能這樣……」

他心中暗暗後悔今日出門見江寶珠沒帶上小廝，還特意為了表示他的心意而把簪子帶在身上。

江家的小廝哪裡會聽他的話，幾個小廝制住他的手腳，兩三下把簪子翻出來了。

「小姐，給。」

江寶珠看也沒看簪子，斜睨了一眼倒在地上衣衫不整、髮鬢凌亂的孟逸。「你挺虛弱的啊，這就躺在地上了。小五，去給孟家報個信，把他們少爺抬回去。」

「是，小姐！」小廝中氣十足地應下。

江寶珠揮一揮衣袖，豪氣萬千地道：「我們走。」

孟逸躺在地上眼睜睜看著江寶珠走遠了，他動了動胳膊，嘴裡嘶了一聲，也不知道剛剛是哪個王八羔子，擰了他好幾把，他現在渾身動一下都疼。

江寶珠最近心情都不錯，今天更是好，一路揚著嘴角回去了。

蘇箏近段時間有些發愁，顧川的生辰快到了，她還沒想好送什麼。

小葡萄邁著短腿在娘親眼前跑來跑去，當他又一次衝過來時，蘇箏揪住他後背的衣服，把兒子攬進懷裡。

「你跑什麼？累不累？」

小葡萄在蘇箏懷裡掙扎，奶聲奶氣地說：「長翅膀！」

爹爹說他經常走動，堅持一個人睡，少讓娘親抱，很快就會有翅膀了！

蘇箏不太關心兒子的傻言傻語，低頭問兒子。「馬上就是爹爹生辰了，你說送給爹爹什麼好呢？」

小葡萄拍拍胸脯，滿臉驕傲地說：「我！」

爹爹最喜歡他。

「……」蘇箏把兒子推出去。「你繼續去玩吧。」

小葡萄雙手張開，迎著秋風，嘴裡嗷嗚一聲，假裝自己已經會飛了。

對了！她可以幫顧川親手縫一套褻衣啊，顧川肯定很感動！

蘇箏靈光一現，腦中想到屆時顧川一定是捧著褻衣，雙手微微顫抖，眼含熱淚，真情實意地說：「謝謝，我很喜歡，從來沒有人在我生辰時，用心為我做套褻衣。」

蘇箏興奮地拍拍手。「我真是太聰明了！」

「娘，渴了。」小葡萄跑過來拉住娘親的手。

「誰叫你亂跑。」蘇箏擦兒子臉上的汗，牽著兒子去屋裡喝茶。

小葡萄走路也不安分，牽著娘親的手蹦蹦跳跳。「要喝甜甜的茶。」

前段時間，竇東送了蜂蜜，小葡萄嚐一口後，瞬間就愛上了。

回應他的是蘇箏的一聲「呵呵」。

最終小葡萄如願以償喝到蜂蜜水，他伸舌頭舔舔空空如也的碗，遞給蘇箏。「娘，還要。」

蘇箏捏了一把小葡萄的臉，無奈地說：「你怎這麼貪心啊？」

小葡萄咧嘴一笑，笑得天真無邪，露出一口小白牙。在娘轉身倒茶時，他踮起腳尖，伸長胳膊，拿勺子準確無比地舀了一勺蜂蜜，一口塞進嘴裡，動作十分迅速，只是忘了銷毀證據，蜂蜜在桌上留下一條長長的線，兩腮撐得鼓鼓的。

蘇箏無言了。

小葡萄鼓著腮幫子不動，睜著一雙水潤潤的大眼睛，眼神無辜又清澈。

蘇箏見兒子這副表情，她噗哧一聲就笑了。「吃吧！吃完娘帶你去玩。」

要是顧川在，肯定又要教育兒子了。

小葡萄立刻眉眼彎彎，高興地把新的一碗蜂蜜水喝完了。

蘇箏要帶兒子去鎮上，去蘇老爺在大陽村的新宅，找了個小廝送他們母子倆過去。

蘇老爺憂心忡忡地跟在女兒後面，不太放心地說：「要不，爹還是陪你們一起去吧？」

蘇箏很無奈。「爹，我是沒去過鎮上嗎？」

蘇老爺頓住腳步，訕訕地說：「妳這不是沒獨自帶小葡萄出過門嗎？」平日都是和女婿一起出門，今天不知什麼原因，突然女兒要自己帶孩子出去。

蘇箏心想，原來不是關心她，是在擔心傻兒子。

她冷哼一聲，把傻兒子抱上馬車，自己隨後也坐進去。

蘇老爺絮絮叨叨跟小廝交代清楚。「跟緊小姐，尤其要看好小少爺，街上人多，注意別被衝撞了。小少爺走路走累了，你就抱……」

蘇箏聽煩了，掀開車簾對小廝說：「還不走？」

從村裡到鎮上有一段距離，馬車搖搖晃晃，小葡萄扒著窗口，兩隻眼睛看著外面的風景，小腦袋隨著馬車顛簸的幅度一晃一晃。

蘇箏掐著他的小胖腰，把人抱過來。「老實坐在這裡。」

小葡萄不願意，兩條小胖腿蹬啊蹬，想繼續看風景。

蘇箏慢吞吞地拿出一串葡萄。

小葡萄立馬不動了，垂涎地盯著紫紅色的葡萄，不自覺吸了吸口水。

蘇箏仔細地把葡萄皮剝了，餵小葡萄吃。

她剝的速度哪裡趕得上小葡萄吃的速度，剝了半天她一個沒吃，全進小葡萄肚子裡。

蘇箏盯著指尖上晶瑩剔透的葡萄，忍了又忍，最終還是沒忍住，張嘴自己吃了。

「娘……」小葡萄指了指葡萄，示意他還要吃。

蘇箏拿帕子擦了擦手，對小葡萄搖搖頭。「不吃了，到鎮上再吃。」
剝葡萄好累啊，任小葡萄怎麼鬧騰，蘇箏也不剝了。
所幸沒過多久就到鎮上了，小葡萄一下馬車，立刻把葡萄拋在腦後，伸長腦袋東張西望，很快被不遠處的糖人吸引了，邁著小短腿就要跑過去。
蘇箏眼疾手快地勾住他衣服。「別亂跑，娘跟你一起去。」
小葡萄非常有自己的想法，在眾多糖人中，一眼挑中了一個。
蘇箏故意逗他。「確定要這個嗎？娘覺得那個更甜。」
她指著旁邊的糖人。
小葡萄搖頭，堅定地說：「就要這個。」
「好吧。」蘇箏牽著兒子，邊走邊說：「我們要去買布，給爹爹做套衣裳。」
小葡萄伸出舌頭舔了舔糖人，嘴裡吃著糖還不忘跟娘說：「小葡萄也要衣服！」
蘇箏豪爽地應下。「好。」
兩人一踏進鋪子，老闆娘就迎了上來。「夫人您來了！」
蘇箏這幾年陸陸續續來過這家裁縫鋪，裡面的老闆娘早就記住蘇箏那張臉了。
「這是您兒子？」老闆娘很快被蘇箏身旁白白胖胖的小團子吸引了。
小葡萄戀戀不捨地舔了一口糖人，含糊不清地說：「我是她的寶寶。」
老闆娘被小葡萄的童言童語逗笑了。「您兒子跟您長得可真像。」

蘇箏昂了昂下巴。「我兒子當然像我了。給我一疋做褻衣的布料，要最好的。」
不知道顧川需要用多少布料，乾脆買一疋好了。
「好。」老闆娘應聲去拿布疋。
這夫人買東西爽快，不差錢，人長得又漂亮，穿什麼衣服都好看，她可得好好招待。
「你喜歡哪個？」蘇箏彎下腰問兒子，讓他自己挑。
小葡萄圍著琳琅滿目的布疋轉了一圈，很快鎖定目標。「要這個！」
蘇箏順著他指的方向看去，抽了抽嘴角。「兒子，你確定要這個嗎？」
那是一疋粉紅色的布。
小葡萄無比認真地點頭。「要它。」
它最亮！
蘇箏拽了拽兒子頭頂的一撮頭髮。「你一定要這個的話，也行吧。」
反正小葡萄的衣服會交給裁縫鋪去做，挑好布疋後，等老闆娘量完小葡萄的尺寸，蘇箏抱著布疋牽著小葡萄走了。
「小姐，我來拿。」小廝一直等在門外。
蘇箏把布疋遞給他，便牽著兒子去逛街了。
小葡萄正是好奇的時候，見到什麼都想要，買了一堆亂七八糟的東西後，他又看中一隻鳥。

蘇箏可不想養鳥，趕緊說：「兒子，娘已經沒錢了，不能買了，咱們回家吧。」

小葡萄渴望地看著翠綠色的鸚鵡，最後頗為遺憾地耷拉著腦袋。

他知道買東西需要銀子。

「我們走。」蘇箏抓緊時機，牽著傻兒子就走。

小葡萄一步三回頭，被娘親半強迫地帶走了。

終於把兒子帶到馬車裡，蘇箏鬆了一口氣，整個人癱坐在車裡。

小葡萄今天走了不少路，逛街的那股興奮感一過，他就開始犯睏了，張著小嘴打了個呵欠。

「睏了？」

小葡萄點點頭。

蘇箏讓小葡萄枕在自己腿上。「睡吧！」

小葡萄躺下就睡著了，烏黑濃密的睫毛垂下，像兩排漂亮的小扇子。肉嘟嘟的胖臉上面，帶著一團健康的淺粉，由於是側躺著，紅潤的小嘴被壓得微微張開。

蘇箏挑唇一笑，惡劣地捏了捏他臉頰上的肉肉。

小葡萄不為所動，仍然睡得香甜。

母子倆到家時，顧川已經回來了，當蘇家的馬車停下，他掀開車簾，見兒子睡著了，便把兒子抱進房裡睡。

再出去時，見蘇箏還沒從馬車下來，顧川挑挑眉道：「不準備下來？」

蘇箏有些委屈。「腿麻了。」

都怪小葡萄太沈了，她現在動都不敢動。

顧川聽見這話嘴角微勾，似是輕笑了聲，上前把蘇箏抱下來。

「怎麼突然去鎮上了？」沒等他回來一起去。後面那句話顧川忍著沒說。

蘇箏在顧川懷裡轉了轉眼珠，把原因推到兒子身上。「小葡萄鬧著非要出去玩。」

「哦。」顧川淡淡應了一聲，在心裡記下兒子一筆。

把蘇箏放在裡屋，顧川轉身就要出去。

蘇箏揪住他的衣服，可憐兮兮地看著顧川。「腿……」

顧川只得幫蘇箏捏腿。

「你們母子倆在鎮上吃飽喝足了，我還沒吃飯。」母子倆身上沾染食物香味，想聞不到都難。

蘇箏笑了兩聲，像平日捧小葡萄的臉蛋一樣，捧起顧川的臉揉了揉。「下次等你一起去。」

嗯，還是兒子的胖臉蛋好捏。

顧川不知道蘇箏的想法，對於她的親近還是很樂意，聞言便滿意地點頭。「好。」

翌日，顧川出門了。

蘇箏對於做衣服並不熟練，翻出顧川的褻衣，比劃半天，才決定好從哪裡下剪刀。

「娘……」小葡萄啪啪跑進來，要娘陪他玩。

蘇箏揮揮手，頭也不回地說：「你自己玩，娘忙著呢。」

小葡萄昂著大腦袋好奇娘親在幹麼，看了一會兒又覺得無趣，噘著嘴跑出去了。

蘇箏對著一團布料，正苦惱著該從何處下手，她也沒發現兒子跑出去了。

小葡萄噘著嘴，胖胖的臉蛋皺成一團，小短腿走得飛快。

他要去找外公，娘不陪他玩捉迷藏，哼！

半路上，小葡萄看到一群孩子圍在一起。

嗯？

「你們在玩什麼？」小葡萄好奇發問，走近一看，他就生氣了，握緊小拳頭，憤怒地吼道：「你們在幹麼！」

「哦，是小葡萄啊，你要不要和我們一起玩？這條蠢狗太好玩了。」說話的是一個約莫五歲的孩子，比周圍幾個孩子要高壯一些。

小葡萄很憤怒，氣得說話都不順了。「誰要……跟你們玩！不准……欺負牠！」

被幾個孩子圍起來的是一條瘦骨嶙峋的黑狗，小黑狗的一隻後腿無力地垂在地上，黑色毛髮濕漉漉的，地上浸濕了一塊，上面沾著血跡，不知道是被哪個孩子弄傷了。

「小葡萄，這又不是你家的狗。」其中一個孩子不滿地說道。

他們知道小葡萄是那位冷面先生家的兒子，但他們玩狗，關他什麼事啊？

「不是我家的狗，你們也不能欺負牠！」

最開始說話的那個高壯孩子對小葡萄扮了個鬼臉。「就欺負牠，怎樣？我娘說了，這種沒人要的野狗，玩死了，還能吃一頓肉呢！」

小葡萄凶狠地說：「你……你欺負牠，我就揍你！」

這一群孩子年紀約四、五歲，都比還不到兩歲半的小葡萄高，他們聽到小葡萄這樣說，不僅不怕，一個個反而哈哈大笑。

「欺負牠又怎麼樣？」那個最高壯的孩子把手裡的小石頭砸向趴在地上的黑狗，穩穩地砸在狗背上，惹得黑狗慘叫了一聲。

小葡萄見小黑狗慘兮兮的樣子，心中生出無限勇氣，兩隻小胖手握成拳頭，運足了氣，朝正在笑的高壯男孩一頭撞過去。

高壯男孩被小葡萄出其不意一撞，身子站立不住，和小葡萄一起倒在地上。

小葡萄有他做肉墊，身上倒是不疼，就是手心著地，破了皮。

高壯男孩比較倒楣，他後腦勺著地時，地上好巧不巧，有一顆小石頭磕碰到他的腦袋。他伸手一摸，摸到了血跡，瞬間嚇得臉色煞白，連滾帶爬地起來，大哭著回家找娘了。

旁邊幾個孩子見小葡萄這一招把他們的大哥打哭了，都被嚇懵了，一溜煙全散了。膽小點的孩子更是哭著跑，不大一會兒，地上只剩小葡萄和小黑狗了。

手好痛……

小葡萄坐在地上，舉著他泛著血絲的小手，淚眼汪汪。

不能哭，爹爹說他是男子漢，男子漢不能哭。

小葡萄用手背抹了抹眼睛，從地上爬起來，忍著哭腔對趴在地上的黑狗說：「快回去找你娘吧，我也要回家了。」

說了不哭，可是手心越來越痛，小葡萄還是沒忍住，眼淚奪眶而出。「嗚嗚……」

小黑狗睜著圓溜溜的眼睛看著小葡萄的背影，猶豫了一下爬起來，支著三條腿，一蹦一蹦跟在小葡萄後面。

寧靜的鄉村小道上，出現這樣一幕：一個胖團子嚎啕大哭，邊走邊擦眼淚，身後跟著一條瘦弱的瘸狗。

小葡萄一路哭到家。

「娘……」

「嗯？」蘇箏從一堆布料裡抬頭，看見兒子滿臉淚水嚇了一跳，扔了手中的針線，蹲下身仔細檢查兒子。

嗯，除了衣服髒了點，沒別的傷，左手心擦破了，傷口上沾著灰塵。

「摔倒了？」

小葡萄搖搖頭，淚眼汪汪地把手遞給娘親。「痛痛。」

蘇箏捧著他的手替他吹了吹，並用水洗掉灰塵，抹上藥水。

「好了，下次走路走慢點，知道嗎？」

小葡萄搖頭想解釋。「不是……」

這時顧川從外面進來了。「院子裡怎麼有一條狗？」

蘇箏聽見顧川的聲音，手忙腳亂地把布料、針線一股腦兒塞在被子裡，隨即整個人撲在被上。

等顧川踏進裡屋時，蘇箏揉了揉眼睛起來，佯裝剛睡醒。「你說什麼？」

顧川覺得蘇箏有些怪怪的，不過他也沒在意，又重複一遍。「外面有一條小黑狗，妳帶回來的？」

蘇箏搖頭。「不是。」

倒是小葡萄，聽見爹爹說黑狗，噔噔噔地跑出去。

蘇箏坐在床上不敢動，顧川跟在兒子屁股後面出去了。

見顧川出去了，蘇箏抱著一團布塞進櫃子裡，壓在她的衣服底下，左右看看沒什麼破綻，這才放心地走出去。

院子裡小葡萄奶聲奶氣地說：「牠是跟我回來的。」

蘇箏問：「嗯？為什麼跟你回來？」

小葡萄還小，說話顛三倒四，嘰哩呱啦說了半天，蘇箏才聽懂。

「所以你不是自己摔倒的，是和別人打架了？」

打架……他撞了那個討厭的人。

小葡萄懵懂地點點頭。

蘇箏見兒子點頭，頓時氣炸了，她一會兒沒跟著兒子，兒子就被欺負了？

「跟你打架的人是誰，你記得嗎？」

小葡萄回想了一下。「記得。」

長得最凶的那個！他還把他撞哭了。

小葡萄想到這裡，瞬間昂首挺胸，覺得自己好厲害。

蘇箏抓住兒子的手腕就往外面走。「帶娘去找他。」

顧川眼疾手快地拉住蘇箏。「妳要幹麼？」

蘇箏翻過兒子的手心給他看，氣勢洶洶地說：「當然是去找他娘。看，小葡萄的手都磕破了。」

顧川捏捏眉心。「小孩子在一起打打鬧鬧難免的，一點小事還不至於找上門。再說了，小葡萄現在估計已經不知道是誰和他打鬧了。」

見蘇箏氣呼呼一臉不服氣，顧川指著趴在地上的狗，轉移她的注意力。「妳把藥水拿來，這狗受傷了。」

蘇箏這才發現院子裡趴著一隻小黑狗，圓溜溜的狗眼裡滿是警惕。

蘇箏覺得這狗有點眼熟，蹲在顧川旁邊看他幫狗處理傷口時，她終於想起來了。

這狗不就是之前吃了小葡萄綠豆糕的小黑狗嗎？兩個月過去，牠長大了點，不過還是一樣瘦。

蘇箏嘀咕著。「你當時跑這麼快，被欺負了吧？早些跟著小葡萄回來，你現在肯定也像他一樣圓滾滾的了。」

「娘，牠好可憐，我們養牠好不好？」

蘇箏無所謂道：「我可以啊，問你爹願不願意。」

「爹爹！」小葡萄由娘親身邊，跑到爹爹身邊。

顧川看著身上髒兮兮的兒子，點頭答應。「如果你願意每天餵狗，就可以。」

小葡萄忙不迭地一口答應。「餵！我餵！」

「那給牠取個名字。」顧川和蘇箏把取名字的事交給兒子。

小葡萄苦思冥想了半天，最後說：「牠就叫笨笨吧，被打都不跑，笨死了。」

顧川心中嘆氣：這狗不是不跑，是腿骨折了，沒辦法跑掉吧？

蘇箏腹誹：兒子，你確定當初吃完綠豆糕就走的狗笨嗎？

不管夫妻倆怎麼想的，狗的名字是定下來了。

顧川沒想到，他攔著蘇箏沒去找別人麻煩，麻煩倒是自己找上門了。

稍晚，一名三十左右的婦人領著孩子前來顧家。

「顧先生，你看看你家孩子把我家兒子打成這樣！」婦人指著自家孩子的後腦勺，一臉激動地說。

婦人的嗓門極大，顧川不適地皺眉，目光落在孩子身上，後腦勺確實磕破了，到現在還沒包紮。

那孩子被顧川看著有些害怕，瑟縮了一下，往他娘身後躲了起來。

顧川第一想法竟然是幸好蘇箏帶兒子去岳父那兒了，不然就她那伶牙俐齒、得理不饒人的性子，估計得吵起來。

「我家孩子才兩歲，你家孩子比小葡萄高，比小葡萄壯實，再過兩年，可以去私塾了吧？」

婦人一時無言。

說實話，那婦人也不相信她兒子會被比他矮一個頭的人打破頭，但是她問了兒子好幾次，兒子都說是顧先生家的兒子。

顧川繼續道：「而且，小葡萄為什麼打妳家兒子，妳問了嗎？」

婦人退了一步，嘴硬說：「我家孩子從小就乖，從不惹事，定是你家孩子不對在先。」

其實她壓根兒沒問過自家孩子怎麼回事，聽到兒子說是顧先生的孩子打的，她沒幫兒子包紮，便急忙領著孩子過來了。

顧先生的岳父有錢啊，隨便給她賠償點銀子都不會少。

顧川道：「無論誰對誰錯，孩子傷在頭上，得先去醫館看看。」

那婦人點頭。「是這個理。」

「這樣吧，為了不耽誤孩子去醫館，我帶妳去村長家，讓村長兒子趕牛車送你們去，花了多少銀子，都算我的。」

「啊？」那婦人傻眼了。

她只是想隨便要點錢，兒子這點小傷去什麼醫館啊？隨便包紮下就行了啊！

沒訛到銀子的婦人，又不想大費周章去醫館，最後只能摸摸鼻子，帶著兒子離開了。

第三十章

顧川生辰那日，蘇箏早早起床，對著鏡子描眉畫眼，精心打扮。

蘇箏低頭看抱著她腿的小葡萄，拿胭紅輕輕在他兩邊臉頰拍了拍。「好了。」

「我也要畫！」

小葡萄狐疑地盯著娘親，踮著腳要照鏡子。

蘇箏這時也上好妝，抱著小葡萄從鏡子前一晃而過。「看到了沒？」

她放下小葡萄，出去看廚娘打算做哪些菜，她昨晚就把蘇老爺的廚子借來了。

小葡萄一個人在房間裡踮著腳尖，努力伸長胳膊，艱難地拿到娘的胭脂，用食指戳了戳，抹到自己的臉上。

待他覺得滿意了，扔下手中的胭脂，一溜煙地跑出去。

蘇箏正在交代廚娘，廚娘仔細聽著，冷不防看見小葡萄的胖臉蛋，嚇得她心肝顫了幾下，顧不得聽小姐說的話，驚道：「我的小祖宗，誰把你弄成這個樣子？」

蘇箏一回頭也震驚了，是她兒子沒錯，只是，他臉上那兩大坨是什麼玩意兒？

小葡萄並不知道兩人受到的衝擊，他對娘親咧嘴一笑，配著他臉頰上紅彤彤的兩坨，簡直驚悚。

蘇箏抬手捂著眼緩了緩，聲音有些顫抖。「兒子，洗洗臉吧。」

蘇箏走過去牽著小葡萄的手，打算帶他去洗臉。

小葡萄竟然不配合，雙腳釘在地上，抿著唇搖頭，滿臉抗拒。「不洗！」

蘇箏蹲下身問他。「你確定不洗？」

「不洗！不洗！」怕娘親強迫自己洗臉，小葡萄掙開手，飛一般跑了。

算了，等會兒再幫他洗吧，她現在得跟廚娘學習怎麼做長壽麵。

廚娘在蘇家幹了好些年，廚藝一絕，尤其是她做的松鼠鱖魚，蘇箏百吃不膩。

費了九牛二虎之力，蘇箏勉強煮了一碗長壽麵出來。過程不必多提，實在太過艱辛，她一碗麵煮出來，廚娘的八道菜也好了。

時辰不早，廚娘識趣不打擾小姐和姑爺，先行告退了，路過院子裡和黑狗玩耍的小少爺，眼睛再一次受到衝擊，她捂著心口走了。

小葡萄自覺甚美，小手替小黑狗笨笨順毛，嘰哩呱啦和牠說話。

笨笨仰面躺在地上，露出肚皮，兩隻前爪屈著，舒舒服服任由小主人撓牠。

「今天是爹爹生辰。」小葡萄想了想，使勁揪下一朵花插在笨笨頭上，奈何狗毛太短，狗頭一動，花就掉了。

小葡萄兩隻小手固定住狗頭，奶聲奶氣地命令牠。「不准動。」

笨笨的狗眼裡似乎有不解，但也聽話不動了。

顧川回來見一道粉紅色的背影蹲在地上和狗玩，遲疑了一下喊道：「小葡萄？」

「爹爹……」小葡萄聽到爹的聲音立馬鬆開笨笨。

笨笨原地翻了個身，一溜煙跑了，徒留一朵花。

待顧川看清兒子的臉，眼皮狠狠一抽，感到心力交瘁。

這孩子穿粉色的衣服就算了，臉上還抹了胭脂……

顧川捏捏眉心，有些無力地問：「誰幫你抹上胭脂？」

小葡萄雙手扠腰，頗為得意。「我自己！」

顧川覺得，有必要糾正一下兒子的審美。

「回來了？」蘇箏從廚房探出頭。

蘇箏五官本就生得極美，此刻略施粉黛，烏黑水潤的桃花眼盛著光，飽滿的紅唇彎起，笑盈盈的模樣更是美。

顧川心頭微微一跳。

「帶小葡萄洗手，可以吃飯了。」蘇箏道。

吃飯？

顧川這才注意到廚房飄來的香味，他挑挑眉，今日的蘇箏，好像過於溫柔？

來不及細想，顧川拎著兒子去洗手。其間他打算把兒子的臉一起洗了，奈何兒子分外不配合，嘴裡嚷著不要洗，只得作罷。

飯桌上擺著松鼠鱖魚、粉蒸肉、辣子雞丁、清蒸蟹等等，色香味俱全，一看就不可能是蘇箏做的。

這時，蘇箏端了一碗長壽麵上來。「這個是我親手做的，生辰快樂！」

小葡萄人矮，在一旁跳了兩下，以此吸引爹爹的注意，跟著娘親說：「生辰快樂！」

顧川看著賣相不怎麼好的長壽麵，再看看眉眼相似的一大一小，陷入沈默，心底升起一片暖意。

蘇箏催促他。「快吃。」

不然麵坨了就更不好吃了！

顧川在一大一小的目光下，把一碗麵吃完了。

「好吃嗎？」蘇箏期待地問。

顧川點頭。「挺好吃的。」

這也是第一次有人在他生辰時，真心為他做一碗麵。

雖然知道味道應該不怎麼樣，聽到顧川說好吃，蘇箏還是忍不住翹起了尾巴。

而一旁的小葡萄，兩隻眼睛早就黏在菜上面了。

顧川掀唇一笑，替兒子挾了一塊粉蒸肉。

小葡萄一口吃完了，他對肉的喜愛，從未變過。

吃完飯，蘇箏拉著顧川回屋，從櫃子裡拿出一套褻衣，捧在手上獻寶一樣地遞給顧川。

「這個也是我親手做的！」

顧川今日還是很感動，蘇箏平時是一個懶人，居然願意親手為他做衣服，為他做長壽麵，因此他接過衣服，鄭重地說：「謝謝。」

蘇箏盯著自己的腳尖，低著頭偷笑。

顧川握住蘇箏垂在身側的手，低頭在她額頭落下一吻。

細碎的吻落在她的眼睛、她的臉頰，漸漸地，落在她的唇角。

「我也要親親！」小葡萄不開心地跺腳，大聲喊道。

蘇箏紅著臉推開顧川跑了，丟下一句。「試試衣服合不合身！」

顧川垂眸看著抱他腿的兒子，暗嘆了一口氣，剛剛忘記關門了。

小葡萄還在不依不饒。「要親親。」

顧川把他抱到凳子上坐著，敷衍傻兒子。「等一下。」

事實上，小葡萄兩歲以後，他和蘇箏都不再親兒子了。

顧川關上門，脫掉衣服，試穿蘇箏做的褻衣。

布料買得好，穿在身上也舒服，針腳不夠細密沒關係，又不是外衣，顧川能接受，只是……

顧川抬起胳膊，這露了一截手臂是怎麼回事？忘記縫了？

待裡屋門打開，蘇箏迫不及待地問顧川。「怎麼樣，怎麼樣？」

一雙眼亮晶晶，眼底閃著光。

顧川看著她期待的眼神，沈吟一下，非常善解人意地說：「挺合身的。」

蘇箏驕傲挺胸，萬分得意。「我做的，當然合身！」

顧川面帶微笑，決定自己找機會偷偷把袖子縫上。

夫妻倆說了一會兒話，顧川恍然發現。「小葡萄呢？」

最愛黏人的兒子竟然不在。

蘇箏反問道：「剛剛不是跟你在屋裡嗎？」

屋裡空空蕩蕩，並沒有圓圓的小葡萄。

夫妻倆對視一眼，異口同聲道：「出去了？」

顧川道：「我去找。」

小葡萄獨自出門了，邁著短腿一路走得穩穩當當。

不湊巧，一出門就遇見上次那群孩子。

那群孩子還記得小葡萄上次把他們老大撞倒在地的英勇事蹟，因此見到小葡萄都有些害怕，幾個擋住路的孩子紛紛讓路給小葡萄，讓他過去。

「喂！」上次被小葡萄撞倒的高壯男孩，見他這群手下害怕小葡萄，有些不爽。

他才是老大！

小葡萄被人拉住手腕，用水潤潤的眼睛看向對方，黑眸裡閃著疑惑的光。

高壯男孩頓時氣結，這人害他喝了好幾天苦藥，現在還敢用眼神挑釁他！

「別以為你上次能打倒我就很厲害，再來一次，我壓根兒不會摔倒。」上次是他沒有防備，才被這個矮一頭的小個子打倒。

小葡萄掙脫了下手，操著一口小奶音。「鬆開。」

高壯男孩需要捍衛老大的地位，倔強道：「不放，除非你也讓我打倒一次。」

兩人互相使勁拉扯了幾下，小葡萄沒有他的力氣大，手腕被抓得紅紅的，有些疼，便生氣地吼道：「你鬆手。」

男孩的聲音比小葡萄更大。「那從今天起，你認我做大哥！」

小葡萄才不要什麼大哥不大哥，見他不願意鬆開，低頭張嘴，露出一口小白牙，嗷嗚一口咬住他的手。

「啊！」男孩吃痛，鬆開了手。

「葡萄，你在幹麼？鬆口。」顧川過來時，就見到小葡萄咬人的一幕。

聽到爹爹的話，小葡萄這才不情不願鬆開嘴。

顧川檢查了一下那孩子的手，還好，小葡萄力氣不大，沒破皮，只在皮膚上留下幾個牙印。

顧川黑著臉對小葡萄說：「跟這位哥哥道歉。」

旁邊幾個小孩見到顧川過來，早就被顧川的冷臉嚇跑了，只剩下這個男孩哆哆嗦嗦的，還未等到小葡萄道歉，他也一溜煙跑了。

估計不怕顧川冷臉的，只有小葡萄一個。

小葡萄伸出手給爹爹看，委屈告狀。「手疼，他抓的。」

顧川見兒子白胖的手腕紅了大半圈，小孩子皮膚白嫩，紅紅的格外顯眼，他心疼地替兒子揉了揉，揉了後才反應過來要教育兒子。

顧川放下兒子的胖胳膊，蹲下身子，視線跟他平齊，認真對他說：「咬人是不對的，不能咬人知道嗎？」

想到上次的事，顧川又加了一句。「也不能和別人打架。」

小葡萄懵懵懂懂地說：「我不打架。」

「知道錯了嗎？」

小葡萄點頭。「錯了。」

「嗯。」顧川點頭，摸摸兒子的頭頂。「知道錯就是乖孩子，要記住下次不能這樣了，回家吧。」說著他就要牽兒子回家。

「不回家。」小葡萄把兩手背在身後，不讓他牽。

顧川居高臨下地問他。「那你要去哪兒？」

小葡萄很有目標，口齒清晰地說：「找東哥哥玩！」

顧川沒多想。「行，帶你去竇東家。」

最後，顧川買了幾塊豆腐，小葡萄免費喝了一碗豆漿，喝完他還不想走，坐在小交杌上，眼睛直勾勾看著剩下的豆漿。

「走了。」顧川用鞋尖踢了踢他的小屁股。

小葡萄搖搖頭。「不走，陪東哥哥玩。」

顧川心想：我看你不是想找竇東玩，是饞他家的豆漿。

竇東娘笑著說：「就讓小葡萄在我家，晚點我把他送回去。」

顧川拒絕道：「來年就要去縣城考試了，他在這裡會耽誤竇東學習。」

明年私塾裡的第一批孩子，要參加童子試了。

來年的考試是大事，竇東娘聞言也不留小葡萄。顧川不顧兒子的掙扎，強行把他抱走了。

唯有竇東，從書本裡抬起頭，望著小葡萄走遠的身影，愁眉苦臉地嘆了一口氣。

讀書好難啊！

且說小葡萄在爹爹懷裡動來動去，兩條腿亂蹬。「我不走！」

「你留在那兒幹麼？繼續喝豆漿？」

被爹爹說中了，小葡萄噘著嘴，胖胖的臉蛋垂下來，一臉不開心。

顧川心道，又貪吃，臉皮又厚，一說就不高興，小小年紀，就深得他娘真傳。

「要下來！」一走到一半，小葡萄在顧川懷裡蹬著腿掙扎。

顧川只當他還在不開心，所幸已經走出竇東家很遠了，遂應他的要求把人放到地上。

只不過小葡萄並未像顧川想的那樣拐回去喝豆漿，而是蹲下小身子，翹著屁股用力拔草。

顧川用鞋尖輕輕踢了一下他翹起的屁股。「你拔草做什麼？」

小葡萄緊緊抿著唇不吭聲，雙手使勁，突然一屁股坐到地上，手裡拎著半株帶著泥土的野草。倒在地上他懵了一下，緩過來後，把手裡的野草放在一旁，坐起來繼續拔下一株。

顧川捏捏眉心，無奈地在兒子旁邊蹲下身子，問他。「你要哪株草？我幫你拔。」

小葡萄終於肯理爹爹了，他搖搖頭。「我自己拔！你不能拔！」

還挺倔強。

見兒子一臉堅持，顧川只得在一旁陪他。

小孩子手嫩，拔了幾株草，手心就紅了，他一聲不吭把幾朵帶著粉色小花的草都拔下來。拔完，他捧著草就往家裡跑，也不管身後的爹爹了。

顧川挑了挑眉，邁著大長腿，輕鬆跟在兒子後面。

小葡萄一路跑回來，累得直喘粗氣。

笨笨見到小主人回來了，熱情地搖著尾巴迎上來，圍著小葡萄打轉。

小葡萄忽略小黑狗，徑直跑進屋裡。「娘！」

「跑到哪裡去了？累成這樣。」蘇箏拿手帕幫他擦了擦額頭上的汗。

小葡萄朝娘親露出一個傻乎乎的笑容，把手裡捧著的野草往前送，小奶音脆生生。「給娘親！」

如今正值秋季，夏日的花已經凋零得差不多了。小葡萄帶回來的這幾株野花，上面零星開著幾朵粉色小小的花朵，看著有種別緻的美麗，只可惜，草被揪得亂七八糟，葉子都沒幾片。

不過兒子送的花，再醜，她也喜歡。

蘇箏滿懷喜悅接過來。「謝謝小葡萄。」

小葡萄洋洋得意道：「這是我摘的喔，爹爹沒有摘。」

顧川無言。

蘇箏彎腰捏了捏他的胖臉蛋。「小葡萄真厲害，娘很喜歡。」

她找了個瓶子，把野花插起來，珍愛地放進裡屋。

小葡萄昂頭挺胸，喚來他的愛狗。「笨笨，我們走。」

顧川一把揪住兒子的後領。「去哪裡？跟我洗手去。」

扒了半天草，他手上髒兮兮，有草的汁液，有黑乎乎的泥土。

「不洗！」小葡萄身體懸空，無助地蹬著短胖的腿。

然而掙扎是沒用的，小葡萄被爹爹的力氣鎮壓著，不情不願地把手洗乾淨了。

洗完手，小葡萄期盼地看著爹爹，晶瑩清澈的眼底，裝滿了對外面的嚮往。

他想出去！

顧川搖頭，無情地說：「不能，老實點，或者跟我讀書。」

這個小崽子，什麼時候學會送花了？年齡這麼小，一肚子花花心思。

很平常的一句話，哪知小葡萄竟然被嚇住了，他緊張地搖搖頭，向爹爹保證道：「我乖乖的，不出去，我不要讀書！」

顧川記得他小時候，明明很喜歡讀書。

怕爹拉著他讀書，小葡萄連狗都不要了，甩著濕漉漉的手跑去屋裡找娘親，邊跑邊喊著。「娘，擦手。」

蘇箏拿帕子把他兩隻手擦乾。

小葡萄也不出去，黏在娘親身邊。

母子倆靠在一起，兩張肖似的臉孔，掛著一模一樣的傻笑。

顧川斜倚著門框，眼前溫馨的一幕，深深印在他心上。

顧川送給自己的生辰禮物是一幅畫，畫上是一對母子，畫得唯妙唯肖。小小的男童嘛著嘴，一臉不開心，深著綠衫輕紗的女子，正彎腰跟他說話；那女子黑髮如瀑，斜插一支蝴蝶流蘇簪，柳眉彎彎，側顏乾淨美好。

第三十一章

「我再說一遍，起床。」顧川冷著臉叫小葡萄，這小傢伙一天比一天懶。

「娘親都沒起床。」小葡萄趴在被子裡，振振有詞。

顧川道：「娘親睡著了，醒了就會起床了。」

咳，昨晚兩人睡得太晚，蘇箏現在還沒醒。

見兒子躲在被子裡不露頭，顧川大手伸進去，直接把人撈出來，拿起準備好的夾襖幫他套上。

小葡萄抗拒著。「不要起床……」看著爹爹幫他穿好衣服，正彎腰替他穿鞋，小葡萄張嘴就哭了，邊哭邊說：「我不要起床……」

豆大的眼淚順著圓圓的臉蛋滑下來，看起來傷心極了。

顧川嘆了一口氣，入冬以來，這一幕每日清晨都會上演。

顧川一聲不吭地幫兒子穿好鞋子，把他抱下床，牽著他的小手走出去。「爹爹已經做好飯了，你要不要吃烤紅薯？」

小葡萄用手背抹眼淚，抽抽搭搭地回答。「要吃的。」

烤紅薯甜甜的，他喜歡吃。

顧川從灶底下拿出一個紅薯，等到不燙手，再遞給小葡萄。

小葡萄包在手心裡握著暖手，過了一會兒他剝掉一塊外皮，伸出舌頭舔了舔紅薯。沒多大時間，一個紅薯就被他吃完了。因為紅薯在灶裡烤得黑乎乎，他嘴巴周圍也變得黑乎乎，於是顧川帶他洗今天的第二次臉。

小葡萄又喝了半碗白米粥和一顆雞蛋。

確定兒子吃飽了，顧川把兒子帶到裡屋。「你在這裡陪娘親，爹爹去私塾了。」

小葡萄點點頭。「喔。」

等爹爹走了，他趴在娘親床頭，軟軟地叫。「娘……」

蘇箏從被子裡探出頭，邀請兒子。「要不要上來和娘睡覺？」

小葡萄打了個飽嗝，摸摸自己吃得圓滾滾的肚子，為難地搖搖頭。「不睡覺。」

蘇箏還有些犯睏，打了個呵欠，眼睛半瞇著，昏昏欲睡。「那你自己玩吧。」

餘光中，見兒子乖乖地坐在小凳子上，蘇箏閉上眼睛休息，這下真的睡著了。

「娘親……」小葡萄坐一會兒就坐不住，他拉了拉娘親的頭髮，見娘親毫無反應，自己跑出去了。

笨笨見到小主人，從狗窩裡爬出來，搖著尾巴湊過去。

小葡萄伸出手摸了狗毛，又揉了揉狗頭。外面太冷，風吹在臉上冰冰涼涼的，小手凍得紅彤彤的，過沒一會兒，他就扔下狗進屋了。

小葡萄進了爹爹的書房，踮起腳尖費力地拿到一本書。
這是顧川昨晚讀給兒子聽的，放在書桌上沒收起來。
小葡萄拿過書好奇地翻了翻，動作粗暴，不小心撕破了一頁紙，他好像得到了樂趣一般，專心致志地——撕紙。

顧川中午回來時，蘇箏還沒醒，房間裡也沒有小葡萄。
「小葡萄？」顧川走出裡屋。
他早上出門時把籬笆門關上了，兒子出不去。
「啊？」小葡萄快樂的聲音從書房傳來。
待顧川看到書房的樣子，眼皮狠狠一跳，額上青筋隱隱凸起。
屋裡到處散落著紙張，碎得不成樣子。小葡萄坐在地上，手上拿著一枝毛筆，在地上畫來畫去，筆尖已經被他玩禿了。
顧川把人拎起來，從牙縫裡擠出幾個字。「誰准你撕書的？」
不過一天忘了關書房的門，書房就被他禍害了。
小葡萄不知道他的災難即將來臨，對爹爹露出一個甜甜的笑，被他坐在屁股底下的《三字經》只剩一張書皮。
顧川看得火冒三丈，朝著小葡萄屁股就打。

小葡萄冷不防被爹爹揍了，他懵了一瞬，反應過來後哇哇大哭。

蘇箏被兒子的哭聲吵醒了，連忙套上外衣下床。「怎麼了？」

小葡萄聽見娘的聲音，哭得更大聲了。「嗚嗚……娘……」

蘇箏見眼前一片狼藉，頓時沈默了。

小葡萄還在哭。「痛痛……」

蘇箏摸了摸鼻子，叮囑顧川。「你輕點。」

顧川扯著嘴角應了一聲，他雖然在氣頭上，卻也放輕手上力道，再加上冬日衣服穿得又厚，這小子就是雷聲大雨點小。

「站到那邊。」顧川指著牆角。

小葡萄垂頭喪氣地走過去。

顧川踢了一下他的小屁股。「站直了。」

小葡萄挺背，努力站直。

顧川看著小傢伙站得筆直，這才去做午飯。

見顧川走了，蘇箏從房間裡出來，蹲在兒子旁邊說：「下次不能撕書了，知道嗎？」

「娘……」小葡萄一臉委屈，小鼻子哭得紅彤彤，眼角掛著兩滴淚，桃花眼裡蓄滿了兩汪淚水。

蘇箏親了他一口，安慰他。「你老實站著，等會兒就吃飯了。」

小葡萄委屈地扭了下小身子，繼續站著。

果然，吃飯時間一到，顧川就不讓兒子站著，他問小葡萄。「知道錯了嗎？」

小葡萄垂著腦袋。「知道了。」

「下次還敢撕書嗎？」

小葡萄絞著小手停頓了下，才慢吞吞地說：「不敢。」

「嗯。」認錯態度良好，顧川略微滿意了點，招手讓他過來。「吃飯了。」

小葡萄捧著他的專屬小碗，埋頭吃了一碗米飯。

吃完飯，小葡萄偷偷溜進房裡，進去之前還探頭看了看，鬼鬼祟祟的。

確定爹爹在廚房洗碗，小葡萄跑到娘親面前說：「娘，我們跑吧，離開爹爹！」

蘇箏手裡剝好的核桃肉差點掉了，她有些呆滯地問：「兒子，你說啥？」

小葡萄開始告狀。「爹爹不讓我睡覺，還打我屁屁，好痛的，我們去找外公，不回來了！」

蘇箏把手裡的核桃肉塞到兒子嘴裡，憐愛地說：「兒子，多吃點核桃吧。」

小葡萄還想說話，奈何被塞了一嘴核桃，沒法說了，他鼓起腮幫子嚼了嚼，覺得好吃，又伸手去拿沒剝的核桃，緊緊攥在手心裡。

嘴裡吃完了，他把核桃給娘親，讓娘親幫他剝。

蘇箏摸了摸剛剛剝核桃的指尖，懶得剝給他。「讓爹爹剝給你。」

小葡萄握著核桃跑去廚房找爹爹，黏在爹爹身邊，張著嘴等著吃核桃，渾然忘了要離開爹爹的想法。

下午，蘇箏和江寶珠有約，母子倆準備要出門。

「走了，兒子。」蘇箏把小葡萄裹得嚴嚴實實。

小葡萄奶聲奶氣地發問。「寶珠姨姨家，真的有小妹妹嗎？」

蘇箏捏了捏他的胖臉蛋。「對啊，帶你去見妹妹。」

蘇箏的手很冰涼，小葡萄扭了扭頭，不讓她捏。

顧川送兩人坐上馬車，叮囑道：「早點回來。」

他今天有課，不能送兩人去。

「知道了。」蘇箏擺擺手，放下車簾。

母子倆身上蓋了一件大厚氈子，手上抱著暖手爐，一路暖乎乎地來到江家。

江家早就收到大小姐的交代，一看見蘇家的馬車來了，連忙把人引進後院。

「小妹妹在哪裡？」小葡萄牽著娘親的手，跟著小廝後面執著地問。

走在前面的小廝笑著答道：「小少爺等下就能看到小小姐了。」

「哦。」小葡萄攥緊手中要送給妹妹的禮物。

早上蘇箏準備禮物時被他看到了，他也從自己的寶貝玩具裡挑了一樣要送給妹妹。

「小葡萄！」江寶珠一看見小葡萄，就興奮地抱著他轉了幾圈。

小葡萄被放在地上時暈乎乎的，他趔趄兩步，扶住娘親的腿，晃了晃小腦袋，讓自己清醒點。一連串的動作簡直把江寶珠的心萌化了，她上前兩步，想再抱一抱小葡萄。

小葡萄緊抱著蘇箏的大腿，眼睛警惕地看著江寶珠，害怕她會再抱他。

蘇箏笑了笑，彎腰抱起兒子。「妳姪女呢？小葡萄念叨半天了。」

「在裡屋。」江寶珠領兩人進去。「剛從大嫂那邊把她抱過來。」

江寶珠的姪女兩個多月，包在襁褓裡，閉眼睡得正香。

小葡萄探頭看了一眼，小聲說：「妹妹睡著了。」

蘇箏道：「對，不可以吵醒妹妹喔。」

小葡萄猶豫地看著手裡的玩具。

妹妹睡著了，就不用給了吧？這是爹爹做給他的小兔子，他也很喜歡呢！

兩個大人出去說話，小葡萄不願意出去，蘇箏交代他不准吵鬧，放他在屋裡玩。

「妳姪女取名字了嗎？」蘇箏問江寶珠。

「嗯。」

「叫什麼？」

「江桃，是不是很好聽？」江寶珠明媚的眼裡閃著光。

蘇箏懵了一瞬，重複道：「江桃？」

「對啊。」江寶珠洋洋得意，名字是她取的！

蘇箏很恍惚，她沒記錯的話，兒子上輩子喜歡的姑娘，好像就叫江桃？

「妳怎麼了？」江寶珠發現蘇箏心不在焉。

蘇箏緩緩搖頭。「無事，清晨醒得太早，有些睏了。」

「要不要休息一會兒？」

「不用，我去把小葡萄帶出來，免得他在裡面吵鬧。」

小葡萄還在糾結要不要把木頭兔子給妹妹。他看了看手裡的兔子，又看了看睡著的妹妹，猶豫了好一會兒，最後把小兔子輕輕放到她旁邊，不捨地說：「兔子給妳，妳不能把它弄丟了。」

給完兔子，他盯著襁褓裡的妹妹，伸出手指頭戳了一下妹妹的臉蛋，又摸了摸妹妹握成拳頭的小手。

小嬰兒經過他這一番折騰，悠悠轉醒。

小葡萄見妹妹醒了，整張臉湊過去，對妹妹咧嘴一笑，笑容傻裡傻氣。

小嬰兒張嘴秀氣地打了個呵欠，對小葡萄的笑臉視若無睹，嘴巴動了幾下，眼睛似睜非睜，慢慢地，重新閉上眼睛睡覺。

小葡萄急了，推了推襁褓。「妹妹……」

妹妹還沒看到他送的兔子呢！

蘇箏提著小葡萄的夾襖。「說好了不能吵妹妹睡覺。」

「妹妹醒了……」
蘇箏看了一眼睡著的小嬰兒，擰了擰兒子的小耳朵，壓低聲音說：「哪裡醒了？跟我出來。」
小葡萄摸了摸耳朵，耷拉著腦袋跟著娘親出去，嘴裡嘟囔著。「妹妹剛剛醒了，又睡了。」
由於江寶珠的姪女叫江桃，蘇箏心慌意亂，剛吃完午飯，就在江寶珠依依不捨下先行告辭了。
坐在馬車上，蘇箏問兒子。「喜歡今天見到的妹妹嗎？」
小葡萄想了想後搖頭。「不喜歡。」
她是小懶蟲。
聞言，蘇箏稍微安心了點。
此時，顧川正要出去挑水，見到母子倆感到有點意外，他以為蘇箏會在江家待到晚飯前再回來。
「這麼早就回來了？」
「嗯，送完禮物就回來了。」
顧川察覺到蘇箏情緒低落，放下手裡的木桶。「怎麼了？」
「沒什麼，有點累而已。」

顧川揉了揉蘇箏的頭頂，溫聲說：「去睡一會兒，被子剛曬過。」然後，他牽著兒子。
「走，跟爹爹去打水。」
小葡萄滿臉抗拒，他也想去睡覺。
顧川裝作看不到小傢伙的不情願，直接牽著他走了。
「今天見到妹妹了嗎？」
小葡萄點點腦袋。「見到了。」
「除了妹妹，還有誰？」
「寶珠姨姨。」
「嗯，還有呢？」
小葡萄晃晃腦袋，奶聲奶氣說：「沒有了。」
顧川若有所思。
打完水回來，小葡萄鬧著要睡覺，顧川脫了他的夾襖，把他塞到被子裡。「睡吧。」
小葡萄每日有午睡的習慣，這會兒確實睏了，躺在床上都不用哄，自己就睡著了。
顧川把小傢伙的被子掖嚴實，這才起身出去。小葡萄睡覺不老實，夜晚要起來好幾次幫他蓋被子。
回到裡屋睡覺的蘇箏其實並沒睡著，她聽見顧川的腳步聲，迷迷糊糊地睜開眼，做出一副剛剛睡醒的模樣。

顧川也不拆穿她，徑自取了個紅薯放在火盆裡烤。
蘇箏這一路上想東想西，回到熟悉的家，見到顧川，心中安定許多。
「你說，咱兒子以後，會喜歡什麼樣的姑娘？」
顧川聞言輕笑了聲。「顧夫人，容我提醒妳一句，小葡萄還沒三周歲，偶爾還會尿床。」
現在操心這個，是不是太早了點？
蘇箏噘著嘴。「他以後肯定會遇到喜歡的姑娘嘛。」
「那等他遇到了再說，我們先陪著他長大。過來吃紅薯。」
蘇箏想了想，也是，兒子喜歡江桃是十幾年以後的事，這輩子有她和顧川陪在兒子身邊，小葡萄定然不會走上輩子的路。
不知道是不是烤紅薯太香了，睡沒多久，小葡萄就醒過來了，自己下床跑到爹娘這屋。剛睡醒，胖臉蛋上還帶著兩坨紅暈，白白胖胖的一個團子，看著很討喜。
他自發地黏在爹爹身邊，等著爹爹手裡的紅薯。
蘇箏去隔壁把他的夾襖拿過來幫他套上，雖然屋裡燒著火盆，但不穿外衣容易著涼。
「啊……」小葡萄眼睛看著爹爹勺子裡甜甜的紅薯，張開嘴。
顧川的胳膊卻越過兒子，紅薯落在蘇箏嘴邊。
蘇箏下意識張嘴吃了。

小葡萄沒吃到紅薯，恨恨地跺小腳。「小葡萄也要吃！」

第二口，顧川餵給了兒子。

小葡萄比較貪心，一口剛吃完又張嘴要，不大的紅薯沒一會兒就被他吃完了。

顧川拿帕子幫他擦擦嘴。

「娘，我們什麼時候再去寶珠姨姨家？」

蘇箏頓時心生警惕。「嗯？怎麼還要去？」

小葡萄雙手扠腰，說：「我想了想，還是不能把兔子送給妹妹，我要去拿回來！」

妹妹那麼愛睡，肯定不會玩兔子。

蘇箏呆了。

顧川好笑地說：「你怎這麼小氣？男子漢大丈夫，送出去的東西還想要回來？」

小葡萄死心眼，認準了要把木頭兔子拿回來，連爹爹說重做一個新的給他都不行。

最後顧川理智地閉嘴了，反正要不了幾天，兒子就會忘了。

「爹爹，你在做什麼？」

顧川調著肉餡，回答兒子。「做肉包。」

肉包？

小葡萄吸了一下口水，賴在廚房不走了。在顧川做包子時，硬是把肥胖的小身子擠到他懷裡搗亂。

「我也要包！」

「你不會，去找娘親玩。」

小葡萄嘟著嘴。「我會。」

他眼疾手快地拿了一塊包子皮，躍躍欲試。

顧川趕緊把肉餡推遠一點，免得遭兒子毒手。

小葡萄試著伸長胳膊去拿肉餡，即使拿不到他也不在意，垂眸認真地做包子。他學著爹爹的動作，小胖手笨拙地把包子皮捏來捏去，發現捏不出包子的形狀後，他換了一種方法捏。

「爹爹，看！」小葡萄興奮地把手中的麵團給爹爹看。

顧川一邊做包子一邊應付兒子。「這是你包的包子？」

小葡萄眨著烏溜溜的大眼睛。「不是喔，這是娘親。」

顧川無言，低頭又看了一眼兒子手裡的麵團。「哦。」

捏好一個後，小葡萄就不搗亂了，從爹爹懷裡鑽出來，兩手捧著臉，盯著爹爹手裡的包子。剛玩了麵粉，兩邊臉蛋被他自己小手沾上麵粉，像隻小花貓。

蒸包子時，顧川順便把兒子捏的麵團也一起蒸了。

新鮮出爐的肉包最好吃，蘇箏和小葡萄一人拿了一個肉包啃。

小葡萄從啃了一半的包子裡抬起頭，發現爹爹把他捏的麵團吃了。「爹爹，那是娘親！不能吃！」

蘇箏從蘇老爺那邊剛回來，並不知道兒子捏了一個名為娘親的麵團，所以對兒子沒頭沒腦的話一頭霧水。

顧川淡淡地說：「哦，爹可以吃。」

顧川兩三下把手裡的麵團吃完了。

小葡萄張著小嘴，愣了半晌，反應過來後，癟著嘴就想哭。

顧川把他手裡的半個肉包塞進他嘴裡。「吃包子。」

小葡萄咬了一口，又咬了一口，一時忘了要哭。

倒是蘇箏問：「小葡萄剛剛說的話是什麼意思？什麼娘親不能吃？」

顧川咬了一口包子。「不知道，他一天到晚說話顛三倒四的。」

於是，蘇箏把兒子的話拋於腦後。

晚飯後，小葡萄賴在娘親懷裡，纏著娘親講故事給他聽。

蘇箏雖然不愛學習，但她愛看話本子，腦子裡各種各樣的故事，小葡萄聽得十分入迷。

故事講完了，蘇箏拍拍兒子的小肚子，哄他睡覺。

天氣冷，被子裡暖烘烘，再加上有娘親哄，小葡萄很快就熬不過睏意，閉上眼睡了。

待他睡著了，顧川把人抱去隔壁房間。

小葡萄睡得很熟，換了個地方睡美夢依舊，不知道夢到了什麼，熟睡的他無意識地咂嘴。

顧川心想，他大概又夢見什麼好吃的了。

他彎腰幫小葡萄掖好被子，又把房間裡的火盆撥了撥，弄好這些，才舉著油燈回房。

蘇箏今兒一大早起床後就去江家，這會兒躺在床上也睡著了。

顧川熄了油燈，放輕動作上床，躺在外側。

蘇箏畏寒，被子永遠焐不熱，身邊躺著一個熟悉的熱源，她習慣地把自己埋進顧川懷裡。

顧川伸出胳膊摟住她，嗅著她身上隱隱的甜香，閉上眼沈入夢鄉。

第三十二章

日子過得飛快，眨眼即是二月，今日穆以堯和一群孩子要去參加縣試，韓老先生年事已高，由顧川帶這群小少年去考試。

穆以堯今年十二歲，眉目清雋，目光沈靜，站在一群嘰嘰喳喳的同窗裡格外顯眼。身上衣服雖陳舊，卻洗得乾乾淨淨，活脫脫是一名溫文爾雅的少年郎。

「先生來了！」眼尖的學生遠遠地就看見顧先生過來了。

顧川不是自己過來的，他身後還跟著一個小尾巴和大尾巴。

事情是這樣的，他出門前……

「爹爹，你要去鎮上嗎？」小葡萄眨巴著大眼睛，一把抱住爹爹的腿。

顧川垂眸看著抱住他腿的小豆丁，試著動了動腿。

小葡萄緊抱住不撒手，小身子跟著爹爹晃啊晃，簡直一個小無賴。

顧川不動了。「嗯。」

「我也……」

「不行。」不等兒子說完，顧川立刻拒絕。

「爹爹……」小葡萄昂著腦袋撒嬌，眼睛一閃一閃，刻意拖長尾音，想要爹爹帶他去。

顧川不為所動。「放手，跟笨笨去玩。」

小葡萄裝作聽不到，把臉埋在爹爹腿上。

倒是小黑狗聽到主人叫牠的名字，也不吃狗碗裡的飯了，搖著尾巴熱情地跑過來，圍著顧川和小葡萄轉圈圈。

於是顧川被兒子和一條狗包圍了。

最後還是蘇箏解救他。「兒子，我們送爹爹出門好不好？下午娘帶你去鎮上。」

蘇箏答應幫小葡萄買他愛吃的肉。

小葡萄這才放開爹爹的腿，轉而去牽娘親的手，一臉乖巧，渾然不見剛剛的無賴樣。

一大一小加上一條黑狗，一起送顧川出門了。

一群大孩子見到兩人，禮貌問候。「先生，師母。」

「堯哥哥！」小葡萄歡喜地跑過去拉穆以堯的手。

爹爹說堯哥哥要學習，讓他不要去打擾堯哥哥，他都好久沒見著堯哥哥了。

「小葡萄。」穆以堯對小葡萄笑了笑，也抬頭對不遠處的師母露齒一笑，身上漸漸有十二歲少年人的朝氣，而不是像剛剛站在一群人中，雖溫潤，渾身卻透著一股疏離。

「對不起，我來晚了。」竇東匆匆趕來。

初春的天氣，竇東額上冒了一層細汗，昨晚幫他娘磨豆子，早上睡過頭了。

「這個帶著，你們路上吃。」竇東把手裡的豆渣雞蛋餅遞給穆以堯。

三年時光過去，當初虎頭虎腦的男孩，長成比蘇箏還高的少年郎。

穆以堯接過食盒。「謝謝。」

竇東撓撓後腦勺，對這些一起長大的玩伴說：「我在村裡，等你們的好消息。」

他不去參加縣試，畢竟參加了也浪費，其實他心裡另有計劃，誰也不知道。

小葡萄眼睜睜看著爹爹和一群哥哥都坐馬車走了，小小的人兒噘著嘴，扭頭找娘親。

竇東蹲下身子問他。「小葡萄要不要去東哥哥家玩？」

小葡萄歪頭想了想，他要和娘親去鎮上，搖頭拒絕。「下次去玩。」

竇東遺憾道：「那好吧。」

竇東向師母告辭，自己先回去了。

小葡萄心心念念想去鎮上，蘇箏也不耽擱，帶著兒子去了。

小葡萄一到鎮上就掀開車簾四處看，看見紅紅的糖葫蘆，一臉開心，要求娘親買給他。

「娘，買糖葫蘆！」

蘇箏下去買了兩串，母子倆一人一串。

蘇箏咬了一口糖葫蘆，酸得她皺起眉頭。她看了一眼傻兒子，小葡萄吃得津津有味，似乎一點都不覺得酸。

「兒子，你的糖葫蘆，能不能給娘親咬一口？」

小葡萄大方地把糖葫蘆送到娘親嘴邊。

蘇箏接過糖葫蘆咬了一口，發現小葡萄的糖葫蘆很甜，於是把自己的糖葫蘆給小葡萄。

小葡萄不疑有他，接過糖葫蘆就大口吃了，酸得他整張小臉都皺起來，他看看手裡的糖葫蘆，眼裡滿是困惑。「娘……」

這糖葫蘆怎麼和剛剛的味道不一樣？

蘇箏被小葡萄的反應逗得笑癱在坐墊上。「哈哈！小傻瓜。」

小葡萄意識到娘親捉弄他便生氣了，一路到鎮上蘇府都用屁股對著娘親，氣得腮幫子鼓鼓的。

蘇箏戳了戳他的小屁屁，軟軟地說：「別生氣了，是娘親的錯。」

小葡萄奶聲奶氣。「哼！」

「你餓不餓啊？」

「不餓！」

「那娘親去吃了，有紅燒肘子、松鼠鱖魚、栗子燒雞……」蘇箏扳著手指頭一個個數，其實她哪知道廚娘做了什麼菜，只是挑了幾樣兒子喜歡的吃食說出來。

小葡萄慢慢地把屁股轉過來。

蘇箏嘆了一口氣。「既然你不吃了，娘親自己去吧！」

她轉身打算下馬車，衣服被小葡萄的手指揪住了。

小葡萄烏溜溜的眼睛看著娘親。「真的有紅燒肘子嗎？」

蘇箏硬著頭皮說：「有。」

小葡萄滿懷欣喜地牽著娘親的手去蘇府吃飯。

「魚，肉肉，青菜，蛋蛋……」小葡萄在餐桌上一樣樣看過去，並沒有紅燒肘子。

他受到了欺騙！他很憤怒！

這時，蘇箏挾了一隻雞腿給他。「雞腿吃不吃啊？」

雞腿在眼前晃了晃，小葡萄吞了吞口水，不由自主咬了一口。

雞腿燉得酥軟，小葡萄吃著雞腿，一時忘記紅燒肘子。

吃完午飯，蘇老爺要去鋪子裡巡看，便問外孫。「小葡萄要不要和外公一起出去啊？」

小葡萄一絲猶豫都沒有。「要的、要的！」

蘇老爺笑呵呵抱著寶貝孫子走了。

蘇老爺在鋪子裡露了個臉，大致看了看，現在能留在鋪子裡做事的都是忠心耿耿的老人，他沒什麼不放心的。

蘇老爺特意帶著孫子去老友的茶館坐一坐。

「蘇老爺來了，我家老爺在樓上雅間。」店小二作勢要領蘇老爺上去。

蘇老爺擺擺手。「不用，你忙你的，我自己上去就行。」

他理理衣服，看看玉雪可愛的孫子，昂頭挺胸地帶小葡萄上去了。

蘇老爺笑著說：「路過你這兒，就來你這兒坐坐，趕巧了，你正好在。」

錢老爺很是困惑，每年這個時候他都在茶館聽書，已經養成習慣了。「老蘇，你是不是年紀大了，記性不行了？」

蘇老爺把小葡萄放在椅子上坐好。「哎，別說，這一天天的，被這小子纏，確實經常忘事。」

錢老爺懂了，這是來炫耀孫子的。

「小葡萄，跟錢爺爺問好，這是外公的好友。」

「錢爺爺好。」

聽這小奶音一顫一顫的，看這孩子白白胖胖長得又好，確實討喜，難怪老傢伙特地帶出來炫耀。

蘇老爺在外孫身邊坐下，把糕點推到小葡萄面前。

小葡萄有吃的就開心，坐在椅子上兩條短腿一晃一晃的，相當悠哉。

不過小葡萄坐了一會兒就坐不住了，扯著外公的衣袖，害羞地說：「外公，想尿尿。」

吃了糕點，喝了茶，不想尿尿才怪。

蘇老爺向好友說了一聲失陪，就帶小葡萄去如廁，半路卻聽到婦人的說話聲。

「那個黃映在妳手底下，妳這麼對她，若打壓得太狠，日後她得勢了……」

吳夫人不屑地撇嘴，對閨中密友道：「不必擔憂，她翻不起浪來，我家那位現在迷戀上一名歌姬正樂不思蜀呢！哪裡還會想起她？」

吳老爺最好美色，尤其失去舉人的權勢後，整日醉生夢死。黃昳如今灰頭土臉地在後院幹活，又老又憔悴，估計老爺見到她，不僅不會勾起舊情，反而還會嚇一跳。

黃昳，是黃氏的名字。乍然聽到這個名字，蘇老爺恍惚了一瞬，隨即帶著孫子離開。

黃氏在蘇家時，他從未苛刻過，分開時，自認仁至義盡，她過得如何，都不關他的事。

小葡萄牽著外公的手。「外公，我們回家嗎？」

蘇老爺道：「小葡萄想回家了嗎？那我們就回去。」

小葡萄點點頭，一臉嚴肅地說：「娘親肯定想我了。」

蘇老爺抽抽嘴角。確定不是你想娘親嗎？

離開娘親大半天，小葡萄一回到蘇府，就跑去找人。

「娘親！」小葡萄邁著兩條短腿跑到後院，傻傻地看著娘親手裡的線。

蘇箏無聊，正和丫鬟放風箏。

見到兒子回來了，蘇箏向小葡萄招招手。「過來。」

她把線盤給兒子拿著，指導兒子放風箏。

小葡萄拿著線盤感到新奇，仰著腦袋看天上的風箏，很快他就不滿足站在原地拉著風箏了，邁開腿試著跑了幾步，咧著嘴笑得像個傻子。

「娘親，看我！」小葡萄興奮地扭頭對蘇箏說，腳上加快了速度。

可能是衣服穿得厚，眼睛又沒看路，他跑起來一個沒注意，腳一歪，四腳朝天摔倒了。

「小少爺！」一旁邊的丫鬟驚呼一聲，連忙跑過去把小葡萄拉起來。

這一摔，線斷了，風箏飛走了。

小葡萄盯著光禿禿的線盤，雙眼蓄滿眼淚，沒忍住哇一聲哭出來。

「是不是手痛？」蘇箏拉過他仔細檢查一番，發現兩隻手掌蹭破了皮。「不哭啊，娘給你上藥，上完藥就不痛了，下次不能跑這麼快了，知道嗎？」

小葡萄委屈地掉眼淚。「風箏飛走了！」

蘇箏輕輕吹了吹他手上的傷口。「沒關係呢，它還會回來的。」

「是嗎？」小葡萄仰頭看天空，風箏已經不見了。

蘇箏肯定地點頭。「會的！」

她打算讓丫鬟再去買個一模一樣的。

上完藥，小葡萄問娘親。「爹爹怎麼還不回來啊？」

蘇箏吻了一下他的額頭。「明天就會見到爹爹了。」

顧川今晚應該會陪著學生睡在客棧。

小葡萄中午沒睡覺，蘇箏稍微哄了一下，他就躺在床上睡著了。

蘇箏特地吩咐廚娘做紅燒肘子，等小葡萄醒來就能吃了。

晚餐時，小葡萄兩手抱著一隻肘子啃，整張臉都埋進去，吃得滿面油光，津津有味。

蘇箏在一旁扶額，小葡萄每次吃完肘子，渾身上下都得換洗一輪。

倒是蘇老爺，看著外孫吃得香，不知不覺跟著外孫多吃了半碗飯。

睡前，小葡萄嚷嚷著。「爹爹還沒回來！」

蘇箏把他洗好的小腳擦乾。「娘不是告訴過你了？明天就可以見到爹爹了。」

小葡萄嘴巴噘得高高的，不高興地說：「為什麼是明天？」

他自出生以來，身邊一直有爹娘陪著，這是第一次睡覺前見不到爹爹。

蘇箏把他放到小床上，哄道：「快睡，睡醒就會看到爹爹了。」

費了九牛二虎之力，她終於把黏人精哄睡了。

蘇箏一個人躺在床上翻來覆去的，以前顧川在這裡睡時，她覺得床小，兩人睡很擠。現在她一個人睡，甚至可以在床上打滾了，但是又覺得冷，明明屋裡燒了火盆。

蘇箏難得失眠了，往日沾床即睡的人，此刻占據大床的一角，睜著眼久久未能入眠。

「娘親，起床啦！」小葡萄由丫鬟穿戴整齊，見娘親還在睡，手腳並用地爬上床，伸手扯娘親露在被子外的青絲。

他人小，拽頭髮的力度可不小，蘇箏一下子就疼醒了，捂著頭皮呻吟一聲，從兒子手裡搶回頭髮。

「不准再揪娘親的頭髮。」

小葡萄兩手捧著娘親的臉，問：「爹爹呢？」

今天是丫鬟幫他穿衣服，不是爹爹。

蘇箏昨晚睡得晚，這會兒還睏著，撐著眼皮回答。「等會兒就能看到爹爹了，要不要和娘親再睡一會兒？」

小葡萄搖頭。「不要，要吃飯了。」

蘇箏閉上眼。「那你去吃。」

「娘也起床。」小葡萄扒著娘親的眼皮，不讓娘親睡。

「哎呀，你煩死了！」蘇箏煩躁地掀開被子，對上兒子呆萌的一張臉，一瞬間火氣都沒了，認命地起床。「照顧你的丫鬟呢？」

小葡萄揮揮小胖手。「不要她，要娘親。」

蘇箏洗漱時，小葡萄也亦步亦趨跟著，蘇箏轉身時差點把他撞倒，她急忙伸手扶了兒子一把，牽住他肉乎乎的小胖手。

「走，去吃早飯。」

此刻，蘇老爺也沒吃早飯，坐在飯廳等寶貝外孫。

見女兒牽著孫子過來了，蘇老爺眼睛一亮，滿面笑容地招手。「小葡萄，到外公這裡來。」

蘇老爺挾了一個炸春捲放在小葡萄面前的碟子上。

炸春捲外酥內嫩，帶著微甜，小葡萄可喜歡吃了。

小葡萄直接伸出小胖手，抓住春捲就放到嘴裡啃，吃得兩邊臉蛋鼓鼓的。

蘇老爺絲毫不嫌棄外孫的吃相，笑呵呵把一小碗肉羹遞給小葡萄。

小葡萄舉著勺子舀了一大口肉羹，張大嘴全送到自己嘴裡。

蘇箏心想，胖不是沒有原因的。

吃完午飯，小葡萄念叨一天一夜的爹爹終於回來了。

「爹爹！」小葡萄如乳燕投林般飛向爹爹，小奶音洪亮。

顧川彎腰抱起兒子。「爹爹不在，你有沒有乖乖聽話？」

小葡萄拍了拍自己圓滾滾的肚子。「乖。」

他兩隻手捧住爹爹的臉蛋，用剛啃了雞腿的嘴，在爹爹臉上親一口，留下一個油乎乎的印子。「想爹爹。」

顧川只覺得一顆心都要被兒子融化了，難得沒嫌棄臉上的油膩。

蘇箏在一旁道：「從昨天就開始念叨你。」

顧川一手抱著兒子，一手牽著蘇箏。「要不要回去？」

蘇箏問：「你吃飯沒？」

小葡萄回道：「回去，找笨笨。」

顧川回答蘇箏。「吃過了。」

蘇箏刮了刮小葡萄的臉蛋。「那聽你的，我們回家找笨笨。」

小葡萄興奮地拍拍手，笑得露出一口小白牙。

雖然想見到笨笨，但是鎮上回大陽村的路程有段距離，馬車搖搖晃晃，吃飽喝足的小葡萄撐不住了，睏得小腦袋直點頭，想睡覺。

蘇箏讓他枕在自己腿上。「睡吧。」

小葡萄因為睏意，睫毛變得濕漉漉的，他張著小嘴打了個呵欠。「那等下見到笨笨，妳要叫我喔。」

蘇箏答應他。「好。」

小葡萄眼睛閉上又睜開，不放心地交代。「一定要叫我喔！」

不知時間過了多久，車簾微微掀起一角，有明亮的光照耀進來，陽光正好。

「箏箏，到家了。」顧川的聲音從外面傳進來。

蘇箏揉了揉眼睛，低頭看枕著她的腿睡得正香的兒子。「小葡萄，醒醒。」

小葡萄趴在蘇箏大腿上，張著小嘴呼吸，對娘親說的話無動於衷。

蘇箏挑了挑眉，毫不意外。她就知道會是這個結果，兒子這點隨她，只要睡著了，雷打不動。

顧川動作小心地把兒子抱下去。

笨笨看見主人回來了，搖著尾巴跑過來，兩條前腿蹦起來，扒著顧川的腿。

顧川說了聲。「一邊去。」抱著兒子進屋了。

笨笨毫不氣餒，緊跟著扒上女主人的腿，兩隻黑黑的狗眼看著女主人，喉嚨裡發出嗚嗚撒嬌聲。

蘇箏捋了一把狗毛。「好了，等小葡萄醒了陪你玩。」

坐了一路馬車，她也睏了，不由自主地打了呵欠，問顧川。「你睏嗎？要不要躺一會兒？」

顧川微微搖頭。「我去河邊看看，妳睡。」

今日天氣好，可以去河邊捉魚，蘇箏最愛喝魚湯，現在還得加上兒子，他什麼都愛吃。

「那好吧。」蘇箏打著呵欠回房睡覺。

顧川帶上工具，關上門，笨笨想跟他一起出去，被顧川關在裡面。

顧川隔著門對牠說：「你在家好好看門。」

笨笨朝主人叫了幾聲。「汪汪，汪！」

顧川提著木桶走了。

江家。

「寶珠，妳看這個合適嗎？家住城南，父母健在，他在家中排行第二，上頭有一兄長，下邊還有兩個妹妹，為人上進，家庭簡……」

「娘，」江寶珠不待江夫人說完就打斷她。「我現在還不想嫁，再等等吧。」

江夫人嘴巴張張合合，最終站起來說道：「好，娘不逼妳，等妳什麼時候想通了，什麼時候嫁，實在不行，咱們招個上門女婿。」

愁人，女兒二十多歲了，鎮上這麼大的姑娘沒嫁的可不多。

江夫人無聲地嘆了口氣，自從退婚後，上門來說媒的人家，一個比一個差。她和老爺，不指望對方條件如何，只希望對方能夠品行端正，結果好幾個人家一打聽，不是這有問題，就是那有問題。最近老爺也在物色有沒有家境一般、為人優秀的後生。

江夫人出去後，江寶珠一個人捧腮坐在窗邊，雙眼放空，不知道在想什麼。良久，她輕嘆一聲，覺得該去散散心，到大陽村找蘇箏玩。

正巧，蘇箏也好久沒來找她了。

第三十三章

「笨笨！」小葡萄一醒來，眼睛剛睜開，就自己跑下床找笨笨。

笨笨正趴在院子裡看門，聽見小主人叫牠，烏黑的耳朵動了動，搖著尾巴圍著小葡萄轉。

笨笨這個冬天被養得很滋潤，皮毛泛著光，一點也沒有去年皮包骨的模樣，狗生得意，瞧著很是威風。

小葡萄抱住笨笨的狗頭來回晃了晃，奶聲奶氣地發問。「你餓了嗎？」他伸出小手摸了摸狗狗的肚子，一本正經地說：「你餓了，肚肚都癟了。」

笨笨餓了，就要吃東西。

小葡萄扭著圓翹的小屁股，回屋裡找吃的給狗。

一番翻箱倒櫃，最後在廚房桌子上發現了半包棗泥糕，他努力伸長胳膊艱難地拿到。

「笨笨！」

笨笨搖著尾巴，用狗頭蹭了蹭小葡萄，牠一直跟著小主人。

小葡萄垂著眼，揪了一小塊棗泥糕扔給笨笨。

笨笨狗頭一昂，大嘴一張，舌頭一舔，糕點就沒了，牠繼續對小葡萄搖尾巴。

小葡萄掰了一塊放在自己嘴裡，剩下的都給笨笨吃。

笨笨吃完糕點，黑黝黝的狗眼看了看小主人空空如也的手，慢悠悠走出去，在院子裡尋了個滿意的位置，繼續趴著。

小葡萄緊跟著笨笨出去，蹲下身子，伸手摸笨笨。

聽到開門聲，笨笨迅速翻了個身，從小主人手底下跑出去，迎接回來的男主人。

「爹爹。」小葡萄也張開手臂跑過去討抱。

顧川手裡提著魚。「你看這是什麼？」

小葡萄往木桶裡一看，興奮地說：「魚！」

顧川把木桶放在地上，轉身去廚房拿刀。

小葡萄扒著木桶，探頭看裡面的魚。幾條魚在水裡游來游去，他看了看，伸手去水裡撈魚。

魚很滑溜，好不容易有一條到他手上，他咧嘴還沒來得及高興，下一瞬，魚猛地蹦出去，跳出木桶落到地上，濺了小葡萄一臉水珠。

笨笨早就在一旁伺機而動，魚一落到地上，牠就快速把魚含在嘴裡，叼著魚跑回牠的窩裡。

小葡萄還在用手背擦臉上的水珠。

拿著菜刀的顧川，提著兒子的後領。「去叫娘親起床。」

小葡萄還不知道魚被笨笨叼走了，他放下小胖手，乖乖應了一聲。「噢。」邁著小短腿跑去找娘親。

人還未到，聲音已經喊出來了。

「娘親，起床啦！」

顧川搖搖頭，低頭處理魚，眼底不自覺透著些許笑意。

稍晚，用飯時間，一鍋鯽魚湯端上桌。

這湯好喝，但是刺多，所以小葡萄只能喝湯。

小葡萄喝完一碗湯，把空碗往爹爹面前一遞。「還要！」

顧川收了他的碗。「你不能喝了。」

喝多了湯湯水水，晚上肯定會尿床。

「娘！」小葡萄轉頭找娘親，想讓娘親幫他盛魚湯。

蘇箏埋頭喝完魚湯，放下碗，笑了笑對顧川說：「嘿，我吃飽了。」說完腳底抹油溜了。

沒有魚湯，小葡萄好生氣，憤怒地喊道：「肚子餓！」

顧川拿了小饅頭遞給他。

小葡萄看了看饅頭，把小身子一扭，背對著爹爹，噘著嘴生氣。

顧川故意說：「不吃？那爹爹吃了。」

小葡萄等了一會兒，也沒等到爹爹來哄他，他悄悄扭頭看，爹爹正在吃饅頭！

「我也要！」小葡萄氣得跺腳。

「給。」顧川掰了半個給他。

小葡萄接過饅頭狠狠咬了幾口，邊吃邊看爹爹，顯然還在生氣。

顧川端起他的碗，餵了兒子一口魚湯，並把桌上的半碗蛋羹推過去。「把蛋羹吃了。」

小葡萄舔了舔嘴唇，似在回味那一口魚湯的味道，握著小勺子開始吃蛋羹。

顧川早就吃完了，坐在一旁等兒子。

等小葡萄把蛋羹吃完了，顧川給他擦擦嘴，摸了摸他圓滾滾的小肚子。「去吧，讓娘親幫你洗臉。」

小葡萄挺著圓圓的肚子走了。

顧川在廚房洗洗刷刷，順便把狗餵了，弄好一切才回房洗漱。

小葡萄還沒回房間睡覺，和蘇箏一起在床上玩鬧，他怕癢，蘇箏撓他的胳肢窩，他就笑得前仰後合。

「哈哈……」小葡萄坐在床上笑得停不下來，面對娘親的毒手毫無反擊之力，只剩下一臉傻笑。

顧川過去拎起兒子。「要睡覺了。」

小葡萄搖搖頭。「我不睏，要和娘親玩。」

顧川道：「可是娘親睏了。」
小葡萄聞言看向娘親，眼睛裡裝滿了疑惑。
蘇箏往床上一倒，扯過被子蓋住臉，用行動證明她睏了。
小葡萄摟住爹爹的脖子，非常懂事地說：「睡覺，明早再來。」
「嗯。」顧川應了兒子一聲，帶他去隔壁睡覺。
把兒子哄睡了，顧川才起身回房。
房間裡，本來裝睡的蘇箏，就這麼一會兒，已經睡著了，玉雪精緻的一張臉微微側著，呼吸均勻，睡得正香。
顧川熄了油燈，躺在外側。

孩子們考試的結果出來了，穆以堯縣試考了第二名，不僅穆以堯，還有另外兩個孩子也考過了。
韓老先生收到消息，第一時間就通知村裡人，一時間整個村子都轟動了。
這幾個孩子小小年紀就考過縣試，日後前途更是不可限量。
幾個孩子的爹娘特地來謝謝先生。
穆以堯是和爺爺一起過來的，見到先生，他恭恭敬敬地施了一禮。
穆爺爺也想施禮，被顧川一把扶住，扶著他坐下。

老爺子感慨萬千。「要不是顧先生當初讓堯堯去讀書，堯堯可能就被我這一把老骨頭耽誤了。我聽說小孩子喝羊奶好，家裡也沒什麼好東西，就帶了些羊奶和雞蛋，您別嫌棄。」

「穆以堯天資聰穎，我不過是順手幫了他一把而已，他付出了很多努力才能考得好。」顧川轉頭對穆以堯說：「過了縣試，更要用功讀書才是，為四月的府試準備。」

穆以堯道：「是，先生。」

顧川點點頭不再多言，穆以堯的自制力很強，無須他多說。

這幾年顧先生幫了他們祖孫很多，穆爺爺心中有數，顧先生不在意，他們要懂得感恩。不管顧川如何推脫，祖孫倆仍是千恩萬謝，留下羊奶和雞蛋走了。

走出顧家，穆爺爺對孫子說：「堯堯，我們沒什麼值錢的東西，唯一能送給顧先生的就是羊奶和雞蛋。這幾年你讀書，顧先生也沒收過錢，待你長大了，定要好好謝謝顧先生。」

穆以堯重重點頭，扶著爺爺走過鄉間小路。「爺爺，我知道。」

顧川今兒一早就忙著招待幾位紅光滿面的家長，他們一個個放下禮物就離開，推都推不掉。顧川看著桌上各式各樣的東西，捏了捏眉心，他得找個機會還給他們。

一大早，蘇箏就帶著兒子到蘇老爺在村裡的宅子那邊，今早丫鬟過來說她爹身體不舒服，又不願意去鎮上看，說小毛病不用看。

「外公，你不舒服嗎？」小葡萄眨巴著眼睛問外公。

蘇老爺捂著頭說：「有一點。」

小葡萄煞有介事地說：「那肯定是外公睡覺沒有蓋好被子，爹爹都幫我蓋被子。」

蘇老爺笑了笑。「是，因為沒蓋好被子，所以才頭痛。」

「頭痛？」小葡萄重複了一遍，瞬間，看向外公的眼神充滿了同情，嘟著嘴說：「那你要喝苦苦的藥了，頭痛要喝藥的。」

蘇箏在一旁道：「連小葡萄都知道生病了得去看病吃藥，有的人生病了卻連醫館都不想去，真不知道一大把年紀了，還在逞強什麼？」

蘇老爺站起來走出去，瞟了女兒一眼。「關心就關心，夾槍帶棒地說什麼？還是我外孫可愛。」

「外公，抱。」小葡萄向外公伸出手，雖然外公沒有爹爹抱得高，但是外公不會拒絕他。

不過今天蘇老爺第一次拒絕寶貝外孫，見到小葡萄要抱，他不僅沒上前，反而往後退了兩步。

小葡萄愣了愣，意識到外公不抱他，整個胖團子站在原地，有點傷心。

蘇老爺心疼道：「乖孫啊，外公大概得風寒了，抱你的話，你就要喝苦苦的藥了。」

小葡萄嚇得睜大眼，轉身摟住娘親。「娘親，我不要喝苦苦的藥。」

「我們不喝，外公喝。」蘇箏抱起他，吩咐小廝送蘇老爺去醫館。

「小葡萄，外公要走了……」蘇老爺道。

小葡萄怕外公帶他去喝苦苦的藥，緊摟住娘親的脖子，對外公說：「你走吧，我在家等你。」想了想他又補充道：「家裡有糖，可以分你一點點。」

蘇老爺笑了笑，摸了摸外孫的腦袋。「好。」

蘇箏道：「馬車已經備好了，早點去，中午還能一起吃午飯。」

蘇老爺坐上馬車離開了。

小葡萄摟著娘親，眨巴著眼睛說：「娘親，去看花花。」

蘇箏生孩子的第一年，顧川向村長買了一塊地專門種果樹，前幾天桃花開時，兩人帶小葡萄去看過一次，他就記住了。

蘇箏捏了捏他肉嘟嘟的臉，問他。「你喜歡花花嗎？」

小葡萄點頭。「喜歡，花花好看！」

「那走，我們去看花花。」蘇箏把兒子放下來，他可不輕，抱一會兒就累。

小葡萄伸出小手牽住娘親，邁著小短腿，急切地拉著娘親去看花。

現在這時節，果園裡的桃花和杏花都開了。粉色的桃花，白色的杏花，一簇簇掛在枝頭，擁擠而熱鬧，地上是不知名的野草，剛剛冒出綠芽，透著無限春意。

小葡萄鬆開娘親的手，徑直向桃樹跑去，昂著腦袋在樹底下看花。

等娘親走過來了，小葡萄指著上面的花。「娘，要花花。」

「這個不能摘，過段時間就會結桃子，摘了，你就吃不到桃子了。」

小葡萄皺眉想了想，內心經過一番掙扎，最後放棄摘花，他要吃桃子。
「小葡萄，要不要去那邊？」蘇箏故意指著不遠處的杏花說。
果然小葡萄立刻緊抿著唇搖頭，小眉頭皺起來，嫌棄地說：「不要！」那個花不好看！
「哈哈……」蘇箏要笑死了。
上次來她就發現兒子只喜歡粉紅色的桃花，這次來還是一樣，看來他的喜好還挺專一。
小葡萄不懂娘親在笑什麼，他站在桃樹下，垂涎地看著枝頭的粉色桃花，看累了，他牽著娘親的手。「回家，下回再來。」
稍晚，蘇老爺從鎮上回來後，一家人一起吃了午飯。
蘇老爺沒什麼胃口，吃了點清淡的飲食，就感覺飽了。
蘇箏特地盯著蘇老爺把藥喝完才回去，別看她爹一把年紀了，卻不把自己身體當回事，沒人看著他，他估計就懶得喝藥了。
蘇老爺喝了兩天藥，風寒就好了，身體一好，就抱著孫子滿村轉悠玩。
「馬！」小葡萄看到村口駛來一輛馬車，盯著棕色的馬看。
蘇老爺順著孫子的目光看去，一眼認出這是江家的馬車。
裡面坐的應該是江家千金，過來找箏箏的。
果然，馬車到他們跟前停了下來，裡面走出來的人正是江寶珠。

「蘇伯父好。」江寶珠笑盈盈問候。

「姨姨！」小葡萄窩在外公懷裡，朝江寶珠熱情地喊。

江寶珠對他眨了眨眼睛。

蘇老爺笑道：「箏箏在家，妳先過去找她。」

「好的，伯父，那我先過去了。」

江寶珠坐上馬車走後，小葡萄也不願意逛村子了，他扯了扯外公的頭髮說：「外公，我們回去了。」

蘇老爺分出一隻手拽回頭髮。「回去、回去，你別拽我頭髮啊！」

於是，蘇老爺把小葡萄送回顧家，看著他進家門才離開。

「笨笨，你快走開！」小葡萄奶聲奶氣地凶狗，把笨笨的狗頭撥過去。

笨笨哪會那麼輕易就離開，牠張嘴咬住小主人的衣服，熱情地纏著小主人玩。

小葡萄走不了，簡直要氣哭了，他往後仰了腦袋，蓄力大聲喊道：「娘！」

蘇箏一出來發現兒子被狗纏住，哭笑不得地把狗趕走，牽著兒子的手進屋。「寶珠姨姨來了，江桃妹妹也來了。」

「妹妹？」小葡萄歪著腦袋回想，還沒等他想起來，就見到了妹妹。

江桃躺在小葡萄以前睡的小床上，小人兒被養得白白胖胖，臉蛋圓圓，裹在大紅色的襁褓裡，閉著眼睡得正香。

小葡萄睜大眼睛看著妹妹。「妹妹在睡覺。」

蘇箏彎腰說：「嗯，不能吵醒妹妹。」

小葡萄乖乖點頭，趴在小床邊，好奇地看著妹妹，他想起來了，這是懶蟲妹妹。

江桃不知道是不是察覺到有人看著她，睡沒多久就醒了。醒了她也沒哭，睜著烏黑晶亮的眼睛打量小葡萄，眼神裡似乎有好奇，小手握成拳頭放在嘴裡啃。

小葡萄面露嫌棄，拉著娘親的衣服。「娘，妹妹流口水了。」

江寶珠上前把姪女嘴邊的口水擦掉，笑著說：「你嫌棄妹妹流口水？你像她這麼大時，你也天天流口水。」

小葡萄不相信，大聲反駁道：「我才不會流口水！是吧，娘親？」

他扯著娘親的衣服，眨巴著眼睛看娘親，希望能得到認同。

蘇箏攤手，遺憾地說：「寶珠姨姨說的是真的。」

小葡萄哼了一聲，扭頭就跑出去了。

江寶珠迷惑。「他怎麼了？」

「他生氣了。」

「哈哈……」江寶珠笑過後說：「要不要去哄哄他？」

「不用，他肯定去找狗玩了。」

小葡萄不出娘親所料，果然去找狗玩了。

他捧起笨笨的狗頭，看著黑黝黝的眼睛說：「笨笨，我們出去玩好不好？走吧。」說完，也不管狗同不同意，他徑自走在前面，嘴裡喚著牠。

「笨笨，快過來。」小葡萄嘴裡喊著，還對狗擺著小手。

笨笨看了小主人一會兒，懶洋洋地邁著四條狗腿，輕鬆地跟上小葡萄。

笨笨是條狼狗，渾身黑黝黝的毛髮，又凶又壯，威風凜凜地跟在小葡萄後面。

此時有一幫孩子圍在一圈烤紅薯吃。

「是小葡萄！」

「他帶著狗來了！」

其中一個孩子看到小葡萄晃過來了，連忙說：「他……帶狗過來幹麼？」

說這話的人是去年和小葡萄打架的男孩壯壯，看到大狗，他心裡怕怕的。

這是去年被他們打傷的那條狗嗎？長這麼凶猛？會咬他嗎？他咬不過狗啊！

旁邊人搖頭回答老大的話。「不知道……」

「老大，他過來了！」

小葡萄大搖大擺地晃過去，好奇地看著眼前冒出來的煙。「這是什麼？」

眾小孩看著他身後的大狗，都有些發怵，老實回答。「烤紅薯。」

「你要吃嗎？」壯壯忐忑地問小葡萄，不安地看看大黑狗。

小葡萄毫不猶豫。「吃！」

壯壯急忙說：「那你等等！馬上就好了！」

紅薯很快好了，壯壯用樹枝扒拉出一個，在地上滾了幾圈，散了散熱氣，待不燙手了，他拿起來遞給小葡萄。

看著小葡萄吃了紅薯，壯壯在一旁問：「好吃嗎？」

小葡萄舔了舔嘴唇。「好吃。」

「那……」壯壯看看一旁的大黑狗說：「吃了紅薯，不能讓你的狗咬我，我可以……」他忍痛說：「我可以讓你當老大！」他指了指後面高矮不一的蘿蔔頭。「他們都聽你的。」

小葡萄已經不記得自己和壯壯起過爭執，他咬了一口紅薯說：「笨笨不咬人的，我不當老大。」

聽到狗不咬人，壯壯和周圍一圈孩子都鬆了口氣。

壯壯拍著胸脯說：「那我還是老大，以後我保護你！」

小葡萄沒在意壯壯的話，他看著地上已經滅了的火。「還有嗎？」

「有、有！」一個孩子極其殷勤地送上紅薯給小葡萄。

由於小葡萄一人吃了兩個紅薯，其他小朋友只能兩人吃一個紅薯，不過，他們看了看地上吃紅薯皮的笨笨，誰都不敢吭聲。

小葡萄吃得肚皮滾圓，嘴巴四周烏黑烏黑，打了個飽嗝，摸自己的小肚子。

「小葡萄，你爹來了！」

小葡萄抬頭看。「爹爹！」

笨笨早就搖著尾巴跑過去。一人一狗都跑向不遠處走來的顧川。

顧川低頭看小花貓一樣的兒子。「怎麼把自己弄得這麼髒？」

小葡萄看不到自己有多髒，指了指爹爹肩膀上的背簍。「我坐。」

顧川挑眉問他。「裡面都是綠豆，你往哪裡坐？」

今日他去村長家買了些綠豆回來。

小葡萄退而求其次，勉為其難地伸出手，實則是抱住顧川的腿不撒手。「爹爹抱。」

顧川無奈地把小無賴提起來，抱在懷裡。

小葡萄神氣地摟著爹爹，雄赳赳、氣昂昂地和剛剛一起吃紅薯的小夥伴說：「我走了，下次再吃。」

地上的一群孩子你看看我，我看看你。

有一個小孩忍不住哭了，他哭著說：「紅薯是我從家裡偷出來的！娘還不知道。」

回去他娘估計得打他，而且那個紅薯，他只吃了幾口。

壯壯拍拍胸脯，豪氣地說：「你別哭，我去奶奶家拿個紅薯給你。」

那小孩止住哭聲，擦擦眼淚說：「謝謝老大。」

壯壯拍拍胸脯。「不用謝，誰讓我是你們老大呢，走吧。」

他領頭，帶著一群孩子走了。

且說小葡萄回到家裡，江寶珠跟江桃仍在顧家作客。

「就一會兒工夫，你怎麼弄這麼髒？」蘇箏問兒子。

小葡萄吃飽了，大度不計較娘親說他流口水的事，他拍拍肚子，奶聲奶氣地開口。「我吃了紅薯，笨笨也吃了。」

「那糖醋魚你還吃嗎？」

小葡萄點點頭。「要的。」

蘇箏捏了捏他的胖臉蛋。「你怎地這麼能吃啊？走，我們先去洗乾淨。」

江寶珠在顧家吃完飯，就帶著江桃回去了。

蘇箏和她約定好下次去鎮上找她的日子。

「我也要去！」小葡萄在一旁聽到娘親要去鎮上，連忙大聲說，生怕娘親遺漏了他。

蘇箏道：「知道了，帶你去、帶你去。」

小葡萄不放心地說：「那說好了，娘不准忘記喔。」

「噗！」江寶珠在一旁聽得笑了。

蘇箏揉揉小葡萄的腦袋。「放心，不會忘的。」

第三十四章

穆以堯繼縣試第二名，又在院試取得第一名。

這個消息不只大陽村，整個鎮子都轟動了，今年的案首來自名不見經傳的大陽村私塾，平日聽都沒聽過這個名字。

因為私塾出了案首，有更多人家把孩子送到大陽村讀書，不只附近村莊的孩子，還有鎮上的孩子，所以顧川和韓秀才比之前忙很多。

「今天還要那麼晚回來嗎？」蘇箏噘著嘴，不太開心地問。

昨晚，她和小葡萄在蘇老爺那邊吃完飯已經酉時，顧川還沒回來。

顧川垂眼看蘇箏，唇角勾起一抹極淺的笑，像捏小葡萄一樣，捏了捏蘇箏鼓起的臉頰。

「若是晚飯前我沒回來，妳和小葡萄去岳父那兒吃晚飯。」

蘇箏無奈應了聲。「喔。」

顧川站在原地等了一會兒，見蘇箏還不鬆手，面上露出一抹無奈，聲音裡卻隱隱有縱容。「快鬆手。」

蘇箏鬆開顧川的衣服，哼了一聲，抱住旁邊玩的傻兒子出去了。

正被小主人捋毛的笨笨見小主人走了，一個鯉魚打挺，跟在蘇箏後面走了。

院子裡空空落落，只剩顧川自己。
「娘，妳勒到我的肚肚了。」小葡萄在娘親懷裡不舒服地扭了扭。
蘇箏把兒子放下。「誰叫你中午吃那麼多。」
兒子比同齡人胖，抱他走了這麼一小段路，她就累得不行。
說起中午，小葡萄就有意見了。「中午我都沒吃飽，妳就不讓我吃了。」
「你有點胖……」
小葡萄仰著肉嘟嘟的臉大聲反駁。「不胖！外公都說我不胖！」
母子倆鬥嘴一會兒，又互相牽著手去蘇老爺那兒。
小葡萄在外公家坐下沒多久，就有一群蘿蔔頭在門外喊他。
「小葡萄，小葡萄……」
蘇箏道：「外面有人喊你。」
小葡萄豎起耳朵仔細聽了聽，邁著胖腿啪啪跑出去。
「你們叫我？」
幾個孩子推了一個最小的孩子出來。
四歲的璩璩結結巴巴地問小葡萄。「你要……和我們……一起玩嗎？」說完立刻害羞地把臉藏在哥哥懷裡。
「一起玩？好啊！」小葡萄心中雀躍，毫不猶豫地點頭答應，這還是第一次有小夥伴邀請他一起玩。

見小葡萄答應出去玩了，一群孩子七嘴八舌說：「你能把你的狗帶上嗎？」

大黑狗跟在他們後面肯定特別威風！

小葡萄根本沒想到小夥伴是因為笨笨才來找他玩，興高采烈地喚來笨笨，跟在一群孩子屁股後面出去了。

「我們今天玩家家酒，小葡萄你會嗎？」壯壯問新來的小葡萄。

小葡萄眨著黑黝黝的大眼睛，誠實搖頭。「不會。」

身為老大的壯壯想了想，給小葡萄分配了任務。「那你去摘菜吧，這個比較簡單。」

小葡萄懵懵懂懂，被四歲的璩璩帶著拔草。

「小葡萄弟弟，你摘這個。」

小葡萄聽從璩璩的指揮，埋頭拔草。

「夠了、夠了，小葡萄，這些可以做一頓飯了。」

璩璩捧著兩人辛辛苦苦拔的草，跑到眾小孩面前。「老大，我們拔好菜了！」

壯壯聞言，頗為高冷地說：「先放著。」

一群孩子拔的草各種類都有，其間還夾雜著幾朵野花，旁邊還有撿來手指頭長的枯枝。

「小杏，妳做的饅頭好了沒有？」壯壯老大問一個梳著兩個花苞頭的小姑娘。

「快好了！」小杏兩隻手擺弄著黑乎乎的泥巴，認認真真地做饅頭。

壯壯的泥巴鍋做好了，把大家帶來的草放進鍋裡，撒了點調料，放了點清水，一群人圍成一圈看老大做飯。

壯壯等了一會兒，拿樹枝攪了攪，觀察了一下得出結論。「可以吃了。」

小葡萄盯著泥巴鍋裡亂七八糟的草陷入沈思。

壯壯率先拿了幾根草放在嘴邊，裝作自己吃了，咂嘴說：「感覺缺了點東西，你們嚐嚐看。」

一圈小夥伴和壯壯剛剛一樣，裝模作樣吃了，吃完紛紛點頭。「好像是缺了點東西……」

小葡萄看了看周圍的小夥伴，低頭皺眉審視手心裡的野草。

壯壯一拍腦門，恍然大悟道：「我知道了！沒有放糖！我們一起去找蜂蜜。」

老大一呼百應，小夥伴異口同聲說好，小葡萄被簇擁在人群中，跟著他們一起往前走。

「哪裡有蜂蜜？」小葡萄不自覺地舔了舔嘴唇，他吃過蜂蜜，是東哥哥送給他的。

壯壯回道：「你笨啊，蜂蜜當然在樹上啊。」

「老大，這裡發現一個蜂窩！」

「哪裡？」壯壯立馬過去。

一群小孩仰頭看樹上的蜂窩。

小葡萄跟著他們仰頭看，看了半天也沒找到蜂窩在哪裡。

「找根棍子，把蜂窩捅下來。」壯壯一聲吩咐，他的手下忙著四處找棍子。

「老大，棍子來了！」也不知道從哪兒找來一根長長的棍子。

壯壯把棍子遞給旁邊一個孩子，是壕壕的哥哥。

「你來。」

壕壕哥哥比這幫孩子都高一些，他拿著棍子有些猶豫。「老大，這裡面有蜜蜂嗎？」

壯壯想了一下。「有蜜蜂我們就跑，等蜜蜂都飛出來，就有蜂蜜了。」

壕壕哥哥想了一下，覺得老大說得對。

他舉著棍子搖搖晃晃地捅蜂窩。饒是他個子高，也費了一番功夫。

「蜜蜂出來了，快跑！」

一群孩子如鳥獸散，壕壕哥哥扔了棍子，拉著弟弟就跑。

小葡萄愣了一瞬，才抬腳跟著他們跑，卻不小心踩到壕壕哥哥扔的棍子，一屁股坐在地上。尚在懵懵懂懂間，就被飛過來的蜜蜂狠狠螫了一下。

「嗚……」又疼又怕，小葡萄嗚嗚哭了。

笨笨跑過來，用肥碩的狗身遮住小主人。

「小葡萄？」竇東正好經過，聽見小葡萄的哭聲趕緊過去，把他從地上拉起來，一眼看到了他臉上蜜蜂螫的印子。

小葡萄睜開模糊的淚眼，哭著喊：「東哥哥……嗚嗚……我要娘親。」

竇東抱起他。「我送你回家。」
「小葡萄，師娘是不是不在家？」他敲門沒有人應。
小葡萄正哇哇哭著，聽見東哥哥的話，他口齒不清地說：「娘在外公那兒……」
竇東略微思索了一下才聽清楚，便抱著哭成一顆球的小葡萄去蘇老爺家。
「哎喲，這是怎麼了？」蘇老爺趕緊接過竇東懷裡的小葡萄，看見外孫哭成這樣，他心疼死了。
竇東回答。「小葡萄被蜜蜂螫了。」
「東子啊，謝謝你，快進屋坐會兒。」
竇東擺手。「不了，我還有事，先走了，趕緊帶小葡萄去醫館看看吧。」
過了這麼一會兒，小葡萄被蜜蜂螫的紅印越發明顯，他皮膚嫩，白胖的臉蛋上腫了一片。
蘇老爺抱著小葡萄掂了掂，呼呼吹了幾下。「不哭了啊，外公吹吹。」
「痛痛……」小葡萄滿臉傷心，小手指著胖臉蛋，他也不敢碰，只敢遠遠指著。
蘇老爺哄他。「搽了藥就不痛了。」
蘇老爺吩咐管家備馬車，送外孫去醫館。
小葡萄哭得這麼大聲，蘇箏在房間裡也聽到了。

「娘……」看見娘出來，小葡萄哭得更大聲更委屈，伸手要娘抱。

蘇箏抱過他，心疼他慘兮兮的樣子，同時又忍不住數落他。「誰叫你跑出去玩。」

小葡萄腦袋靠在娘親肩上，哭得一把鼻涕一把淚，配上臉上紅腫的凸起，一眼望去著實有些可憐。

「別耽誤了，趕緊去醫館。」蘇老爺催促蘇箏。

目送母子倆坐上馬車，蘇老爺想了想還是不放心，另備了一輛馬車跟在他們後面去醫館。

因為被蜜蜂螫，需要把裡面的斷刺挑出來才能上藥，李大夫年紀大了，眼睛不好使，讓他的徒弟來挑。

小葡萄這一路本來已經被哄好了，這會兒看見陌生人要來碰他的臉，又被嚇哭了，邊哭邊把臉往娘親懷裡藏。

最後是蘇老爺一狠心，抱過外孫，用手捏著他的下巴，這才把斷刺挑出來。

「哇……娘……」小葡萄一被放開，就哭著往娘親懷裡撲，眼皮都哭腫了。

「好了，我們回家了。」蘇箏拿手帕擦去兒子的淚水，小心地避開上藥的地方。

小葡萄哭得上氣不接下氣，抽噎著說：「嗚嗚……回家。」

一來一回，到家時天邊已經泛起晚霞，蘇箏把兒子從馬車抱下來，活動了一下胳膊。

這小胖子在馬車上哭喊著要抱，一鬆手就鬧。

她蹲下理了理小葡萄的衣服，柔聲問他。「晚上想吃什麼呀？」

小葡萄嘴裡含著外公剛從鎮上買的糖，側臉鼓起一塊，臉上抹著綠油油的藥水，配上紅腫的臉皮，看起來很傻。

小葡萄搖搖頭，情緒低落。「我不想吃。」

蘇箏一聽兒子竟然不想吃飯，更加溫柔地說：「肚子不餓嗎？娘親讓廚娘做你最喜歡吃的糖醋魚好不好？」

小葡萄搖搖頭，咬著糖含糊不清地說：「想爹爹。」

蘇箏立刻毫無原則地說：「娘這就帶你去找爹爹。」

小葡萄伸出一隻胖手牽住娘親去找爹爹。

大陽村私塾的散學時間已經到了，裡面還有兩個學生沒走，一個在看書，一個執筆寫字。顧川立在寫字的學生身側，正彎腰給他講些什麼。

「爹爹……」小葡萄被娘親抱起來，扒著窗戶探頭往裡看。

裡面的學生聽到小葡萄的聲音就不是那麼專心了，往外面看了一眼，冷不防對上小葡萄一張亂七八糟的臉，嚇得手中的毛筆抖了抖，筆畫拉得老長，好好的一頁大字廢了。

顧川皺眉往窗外看去，剛想訓斥兒子，卻看見他精彩至極的一張臉，訓斥的話到了嘴邊又嚥回去。

「你們抄兩篇大字，明早交上來，現在先回去吧。」

兩個學生收拾好書和紙筆走了，經過蘇箏時恭敬地施了一禮，抱著書跑遠了。

顧川關上門走出來。「這是怎麼了？」

他出門前兒子還是白白胖胖的一隻，僅過去一個下午，就變成這樣了？

「爹爹，臉痛痛。」小葡萄見到爹爹，就抱著他的腿撒嬌。

顧川一隻手抱起兒子。「你怎麼回事？」

「摔倒了，蟲蟲咬的。」小葡萄說道。

蘇箏補充道：「他跑出去玩，被蜜蜂螫了，剛帶他從醫館回來，抹了點藥。他飯都不吃了，要出來找你。」

小葡萄坐在顧川胳膊上，雙手摟著爹爹的脖子，兩腿亂蹬，不安分地往上爬。

念在兒子今天有點慘，顧川雙手使了點勁，把兒子送到他肩膀上穩穩坐著。

小葡萄坐得高高的，單手摟著爹爹的脖子，很快就高興起來，呵呵笑著。「我要飛嘍！」

顧川道：「老實點。」

到家了，顧川把兒子放下來，問他。「你不想吃飯？」

小葡萄此刻還興奮著，親了顧川一口，甜甜地說：「想吃爹爹做的！」

顧川翹起唇角。

蘇箏在一旁咕噥。「馬屁精。」

小葡萄坐在小交杌上，有一下沒一下地晃著撥浪鼓，蘇箏看了他一會兒，悄悄溜去廚房，看見顧川正在切菜。

蘇箏雙手背在身後，慢慢走過去。「做什麼吃的啊？」

「小葡萄剛被蜜蜂螫過，吃點清淡的吧。」

蘇箏道：「下次不讓他出去玩了，出去一會兒，就搞成這樣回來！」

顧川把切好的胡蘿蔔放到盤子裡，回頭說：「小葡萄還是需要玩伴，不能整天待在家裡和妳玩。」

蘇箏瞪眼。「和我玩不好嗎？」

顧川道：「好是好，只是他也需要同齡的小夥伴。」

還有，兒子在家最愛的就是吃東西，和娘親一起睡覺，他需要出去認識一些夥伴，順便鍛鍊一下，減肥。

顧川低頭問蘇箏。「妳小時候，是不是也喜歡和同齡人一起玩？」

這句話踩到蘇箏的痛腳，蘇箏往後退了一步，氣呼呼地說：「我才不喜歡和她們玩呢！」

事實上，是沒人和她玩。她小時候和江寶珠也不太處得來，兩人一見面就吵，她小時候沒有朋友，只有落雪陪她。

蘇箏冷哼一聲，丟下一句。「做你的飯吧。」

顧川無言了。

任他如何猜想，也猜不到蘇箏不高興的原因是她小時候沒朋友。

由於小葡萄被蜜蜂螫了，臉上還要抹藥，這幾天被蘇箏拘在院子裡，不讓他出去玩。

「笨笨，你想出去玩嗎？」小葡萄蹲在地上捋著笨笨的毛，嘴裡絮絮叨叨和笨笨說話。

笨笨無精打采地趴在地上，任由小主人對自己上下其手，對小主人說的話無動於衷。

小葡萄放開笨笨，一溜煙跑回臥室，見到娘親在睡覺，他放輕動作小心翼翼地退出房間。

「噓……」他豎起食指放在唇上，對跟過來的笨笨說：「娘親在睡覺，不可以吵醒娘親喔。」

他四下看了看，黑白分明的眼珠轉了轉，推開爹爹的書房。

笨笨趕在他前面躥進書房。

小葡萄沒站穩，一屁股坐在地上。

笨笨又拐回來，舔了舔小葡萄的手背。

小葡萄坐在地上笑了起來，笑完才想起娘親在睡覺，他睜著烏黑水潤的桃花眼對笨笨說：「別鬧啦！笨笨，我們進去。」

他從地上爬起來，跟笨笨一起進去。

笨笨沒來過書房，在書房裡好奇地這邊嗅嗅那邊聞聞，很快牠發現沒什麼特別的，又找了塊順眼的地方趴著。

小葡萄在書房裡，這裡摸一下，那邊翻一下，拿到什麼物品都覺得新奇。他手腳並用爬上椅子，拿著硯臺都能看上半天，看完後放在桌上敲了敲，發出沈悶的敲擊聲。覺得無趣之後，他扔了硯臺，盯上爹爹放在案桌上的紙，白紙上被爹爹寫了字，小葡萄拿起來，迎著光，一本正經地看，好像他知道寫的內容是什麼，事實上他還沒開始學認字，一個字都不認識。

「咦？」紙張不小心從手裡滑落，掉到地上。

笨笨懶洋洋地抬頭看了看，張開大嘴咬住紙。

小葡萄艱難地從椅子下去，想從狗嘴裡把紙奪回來。「笨笨，這個不能吃！」

不奪還好，他一奪，笨笨把露在外面的紙也吃了。

小葡萄扳開笨笨的嘴，紙已經沒有了。他憂心忡忡地看著狗。「爹爹會打你的。」

笨笨頗為不屑地看了小主人一眼，前腿攤開，又重新趴在地上。

他的笨笨這麼好，不能讓爹爹打。

小葡萄想了想，很快就想到一個主意，他再拿一張上面畫了黑乎乎的紙，放在桌上，這樣笨笨就不會挨打了。

想到主意他就開始行動，撅著屁股在地上到處翻找，看哪裡有寫字的紙。

那是什麼？

小葡萄眼睛一亮，迅速地爬過去，撈出放在桌下的木盒子，一打開，裡面整整齊齊擺了一堆紙，只是這些紙都是捲起來的。

他坐在桌子底下，打開其中一卷看。

這上面是他！

他懷裡抱著一顆好大的西瓜。

小葡萄咧嘴笑了，瞬間把笨笨挨打的事拋到腦後，一卷卷打開看。

蘇箏醒來，從窗戶往外看了一眼，兒子沒在院子裡玩，本來打算去他房間找他，路過書房時，發現書房的門是開著的。

此時，笨笨趴在書桌旁，小葡萄背對著門口，坐在書桌底下，不知道在幹麼。

「小葡萄，你怎麼又進書房了，忘記上次罰站了？出來！」

小葡萄聽到娘親的聲音，拿著一沓紙回頭，小臉蛋紅撲撲，興奮地說：「娘親，這上面有妳，有我，還有笨笨！」

哦？

蘇箏興致勃勃地走過去。「快拿出來給娘看看。」

「好！」小葡萄一口答應，拿著畫爬出去，一個不留神，腦門撞到桌腳了。

他摸摸腦門，癟癟嘴就想哭。

蘇箏趕緊揉了揉他的腦門，在他哭之前把他拉出來抱在懷裡。「不疼了。」

小葡萄把眼眶裡的淚水憋回去，晃了晃手裡的紙。「娘親妳看。」

蘇箏抱著小葡萄坐在椅子上，一張張翻看。

有小葡萄捧著碗吃飯的，有小葡萄摘花的，還有小葡萄幾個月大時穿著肚兜的畫。作畫人技藝精湛，連小葡萄腿上的幾節蓮藕肉，都畫得栩栩如生。

其中也有她的畫像，有她對著鏡子描眉的，有她躺在美人榻上小寢的，還有她和小葡萄在一起的畫像。

「哈哈，娘親妳好胖！」小葡萄指著一張蘇箏懷孕時的畫像，笑得停不下來。

蘇箏嫌棄地看了他一眼。「小傻子。」

她剛剛數了一下，這小傻子的畫像足足有二十幾張！從幾個月大到現在，甚至連當初他把自己的臉抹得紅紅綠綠的樣子，都被顧川畫下來了。

他們在一起的畫像有十多張，而她單獨的畫像只有五張！

太過分了！

母子倆在書房看著畫，顧川開門走進來，見到兩人手裡拿的畫像，他眼皮一跳。

小葡萄看見爹爹回來，從娘親腿上滑下去，牽住爹爹的大手。「爹爹，我找到了我和娘親！我找到的喔！」

小葡萄昂著腦袋，洋洋得意，拉著爹爹過去看。

顧川意味深長地瞥了他一眼。「哦，我知道了，是你找到的。」

小崽子，你等著。

蘇箏坐在椅子上，側頭對顧川揚了揚手裡的畫。「我都不知道你什麼時候畫了這麼多畫像。」

「咳咳！」顧川的耳根有點紅。「閒來無事時畫的。」

啪一聲，蘇箏把畫放在桌上，橫眉冷目。「閒來無事畫了這麼多張小葡萄，而我只有五張？」

「畫了小葡萄從出生到現在的，不知不覺就這麼多張了。」

「你的意思是我沒什麼好畫的？」

顧川道：「也不是。」

「哼！」蘇箏哼了一聲，擠開站在門口的顧川出去了。

「哼。」小葡萄學著娘親哼了一聲，從爹爹的腿邊走過去，打算跟著離開。

顧川一把拎起他，問：「爹爹是不是告訴過你，爹爹不在書房，你不能進來？」

小葡萄四肢掙扎著，不回答爹爹的話，嚷嚷著。「快放我下來。」

「書房是不是你翻亂的？」顧川指著一片狼藉的書桌。

小葡萄掙扎不開爹爹的手掌，腦袋耷拉下來，放棄掙扎。「是我。」

「知錯了沒？」

小葡萄眼睛轉了轉，乖巧回答。「錯了，爹爹快放我下去。」

「呵。」顧川冷笑一聲，放下兒子，指著牆角。「知道自己錯了，就站到那邊去。」

小葡萄並不陌生，他經常站牆角，但是站在那裡爹爹就不准他動了，好難受。

小葡萄絞著兩隻手，眨眨黑潤的眼睛。「爹爹，我錯了。」

顧川不為所動，一臉冷漠地指著牆角。

小葡萄指著還沒出去的笨笨。「笨笨，是笨笨吃了紙！」

應該罰笨笨！

顧川親自把小葡萄提到牆角，用鞋尖踢了踢他的小腿。「站好，我沒說可以，你不准動，動了，就沒你的雞腿了。」

小葡萄努力站直身子，兩隻小手垂在身側，小嘴癟著，卻不敢不聽話，怕沒有雞腿吃。

修理好兒子，顧川去臥室了。

蘇箏已經把剛才的事暫時擱下，現在有讓她更生氣的事！

小葡萄不知道什麼時候，把她的胭脂水粉都給弄糊了，一打開全不能用。

見顧川進來，她問：「小葡萄呢？」

顧川一見蘇箏手裡的胭脂就明白了，他挑眉說：「在牆角罰站呢。」

「嗯。」蘇箏的氣順了點，道：「下次陪我去鎮上買新的。」

顧川點頭。「好。」

罰站的小葡萄以為娘親會來救他，結果直到吃午飯時，娘親都沒來。
哼，他好生氣！
他決定不理娘親了！

第三十五章

夏日已至，小葡萄整天和他的小夥伴在一起玩，有時玩捉迷藏，有時扮家家酒。他現在又多了兩個小夥伴，落雪的兒子陽陽還有萃萃的女兒茵茵。

他們在玩捉迷藏，小葡萄帶著茵茵一起躲在高高的草叢裡。

「茵茵妹妹，不能出聲喔。」

「嗯，好。」紮著兩個花苞頭的茵茵乖乖點頭。

以壯壯為首，一幫孩子浩浩蕩蕩地找小葡萄和茵茵。

小葡萄和茵茵都不高，夏日的野草茂盛，幾個孩子來來回回找了半天，都沒找到小葡萄躲在哪裡。

「小葡萄，茵茵妹妹，你們在哪裡呀？」壕壕在哥哥的示意下，喊小葡萄，看小葡萄會不會自己出來。

「嘻嘻……」小葡萄捂著嘴偷笑，露出一雙彎彎的笑眼。

他們肯定找不到他！

「小葡萄哥哥……」茵茵小聲說。

小葡萄對茵茵搖搖頭，示意茵茵別說話。

茵茵的小臉皺成一團，快要哭了，糾結了一下還是說：「可是，小葡萄哥哥，我的衣服上有蟲。」

小葡萄看了看茵茵指的地方，是一隻威風凜凜的大刀螳螂，牠渾身綠油油的，好看極了！

小葡萄把蟲子捏在手上。「茵茵妹妹妳別怕，蟲子在我手上。」

茵茵充滿敬佩地看著小葡萄。

小葡萄挺起胸膛。「我會保護妳的。」

娘親說茵茵是妹妹，不能讓別人欺負她。

「嘿嘿，找到你們了！」璩璩扒開草叢對兩人笑，陽陽跟在他後面露頭。

小葡萄站起來。「我要回家了，明天再玩。」

壯壯不捨道：「小葡萄，這麼早就回去了嗎？再玩一會兒唄。」

一群小夥伴七嘴八舌地挽留。「是啊，小葡萄，你爹爹還沒散學呢。」

小葡萄拒絕小夥伴的挽留，臉上一片堅定。「不行喔，我要回去了。」

跟小夥伴們道別後，他邁著兩條短腿，手裡捏著大刀螳螂，一溜煙跑回家。

他要把這隻漂亮的蟲蟲給娘親看！

寬闊的大道上，有兩人打馬而來。

為首一人騎著棗紅色的馬，面如冠玉，丰神俊朗，微微上挑的眼睛即使不笑也帶了三分笑意。

後面跟著一人身材魁梧，面容肅穆，一身肅殺之氣，更是讓周圍的路人紛紛讓道。

「前面就是了。」為首的男子勒停馬，拿著馬鞭的手遙遙指了指城門，眼底蘊著三分笑意。「找人問一下大陽村怎麼走。」

「是，公子。」身著黑衣的魁梧男子石崎應下。

石崎領了主子的任務，進城後就自覺地下馬找人問路。

「兄臺。」石崎拍拍一個男子的肩膀，自認和善地對他露出一抹笑容。

「啊？」男子戰戰兢兢，抬頭看著比他高了一個頭的黑衣男子，不等石崎問他路，尋了個空就溜了。

「……」石崎看了不遠處的主子一眼。

段寒風動作瀟灑地下馬，理了理衣襬上不存在的褶皺，頗為飄逸地走過來。

他沒有去找石崎，而是問一個推著板車賣西瓜的婦人。

「大娘，妳知道大陽村怎麼走嗎？」他聲音清朗，長相俊朗，一身白衣一塵不染，好一個翩翩佳公子，很容易讓人卸下心防。

石崎抽了抽嘴角，他們這位公子，心眼多得跟篩子一樣，偏偏一張面皮能迷惑人。

「公子，大陽村可不好找，你去大陽村做什麼？」婦人疑惑地問。

這位公子一看就是富貴人家的公子哥兒，去鄉下做什麼？

「哎……」段寒風輕輕嘆了一口氣，清亮的眼睛蒙上一層哀傷。「大娘，不瞞妳說，我有個姊姊失蹤十多年了，近來得到消息，說她有可能在大陽村，我就想著，不管消息真假，我得來找找看才行。爹娘因為姊姊的失蹤，傷心欲絕，整日以淚洗面……」他搖搖頭，傷心得說不下去了。

石崎耳力過人，主子不要臉的話盡數被他聽入耳中，他乾脆轉過身，不去看主子虛假的臉。

賣西瓜的大娘被他說哭了，拿出帕子擦擦眼淚。「慘，真的太慘了。公子，大陽村不好找，我家老伴認識路，我讓他趕驢帶你去！你跟著驢走就成了。」

段寒風微微僵了僵，眼珠轉了轉，和旁邊一頭黑色的驢對上視線，驢的耳朵上，還有兩撮白色的毛。

大娘拍了拍身旁的老伴，對著老伴的耳邊大聲道：「你帶這位公子去大陽村，時辰還早，天黑前就能回來。」她又對段寒風說：「我家老伴耳背，你跟他說話得大聲點。」

段寒風道：「大娘，不必麻煩大爺了……」

大娘熱心地說：「這有什麼麻煩的？不麻煩，能幫就順手幫一把。」

「去大陽村幹啥？西瓜不賣了？」他老伴中氣十足地說，看樣子確實重聽，剛剛的話他一個字都沒聽到。

大娘同樣大聲說：「我自己賣，你帶這位公子去大陽村找他姊姊！」

一時間，街道上的人彷彿都向他看過來，段寒風長這麼大，第一次覺得有些不太自在。

「行！」大爺解開綁在板車上的繩子，騎在驢身上，回頭對段寒風說：「後生，跟上。」

段寒風被這一連串操作弄得目瞪口呆，只能呆呆傻傻地翻身上馬。

大娘抱了一顆西瓜塞到他手裡，笑得一臉淳樸。「帶個西瓜，路上渴了吃。」

仙氣飄飄的白衣公子，非常接地氣地抱了一顆綠油油的西瓜。

「石崎，我們跟著這位大爺走吧。」

石崎差點笑出來，他肩膀劇烈抖動，忍住到嘴邊的笑，應了一聲。「是，公子。」

段寒風瞪了石崎一眼，眼裡的意思大概是「你敢笑就死定了」。

石崎策馬走了幾步，看了看走在前面的公子。「皇……公子。」

段寒風掃了石崎一眼，眼風凌厲。

「公子，能不能等我一會兒？」

段寒風瞟了他一眼，扔出兩個字。「為何？」

石崎壓低聲音。「想如廁，可能是路上吃壞肚子了。」

兩人急著趕路，昨夜沒歇在客棧，夜裡隨便吃了點乾糧，今早吃了烤肉。

沒記錯的話，他們吃的是一樣的吧？

段寒風看看他五大三粗的手下，道：「不等，我先過去。」

他騎著馬，晃晃悠悠地跟在騎驢的大爺後面。

不得不說，雖然速度慢了點，但是靜下心來，看看周圍的風景也不錯。

晃悠了很久，段寒風坐在馬上都快睡著了，終於聽到大爺說：「後生，到了。」

「大爺，謝謝你了。」

大爺操著大嗓門。「你說啥？」

段寒風深吸一口氣，大聲說：「我說謝謝了！」

大爺擺擺手。「不用謝。」

段寒風掏出準備好的銀子塞到大爺手上，不顧身後大爺推拒的大嗓門，策馬跑進村子裡，直到聽不見大爺的聲音了，他坐在馬背上鬆了一口氣。

「這位兄弟，請問知道顧川家怎麼走嗎？」段寒風特地找了一個看起來憨厚老實話不多的青年漢子問路。

「顧先生的家，前面左轉再左轉就是了。」青年漢子果然話不多，指了方向就扛著鋤頭去鋤草了。

段寒風抱著一顆西瓜，牽著馬朝青年漢子指的方向走。

前面應該就是了。

段寒風心中感嘆自己的不易，他隱藏蹤跡，出來見一次老友太難了。

結果還沒到跟前，院子裡就跑出一隻凶猛的大黑狗，這狗嘴裡叫囂著還不算，矯捷的四蹄帶著風，速度極快地朝他撲來。

段寒風慌忙爬上馬背，就見一名三、四歲左右的童子從院子裡出來。

這小孩唇紅齒白，在太陽下白得發光，渾身上下肉墩墩，一看便知被養得極好。

只聽他道：「笨笨，快回來，娘親說了不能咬人！」

剛剛還凶猛威風、扒他衣袍的黑狗乖乖回去，在小孩身上蹭了蹭。

這應該就是暗衛提過的，顧川的兒子吧。

段寒風了然，微微一笑，下馬往前走了幾步。「小孩兒，你爹爹在家嗎？我找你爹爹。」

黑狗因為他走的這幾步，汪汪叫起來，狗叫聲蓋住他的說話聲，小葡萄只聽到找爹爹。

小葡萄安撫地拍了拍笨笨的背，奶聲奶氣說：「不准吵了，笨笨，你不乖。」然後他眨著黑潤潤的眼睛看向這個好看的叔叔，奇怪地問：「你找爹爹？你找不到爹爹了嗎？」

段寒風聽到這話，一口氣差點沒緩上來。

小葡萄見他不說話，看向他的眼神充滿同情。「好可憐，爹爹都弄丟了。」

段寒風無語。

顧川這兒子，該不會是個傻的吧？是了，肯定是傻的，所以才被顧川收養吧！

段寒風一字一頓道：「我找你爹。」

小葡萄頓時警覺。「你找爹爹幹什麼？爹爹是我的！」

你就別想了！那是我爹！

他眼裡的意思太過明顯，段寒風一口氣又梗在胸口。

「小葡萄，外面是誰呀？」蘇箏以為是村裡人，見到門口的陌生男人愣了愣。

蘇箏打量段寒風的同時，段寒風也在打量她。

女子著一身淺粉，眉色如黛，眼神清亮，目光流轉間，一雙桃花眼似含著水，當真稱得上一句仙姿玉色，論容貌配得上他兄弟。只是……

段寒風看看蘇箏，又看看小葡萄，這兩人怎麼長得那麼像？

小葡萄抱住娘親的腿。「娘親，這個人想搶爹爹！」

蘇箏也覺得這個人很奇怪，尤其他看小葡萄的眼神不太對，該不會是想拐她家小葡萄吧？

蘇箏起了防備之心，彎腰抱起兒子，轉身進院子裡，砰一聲關上院門。

一句話都沒來得及說的段寒風再次無語。

院門關了，他趕了很久的路，早就累了，隨便找了塊地蹲著歇一歇，目光落在綠油油的大西瓜上。他從早上到現在，水都沒喝幾口，水囊都放在石崎那裡，這會兒還真有點渴了。

段寒風忍了忍，到底沒做出蹲在地上吃西瓜這種有損形象的事。

顧川回來時，見門口蹲著一個熟人，他有些意外。

段寒風也看見顧川了，他從地上起來，做作地掏出掛在腰上的摺扇搧了幾下，動作間帶著幾分瀟灑肆意，然後唰一聲合上摺扇。「等你半天了，你住得可真偏僻。」

顧川裝作沒看見他剛剛蹲在地上，也對他白衣上黑乎乎的狗爪印視而不見。「你怎麼過來了？」

段寒風打開摺扇，上挑的眉眼帶著笑意。「來看看你過得夠不夠慘，一個小小的舉人都需要寫信給我。」

顧川冷笑。「呵，好意思說，還不是你連自己的小舅子都管不好，一個小小的劉公子，就能橫行霸道了。」

段寒風摸摸鼻子。「我已經敲打過劉妃一家了，尤其是她哥哥。」

顧川離開京城那麼久，唯一一次寫信，除了讓他修理一個不知名的舉人外，還提到他寵妃的哥哥，也不知怎麼惹到他了。

顧川見院門從裡面閂上了，便敲敲門，揚聲道：「我回來了。」

蘇箏和小葡萄都在屋裡，聽見顧川的聲音，蘇箏過去開門。小葡萄啪啪跟著娘親一起過去，還有笨笨，可謂是全體出去迎接顧川。

門剛打開一點，小葡萄鑽出去抱住顧川。「爹爹，剛剛有個怪叔叔看上我，肯定是看中我長得好看……」

小葡萄話說到一半不說了，他看到爹爹身後站著那個怪叔叔，不由得害怕地抱住爹爹的腿。

顧川把兒子抱起來，回頭看了一眼好友，眼裡明晃晃寫著「你怎麼變成我兒子嘴裡的怪叔叔」了？

「小葡萄，我是你爹爹的朋友，不是怪叔叔。」段寒風剛剛聽到顧川的妻子叫這孩子小葡萄，真是個奇怪的名字。

小葡萄抱住爹爹的脖子，偷看這個怪叔叔。

「咳咳，既然是朋友，進來坐。」蘇箏選擇性失憶，好像剛剛在房間裡和兒子說怪叔叔的人不是她一樣。

段寒風不著痕跡地打量院子，東邊是馬棚，曾經在戰場叱吒風雲的寶馬，此刻悠哉悠哉地吃草，狀態與下午那頭驢沒什麼兩樣。牆角種了一堆五顏六色，在他看來毫無美感的花，再往左邊，搭了一個小屋，看樣子是狗窩，小小的院落滿滿當當。

兩人在廳堂坐下後，蘇箏端一壺茶給兩人後就退下了。她要去蘇老爺那邊，借廚娘過來做飯，成親四年，這還是第一次顧川有朋友來訪，可得好好招待。她本來打算把小葡萄也帶出來，奈何這小傻子黏著爹爹，不願意跟她出來。

段寒風端起茶連喝了兩杯，才放下杯子。

顧川問：「還有誰跟你一起過來的？」

「石崎，就我們兩人，也沒人知道我們過來。」

顧川應了一聲，垂眸，端起茶抿了一口。

段寒風忍不住看向坐在顧川懷裡的小葡萄。

小葡萄雙手捧著臉。「叔叔，你真的沒有看上我的美貌嗎？」

段寒風嘴角抽了抽，看看小葡萄肉嘟嘟的臉蛋，搖搖頭。「沒有。」

這小孩……對自己倒是挺自信的。

顧川被小葡萄逗笑了，唇角勾了勾，捏捏兒子的胖臉蛋。「你覺得自己好看？」

小葡萄理所當然地說：「當然！外公說我長得像娘親，娘親好看，我也好看！」

段寒風見兩人之間的相處，挑了挑眉，顧川對這便宜兒子還挺好的嘛。

「叔叔，這個西瓜是送給爹爹的嗎？」小葡萄盯上綠油油的大西瓜。

段寒風感受到這小胖墩眼裡的渴望，他點頭。「……不是，帶給你吃的。」

小葡萄立刻高興起來。

顧川拍兒子的屁股，把他放在凳子上。「坐在這裡，爹爹去給你切西瓜。」

小葡萄晃悠著雙腿，開心地等著爹爹的西瓜，頓時覺得怪叔叔順眼不少。「叔叔，雖然你沒有我好看，沒有娘親好看，沒有爹爹好看，沒有外公好看，但是沒關係的。」

段寒風瞪大眼。「啥？」

你這是在安慰我嗎？我是不是應該要說謝謝？

顧川很快帶著西瓜回來了，小葡萄眼睛一亮，不自覺地舔了舔嘴唇。

小葡萄咬了一大口西瓜，瞇起了雙眼。「西瓜好甜啊。」

段風寒很快就知道這小子為什麼胖了，眨眼間，這小子吃完了三塊西瓜。

顧川習以為常地幫兒子擦嘴、擦下巴、擦脖子，最後他放棄擦了，直接拎起兒子，帶他去洗臉。

「爹爹，我還沒吃完。」小葡萄嘟囔著。

顧川的聲音從外面飄進段寒風的耳邊。「晚上的肉還想不想吃了？」

小葡萄口齒不清地說：「要吃的，要吃肉肉……」

晚飯時，段寒風徹底見識了小胖子的威力。

他敢保證，這絕對比他任何一個妃子吃得都多！

「爹爹，剝蝦。」小葡萄紅潤的唇吃得油亮，兩眼發光地看著盤子裡的大蝦，伸出蠢蠢欲動的小手。

顧川拍了一下他的手，沈聲說：「爹爹說了多少次，不准用手。」

小葡萄把手縮回去，嘴硬狡辯。「沒有。」

顧川把剝好的蝦肉放到他碗裡。

小葡萄用勺子舀起來，一口吃完，吃完了他再次眼巴巴地看著爹爹。

顧川只得繼續給他剝蝦。「吃飽沒有？」

「沒……」
顧川不等他說完話，道：「吃飽了就帶你去找娘親。」
本來晚上蘇箏要帶小葡萄去蘇老爺那邊吃飯，結果他看見廚房的蝦，吵著要留在這裡。
小葡萄想了想，乖乖地答應了，娘親在外公家吃飯，外公家肯定有好吃的！
顧川把兒子送到蘇箏那邊，很快就回來了。
段寒風倒了兩杯酒，其中一杯推到顧川面前，笑道：「若是京城那幫人見到你這樣，一個個下巴都得震驚掉。」
顧川一笑，略帶嫌棄地道：「小葡萄很喜歡黏人，又愛撒嬌。」
若是一般人，小葡萄還不樂意黏，只喜歡纏著他和蘇箏。
段寒風發現顧川雖然嘴上嫌棄，眼裡卻有笑意，可見是非常喜歡剛剛那個小胖墩。
段寒風端起酒杯喝了一口，問道：「小葡萄是你夫人親戚家的孩子？」
他想了一下，是親戚家的小孩可能性比較大。
顧川看了他一眼。「當然不是。」
段寒風問話謹慎了點。「那是……你夫人生的？」
顧川沒說話，只用眼睛看著他。
段寒風彷彿被雷劈了一樣，看向顧川的眼神不自覺變了，他舉起酒杯。「兄弟，我敬你一杯！」

顧川仰頭，喉結滾動，喝了這杯酒，他放下酒杯說：「葡萄是我兒子。」又補充了一句。「親兒子。」

段寒風嘴裡的酒差點噴出來，他仰著脖子艱難地嚥下去，勉強維持住他翩翩公子的形象。

「咳咳……」他被嗆住了，咳了幾聲清嗓子。「你剛剛說什麼？那胖小子是你親兒子？」

段寒風上上下下把顧川看了一遍，眼神在某個部分停留的時間最久。

顧川的臉黑了。

「哈哈……」段寒風乾笑著收回視線。「那啥，你不是……不能……哈哈……」

當時整個太醫院拿得出手的太醫都斷定顧川子嗣艱難，這才離開幾年，兒子都能打醬油了？他養那麼多太醫，全是庸醫嗎？

顧川道：「你眼神正常一點，當初太醫的原話是可能性很小，並非絕無可能。」

段寒風緩了一下，抿了一口酒，道：「既然也有兒子了，那麼你……」

「不回去。」顧川不等他說完，打斷他的話。「我喜歡現在的生活，而且，我夫人一點就炸的性子，不適合高門大戶。」

提到蘇箏，顧川眼底不自覺閃過笑意。

顧川舉起酒敬了他一杯。「你來，就當是老友，見上一面。」

「好，就當來見見老友。」段寒風灑脫一笑，舉起酒杯，一口飲盡。

他來之前，確實存了讓顧川回京城的想法，所以帶了顧川的左膀右臂石崎過來，現在心思已經淡了。他和顧川從小相識，今天的顧川，是他從未見過的顧川。

酒喝了三巡，段寒風說：「你那個弟弟並無真才實學，長安侯府基本上，就只剩個名號了。」

驅逐了他認可的人，別說沒有才華，就算才華橫溢，他不爽，長安侯府照樣坐冷板凳。

顧川聞言並無波動，只道：「與我無關了。」

確實與他無關，當他的至親為了權勢算計他時，他對他們的親情，早已煙消雲散了。

「不是說石崎來了？迷路了？」顧川並不想談往事，轉移話題道。

段風寒端著酒杯愣了愣。「你別說，還真有可能。」

那冷臉黑熊問個路都能嚇到人。

段寒風晃了晃手中的酒杯。「估計明天就到了吧。」

吃完飯，顧川送段寒風去岳父家歇息，順便把蘇箏母子接回家。

小葡萄已經在外公家睡著了，顧川從床上抱起熟睡的兒子，另一隻手牽著蘇箏走。

蘇箏提著一盞六角燈籠，漆黑小路上，散著暖黃色的光。

回到家，蘇箏洗漱好，躺在床上說：「你這個朋友，長得也挺好看呀。」

顧川脫衣服的手頓了頓，接著若無其事脫了外衣道：「嗯，可惜心是黑的。」

蘇箏瞪圓了眼睛。「他不好嗎？」

顧川過去捏了捏蘇箏的臉。「不好，他房裡有一百多個小妾，他哪個都愛。」

「咦！」蘇箏撇撇嘴。

他們縣老爺有三個小妾，到蘇家鋪子買首飾，掌櫃的都得小心伺候著，生怕其中哪個伺候不好。

一百多個小妾，還不得頭疼死？

蘇箏搖搖頭，打消了幫江寶珠牽線的想法。

顧川見蘇箏嫌棄的表情，滿意地點了點頭。

第三十六章

可能是見到了故人，顧川夜裡難得作夢了。

「侯爺，老夫人特地給您熬了藥。」年輕貌美的丫鬟端了一碗黑漆漆的藥汁進來。

顧川坐在案桌前並未抬頭，只道：「放著吧。」

丫鬟放下，並未離開，她退後一步，垂著頭恭敬道：「侯爺，老夫人吩咐奴婢伺候您喝下。」

顧川皺眉，端起碗一飲而盡。自從太醫診斷他子嗣艱難後，他母親不知從哪裡弄來各種偏方，三天兩頭讓丫鬟送藥給他。

不過……今天的藥好像不太對。

感受到身體的變化，顧川的臉色一瞬間變得極其難看。

「侯爺？」年輕貌美的丫鬟偷偷看了一眼侯爺，悄悄紅了臉。

「出去！」顧川冷聲道。

丫鬟大著膽子說：「侯爺，老夫人特地派奴婢伺候您。」

顧川的眼神似結了霜。「我說，滾出去！」

見侯爺真的動怒，丫鬟嚇得不敢再多嘴，忙弓著腰退下。

顧川吩咐外面的書僮去請大夫。

送走大夫後，老夫人親自帶著幾個丫鬟過來了。

一進門她便道：「可是剛剛的丫鬟笨手笨腳，不得你心意？娘新得了一批丫鬟，你挑挑看。」

顧川抬眼，喊了一聲。「母親，這些人還請您帶回去。」

「京城眾多貴女，你不願娶，娘也不逼你，連房中人都不願收一個嗎？你一個人住在這裡，身邊也沒個知冷知熱的，娘放心不下。」

老夫人失望地看著顧川，這個嫡長子曾讓她得到無上榮光，如今也讓她覺得蒙羞。一個男人，可能終身不會有子嗣，更何況，他還是他們平安侯府的侯爺，外人說不定怎麼笑話他們侯府呢。

顧川冷聲道：「母親究竟是擔心我，還是擔憂我身上的爵位？」

老夫人聞言後退了一步，眼裡透著傷心。「我一心為你，原來你竟是這麼想我？罷了、罷了，我們走。」她揮揮手，帶著身後的丫鬟回去了。

顧川捏捏眉心，從一開始逼著他娶妻，到後面往他房裡塞人，如今更是直接下藥，踩在他的底線上。外面的風言風語，他聽過一些，從小敬愛的母親做出這些行為，顧川不是不失望，但他沒想到，更讓他失望的，在後面。

畫面一轉，回到了侯府的廳堂。

「你們說，要把新兒過繼到我名下？」顧川環視一圈，有他的母親、同父同母的弟弟顧峻、兩歲的姪子新兒。

顧峻道：「大哥，母親與我商議過了，我和夫人對此事都沒異議。」孩童由奶娘抱著，一雙眼睛滿是懵懂。

顧川笑了，笑容頗為嘲諷。年幼時父親驟然離世，他以一己之力撐起侯府，護住侯府在京城世家的地位。遠在邊疆時，心中仍記掛著京城的家人，如今，這就是被他放在心中的家人。

顧川看著比他小一歲的弟弟說：「我這位置，若你想要，拿去便是，做得穩就行。」

顧峻彷彿意識到了什麼，壓根兒沒細想大哥最後一句話，他壓抑眼底的喜色，叫了一聲。「大哥！」

顧川醒來時，心中仍然存留幾分失望感，他鬆開懷裡的蘇箏，摸黑下床倒了杯涼茶喝了幾口。

夜風從敞開的窗戶吹進來，為夏日的夜晚帶來幾許清涼之意。顧川在窗前站了一會兒，再躺到床上時，睡在一旁的蘇箏無意識翻過來，毛茸茸的腦袋在他胸口蹭了蹭，最後貼著他胸口睡。

顧川笑了笑，醒著時嫌他身上熱，睡著時又自動黏過來。

蘇箏睡眠向來好，哪怕天熱，她也是睡到辰時才醒。

小葡萄今日倒是比蘇箏先起，穿著一身紫色衣衫在院子裡和笨笨玩。這紫色還是前陣子去鎮上顧川幫他挑的，好說歹說、威逼利誘都用上了，小葡萄才放棄他看中的粉色。

小葡萄追在笨笨後面跑，在快捉到笨笨時又停住，逗笨笨玩，一大早就跑得滿頭汗。笨笨滿院子撒歡地跑，累得吐舌頭喘粗氣，跑到一半又故意停住，等小葡萄追上來。

蘇箏一時分不清究竟是小葡萄逗狗，還是狗逗小葡萄。

「娘親！」小葡萄見娘親醒了，扔下笨笨撲到娘親懷裡。

蘇箏接住熱氣騰騰的小葡萄。

「一大早就跑得一身汗。」她伸手摸摸他後背，已經汗濕了。

小葡萄說：「都怪笨笨，牠要和我玩。」

蘇箏捧起他肥嘟嘟的臉蛋。「我看是你想和笨笨玩吧，跟娘親去洗臉。」

「我洗過了。」早上爹爹已經幫他洗臉了。

蘇箏道：「你流汗了，要重新洗，快過來。」

小葡萄嘟著嘴，慢吞吞地跟在娘親後面。

一家人吃完早飯，段寒風就過來了，他看見顧川有點驚訝。「你在幹麼？」

顧川淡定說：「洗碗。」

段寒風道：「我知道是洗碗，怎麼是你洗？」

顧川抬頭看了他一眼。「不然你洗？」
段寒風無言。
聽聽，這說的是人話嗎？
「怪叔叔！」小葡萄從房間裡跑出來，站在門口喊。
段寒風無語。「叫我段叔叔。」
「怪叔叔。」小葡萄眼珠轉了轉，奶聲奶氣地問：「你要跟我出去玩嗎？」
段寒風挑眉笑笑，眼角眉梢染上幾分風流。「你要帶我去哪裡玩？」
小葡萄不答，只問他。「你去嗎？有好吃的喔。」
段寒風點頭。「行，你說去哪兒吧？」
小葡萄啪啪跑過去，牽住段寒風的手。「走。」
小葡萄經常牽爹爹的手，習慣牽著大人走，段寒風卻愣了愣，他的幾個皇子沒有一個敢過來牽他的手，每一個在他面前皆是恭敬知禮。小孩子的手小小熱熱的，握在手裡軟軟的。
段寒風悄悄捏了捏，暗道胖子也是有好處的，起碼這手捏起來不錯。
小葡萄牽著段寒風的手，走到小夥伴的聚集地，那裡已經有一群孩子了。
遠遠地看見小葡萄，幾個孩子就叫喚。「小葡萄來啦！」
還有幾個小矮墩跑過來。
段寒風看著這架勢挑了挑眉，問手裡牽的小葡萄。「你是老大嗎？」

「不是。」小葡萄搖搖頭，指著人群中的壯壯。「他是老大。」

段寒風看過去，一群孩子中，那個孩子最黑、最壯實，瞧著虎頭虎腦的。

「你不行啊，老大都當不上。」段寒風拍拍小葡萄的頭頂。

小葡萄搖搖頭。「當老大不好，不當。」

當老大還得替兩歲的陽陽擦鼻涕，他上次都看到啦！

「小葡萄，這個就是你爹爹的朋友嗎？」

村子裡沒什麼秘密，昨日段寒風過來，今早全村都知道，顧先生家來客人了。

小葡萄挺起胸膛。「是的。」

「這個叔叔好看！」梳著花苞頭的妞妞說。

有人開了頭，一群孩子七嘴八舌地說段寒風好看，他們也不會什麼形容詞，翻來覆去就是一句好看。

不過，孩子的話是最真誠的，段寒風被這些孩子誇得通體舒暢，不禁抽出腰間的扇子搧了搧。

小葡萄不高興了，扠著腰，大肉臉垂下來，抗議道：「你們上次還說我好看！」

只見一面的好看叔叔哪裡有小葡萄重要，一群孩子立馬轉移目標，開始誇小葡萄。

小葡萄得意洋洋地看了怪叔叔一眼。

段寒風無言。

你們這些孩子，變臉也太快了吧！滿身肥肉的小胖墩，能有我好看？

「你是要我陪你們玩遊戲嗎？」段寒風問小葡萄。

他今天仔細打量一下小胖墩，這小傢伙雖然眉眼肖似他娘親，但嘴巴還是像他爹爹，只不過他愛笑，一天到晚都樂呵呵，不像他爹成天板著臉。

小葡萄抿著嘴搖頭。「當然不是。」

段寒風等著他的下文。

小葡萄仰著大臉問：「你會爬樹嗎？」

這是什麼問題？

他還沒回答，旁邊一群孩子嘰嘰喳喳地說：「肯定會的吧？他這麼高，比東哥哥還高，東哥哥會，他肯定比東哥哥厲害。」

「是呀，是呀，他肯定會。」

東哥哥又是誰？在這幫孩子眼裡，他難道長相比不過小葡萄，武力值也比不過別人嗎？

「我會！」段寒風說得斬釘截鐵。

「他會！」一群孩子簇擁段寒風往前走。

小葡萄的小胖手緊牽著段寒風，生怕他不跟他們走了。

段寒風不自覺挺了挺腰桿，他還是很重要的嘛！

壯壯道：「到了！」

眼前是一棵桑葚樹，樹齡應該很久了，樹幹粗壯，枝葉茂盛，地上落了一地紫黑色的桑葚。

被幾個孩子用渴望的眼神盯著，段寒風好像猜到了什麼。

「是想要我幫你們摘桑葚嗎？」

一群小蘿蔔頭齊齊點頭。

段寒風低頭看看自己一塵不染的白衣，又看看孩子們期待的目光，他心一橫，眼一閉。

「好。」

反正這小村莊，也沒人認識他。

「我去拿竹籃！」妞妞舉著手，蹦蹦跳跳地跑回家了。

竹籃拿回來後，小葡萄盯著竹籃陷入沈思。

「叔叔，如果你到樹上去了，我就吃不到桑葚了呀！」他抬起頭說。

段寒風道：「等我下來，你就可以吃到了。」

小葡萄連聲說：「不行、不行！壯壯哥哥，有繩子嗎？要很長很長的那種喔。」

壯壯作為老大，也不問小葡萄要幹麼，立馬拍著胸脯說：「有，小葡萄弟弟等我，我回家拿！」

過沒一會兒壯壯就跑回來了，他拿了一條長長的繩子，是去爺爺家拿的，他爺爺會編很多繩子。

小葡萄把繩子遞給段寒風。「叔叔，把繩子繫到竹籃上，竹籃就可以從樹上下來啦！」

段寒風接過繩子，應小葡萄的要求繫在竹籃上，然後在孩子們的驚呼下，眨眼飛到樹上。

「哇！這個叔叔好厲害啊！」

小葡萄不吭聲，仰著腦袋看著坐在樹上的怪叔叔。

過了一會兒，他仰頭累了，就在樹下喊：「叔叔，你有摘到很多很多桑葚嗎？」

段寒風聽到小葡萄的叫聲，把小半籃桑葚放到樹下。

熟透的桑葚泛著黑紅的顏色，一口咬下去清甜多汁，一群孩子你一把我一把，把桑葚分完了。

壯壯晃了晃繩子。「叔叔，沒有了！」

段寒風把竹籃提上去，繼續摘桑葚。

如此來往幾次，樹下的孩子都吃飽了，一個個嘴上、手上全是黑乎乎的汁液，小葡萄更甚，他白淨的臉吃得像小花貓。

「你們吃好了嗎？」小葡萄問小夥伴們。

壯壯摸摸肚子。「吃飽了。」

一圈小夥伴紛紛說自己吃飽了，小葡萄讓壯壯把繫在竹籃上的繩子解開。

壯壯力氣比別的孩子大，繩子繫得也不緊，很快就解開了。

小葡萄把一籃桑葚提在手上，跟小夥伴們告別。「我要回家了，你們也回去吧。」

一群小孩都吃飽了，又向來聽小葡萄的話，小葡萄讓他們回家，就都說要回去了。

小葡萄看了看坐在樹上的段寒風，朝他擺擺手。「怪叔叔，我們走了喔。」

坐在樹上等著把竹籃提上來的段寒風納悶，這胖小子怎麼又叫他怪叔叔了？剛剛不是不這樣叫了嗎？

他低頭想讓這小子把稱呼改過來，就見樹底下一群孩子如鳥獸散跑光了，其中那個小胖墩跑得最快，肥肥的屁股扭啊扭，手裡提著裝桑葚的籃子，邊跑邊回頭看大樹。

這幫孩子，這麼小就學會了過河拆橋？

小葡萄提著竹籃一路飛奔，到家門口興高采烈地喊：「娘親，我有好多桑葚！」

蘇箏從屋裡出來，拉住小葡萄，看了看他亂七八糟的一張臉。「跟東哥哥摘桑葚了？」

小葡萄搖搖頭，奶聲奶氣說：「不是，是怪叔叔摘的，我帶回來給娘親吃。」

小葡萄把提了一路的桑葚給娘親。

蘇箏接過來放在一邊，揉了揉兒子的圓臉蛋。「謝謝小葡萄。」

「娘親快吃，甜甜的。」小葡萄催促蘇箏。

蘇箏帶著兒子進屋，兩人並排坐著，她問小葡萄。「段叔叔幫你摘桑葚，你有沒有謝謝他啊？」

小葡萄絞著手指。「沒有。」

「那等下見到段叔叔要說謝謝。」

小葡萄乖巧點頭。「好。」

「要留給爹爹。」他見娘親吃了桑葚，自己伸出胳膊抓了一把桑葚出來，放在桌子上，認真道：「這是爹爹的。」

看了看娘親面前的一大堆桑葚，他又抓了一把。「這也是爹爹的。」

他手小，抓了兩把也沒幾顆，一顆顆把爹爹的桑葚放在桌上擺放整齊，低頭擺得可認真了。

蘇箏偶爾遞給他一顆桑葚，他張嘴接下，腮幫子一鼓一鼓，瞧著還挺有趣。

很快顧川從私塾回來了，小葡萄忙著去門口迎接爹爹，牽著爹爹的手，讓爹爹去吃桑葚。

小葡萄忙著向爹爹獻殷勤。「我給爹爹留了好吃的桑葚。」

「是嗎？」顧川牽著兒子的小手，對他的話產生懷疑。

小葡萄指著桌子上的桑葚。「都是爹爹的！」

顧川看著桌上擺不到十顆桑葚，又看看擁有一盤桑葚的蘇箏，無語了。

愛吃的兒子，願意把吃的留給他，就挺好的了。

顧川安慰自己，在蘇箏旁邊坐下，嚐了一顆桑葚。

段寒風從樹上下來，又把繩子還給人家，回來就見這一家其樂融融地吃桑葚。

他為什麼放著錦衣玉食的日子不過，來到這裡？
蘇箏見到段寒風，禮貌地問了一句。「要不要吃桑葚？」
段寒風緩緩搖頭。「不，我去休息一會兒。」
他覺得有些疲憊，心裡很累，有點想念遠在京城溫柔體貼的妃子。
段寒風走後，蘇箏問顧川。「他怎麼回事？」
情緒好像有點低沈？
「不知道，不用管他。」顧川順手餵了蘇箏一顆桑葚。
小葡萄眼尖看見了，湊過去，張大嘴巴。「我也要！」
顧川往他嘴裡塞了一顆。
吃了爹爹餵的桑葚，小葡萄搖頭晃腦地說：「我知道怪叔叔怎麼回事！」
蘇箏問：「嗯？怎麼回事？」
小葡萄一臉他懂的模樣。「怪叔叔肯定是在樹上待久了，被太陽曬暈啦！」
小葡萄是信口開河，蘇箏卻覺得有道理。「那你下午不准纏著叔叔帶你玩了，讓叔叔好好休息。」
小葡萄拖長聲調。「知道了。」
下午，因為顧川沒去私塾，小葡萄連午覺都不睡就黏著爹爹。
顧川垂眼看著抱他腿的小胖團子。「我現在要去山腳下。」

他放了漁網，這會兒要去收網。

「我也去！」

顧川無奈又甜蜜地把跟屁蟲扛在肩上，小葡萄興奮得哇哇大叫。

段寒風走在顧川身側，心裡感嘆顧川把這孩子寵上天了。不過這小胖子忒沒良心，早上才吃了他摘的桑葚，下午就不認人，只圍著他爹打轉。

顧川把兒子放在河岸邊，再三囑咐他不准靠近水，並拿晚上的魚肉威脅他，小葡萄連連點頭，顧川這才下水撈漁網。

小葡萄雖然任性，還是不敢不聽爹爹的話，即使他想下水，還是乖乖地站在岸邊等著。

「段叔叔，你不會捉魚嗎？」小葡萄眨著大眼睛，一副無害的模樣。

段寒風怎麼能讓孩子看輕自己，當即咬牙說：「我會！」

他脫了外袍和鞋子，循著顧川下去的路線走。

到底沒下過河，段寒風走得小心翼翼，踩在水裡的每一步都格外注意，好不容易才走到顧川旁邊。

顧川挑眉笑。「怎麼？被孩子激一句就下來了？」

段寒風道：「呵，我只是好奇你有沒有捉到魚。」

他發現，小胖墩雖然長得不像他爹，卻有一樣的壞心思。兒時顧川做他伴讀的時候，由於是太子伴讀，暗中嫉妒、捉弄顧川的人不少，顧川表面不動聲色，後來全報復回去了。

顧川也不拆穿他，低頭忙活去了。

站在河岸邊的小葡萄看著兩個大人，一會兒還好，看久了就覺得無趣，他目光四處亂飄，突然眼睛一亮。「東哥哥！」

竇東揹著柴火從遠處走過來。

「小葡萄。」竇東和小葡萄打了聲招呼，看了看河裡的兩人。

小葡萄有幾天沒看到竇東，此刻高興地和他說話。

對於小葡萄嘴裡說的話，竇東是一知半解，卻也沒打斷他，安靜地聽他說，時不時應兩聲，可謂十足捧場了。

這小胖墩對著這個小子有那麼多話？

瞧那熱絡模樣，段寒風心裡有點泛酸。「你兒子話還挺多的啊？」

顧川抬頭看了一眼。「竇東經常給他吃的，也經常帶他玩。」

比起一板一眼、溫恭自虛的穆以堯，小葡萄更喜歡陪他瘋的竇東。

小葡萄向竇東說完近日小夥伴們的情況，他伸出舌頭舔了舔嘴唇，說了這麼多話，他渴了。

竇東從懷裡掏出一堆用布包著的楊梅，這是他剛剛摘的。「這個給你。」

小葡萄從來不知何謂客氣，雙手捧住布包，甜甜地說：「謝謝東哥哥。」

竇東像幾年前顧先生摸他腦袋一樣，摸了摸小葡萄的頭頂。「你在這裡等爹爹上來，我先回去了。」

小葡萄有了好東西，坐在地上乖乖地吃楊梅。

楊梅熟得剛好，清甜，帶著一絲酸，吃到嘴裡卻嚐不到那絲酸味，被甜味壓住了，小葡萄兩口就是一個，大眼睛彎成月牙。

等顧川提著漁網上岸時，地上已經好些楊梅核了。

顧川皺皺眉。「不能再吃了。」

楊梅吃多了容易牙酸。

小葡萄眨眼睛，盯著鋪在地上的楊梅不說話。

顧川正打算把楊梅收起來，小葡萄趕緊撲過去，用身子擋住楊梅，奶聲奶氣說：「我自己拿。」

顧川由他去，反正不吃就行了。

顧川把漁網遞給段寒風，段寒風震驚地問：「你要我拿漁網？」

這髒兮兮又泛著腥氣的東西？

「你幫我抱兒子也行。」

山腳下的路不好走，小葡萄得要人抱著才行。

段寒風看向小葡萄。

小葡萄坐在地上連連搖頭。「不要怪叔叔抱。」

段寒風只得憋屈地提著魚。

石崎怎麼還不來？再不過來，回去就扣他俸祿！

小葡萄坐在爹爹肩頭，懷裡抱著布包，偶爾扭頭朝身後的怪叔叔笑。

段寒風拖著灌了水的褲腳，拎著魚走在後面，如果不是那張臉長得太好，和田地裡的莊稼漢也沒什麼兩樣，初進城時的翩翩公子，已經蕩然無存。

段寒風生無可戀地進了院子，把魚扔在地上，看著院子裡淪為拉貨的汗血寶馬，莫名生出惺惺相惜之感。

顧川要處理魚，他讓小葡萄去一邊玩。

小葡萄本來要找娘親一起吃楊梅，結果蘇箏自告奮勇要殺魚，小葡萄忍受不了楊梅的誘惑，決定偷偷吃幾個。

想到爹爹不讓他吃楊梅，小葡萄捂著布包，機警地看了一眼坐在客廳的怪叔叔，然後悄悄跑回自己房裡。

段寒風早就發現小葡萄鬼鬼祟祟的視線，不過他有點累，坐在椅子上沒動。歇了一會兒後，他輕輕打開小胖子的房間，看他在幹麼。

嗯？沒人？

段寒風目光仔細搜索一番，冷不防和桌子底下的一雙眼睛對上視線。

小葡萄嘴裡含著楊梅，烏溜溜的眼睛看著怪叔叔，身邊趴著那條大黑狗，見被發現了，還把身子往後面縮了下。
「你躲在裡面做什麼？快出來。」
小葡萄慢吞吞地爬出來。「叔叔，你不要告訴爹爹。」
若爹爹知道了會不讓他吃肉，還會讓他罰站，最重要的是，還會讀他聽不懂的書給他聽。
段寒風這才想起來，顧川不讓這小胖子吃楊梅。他雙手抱在胸前，修長的身子倚在門框上，冷眼打量小葡萄。「這會兒怎麼不叫我怪叔叔了？」
小葡萄垂著眼喊了一聲段叔叔。
「不告訴你爹也行，你能給我什麼好處？」
小葡萄為難地想了想，把手裡的楊梅遞過去，不捨地說：「這個給你吃。」
段寒風看著楊梅抽了抽嘴角，上面非常有可能沾了這胖子的口水，瞧著有些亮晶晶的。
「我不吃楊梅。」
小葡萄聽到怪叔叔不吃，生怕怪叔叔反悔，立刻把楊梅塞到自己嘴裡，腮幫子撐得鼓鼓的。吃完，他像是做了一個萬分艱難的決定。「只要你不告訴爹爹，我晚上就跟你睡！」
段寒風都以為自己聽錯了，他看著這小胖子，難得呆滯。「啥？」
小葡萄昂起頭。「只能陪你睡一晚喔。」
蘇老爺很想帶小葡萄睡覺，小葡萄一次都不願意，拿什麼哄都沒用，所以在小葡萄看來，他主動陪別人睡，可是很大的籌碼。

段寒風說：「行吧。」

稍晚，吃飯時，顧川盛了一碗魚湯放在小葡萄面前，湯裡漂著幾個蘑菇。

段寒風端起魚湯喝了一口。「手藝不錯嘛！」

小葡萄呼嚕呼嚕喝完湯，眼巴巴盯著娘親手裡的魚肉。

蘇箏細細地把魚刺挑出來後，把魚肉放到小葡萄碗裡。

挑好的魚肉就一小塊，魚肉鮮美，小葡萄一口就吃完了，眼巴巴地等下一口。

顧川又盛了一碗魚湯給小葡萄，對蘇箏說：「妳吃，我來挑刺。」

段寒風覺得自己有點多餘，他失策了，應該把最近甚得他心的婕妤帶過來才是。

吃完飯，小葡萄拿小手帕擦嘴巴，並告訴爹娘。「我晚上要和段叔叔一起睡。」

一語震驚了蘇箏和顧川，這還是小葡萄第一次願意在晚上離開爹娘。

顧川看看段寒風，不知道他怎麼誘哄小葡萄，小葡萄不僅不喊怪叔叔了，還願意跟他一起睡。

段寒風攤手，無辜地回望顧川，表示他也不知道。

顧川收回視線，問小葡萄。「你確定嗎？」

小葡萄點點頭。

「行，那你帶叔叔去外公家。」

小葡萄走後，夫妻倆身邊驟然安靜下來。

蘇箏有點不習慣，嘟著嘴說：「小葡萄這麼喜歡段叔叔？」

顧川道：「估計明日一早，就會哭哭啼啼回來了。」

第三十七章

蘇老爺見到外孫過來相當開心，可是得知外孫要和段寒風睡，一張老臉就拉下來了，他蹲下身子儘量溫柔地說：「小葡萄跟外公睡好不好？」

小葡萄守信用，搖搖頭。「不好，我要和段叔叔睡，我們已經說好了。」

蘇老爺道：「小葡萄睡姿不好，麻煩段公子多擔待了。」

段寒風也不是一定要和小葡萄睡，但見顧川和蘇老爺一副不捨的樣子，他來了點興致，應道：「那當然。」

丫鬟把洗乾淨的小葡萄送到客房，小葡萄起初覺得新奇，在床上蹦蹦跳跳玩了一會兒，段寒風就說要睡覺了。

小葡萄老實躺在床上，燈一吹，四周黑漆漆的，陌生的環境讓他有點害怕。

小葡萄在黑暗中眨了眨眼睛。「叔叔，允許你抱著我喔。」

段寒風聽到這話本來是不想搭理他，突然想到小胖墩是不是害怕，依言抱住他肉乎乎的小身子。「睡吧。」

被人抱著，小葡萄不害怕了，瘋玩了一天，加上中午沒睡午覺，他閉上眼睛，很快睡著了。

段寒風卻是未睡，他想到了過往。

他雖貴為太子，卻不得父皇喜愛，一路過關斬將才坐穩太子之位。繼位後，邊疆不穩，顧川主動請命前去邊疆，一去就是四年，邊疆穩了，他的皇位也穩了。

對他而言，雖是君臣卻更像朋友的顧川，意外遭到手底下信任的大將背叛，下毒於他飯中，險些失去性命，最終撿回一條命的代價是可能無法擁有子嗣。

對此，他一直是愧疚的，雖說顧川請命去邊疆，不單單是為了他。如今看到顧川能有自己的骨肉，他也算了卻一樁心事。

想到這裡，他抱了抱懷裡熱呼呼的胖團子，這胖團子其實很可愛，聰明又狡黠。

小葡萄翻了個身，把小腳放到段寒風的腰上。

一隻腿，左右也不重，段寒風由他去了，閉上眼入睡。

昨晚睡得晚，早上醒得也遲，段寒風是被身旁窸窸窣窣的小動靜弄醒的。

一睜眼，視線對上的是白花花、肉嘟嘟的屁股。

「小葡萄，你在幹麼？」

小葡萄背對著段叔叔，光溜溜、肉乎乎的背影透出幾許憂傷，他害羞地說：「叔叔，我尿床了。」

他發現自己尿床了，就把衣服脫掉。

段寒風這才發現床單濕了一塊，連他的褻衣也不可避免地濕了一小塊。由於他剛剛被脫光光的小葡萄震驚到了，一時沒注意。

小葡萄已經隱隱知道尿床要被笑話，他為自己辯解。「都怪爹爹昨晚餵我喝了魚湯……我兩歲就不尿床啦！」

「哦。」

「叔叔不可以告訴爹爹，我晚上還可以陪你睡。」

段寒風擺手。「不了，我不告訴你爹爹，晚上不用跟我睡了。」尿床這種事，有一次就夠了。

段寒風換下被小葡萄弄濕的衣服，喚來丫鬟幫小葡萄整理收拾，兩人洗漱好，再去吃早飯。

小葡萄不願意在外公家吃，想要回去找娘親。

段寒風也想吃顧川做的早飯，便帶著小葡萄去找他爹娘。

「娘親！」一見到娘親，小葡萄就鬆開段寒風的手，飛奔著抱住娘親。

他現在已經忘記早上尿床的陰影了。

蘇箏牽住他。「你洗臉了嗎？」

「洗了。」

「那去吃早飯。」

蘇箏招呼段寒風一起進來。

顧川一大早煎了肉餡餅，外皮煎得酥脆焦黃，咬一口就滿嘴肉香，小葡萄最喜歡了。

此時，小葡萄捧著爹爹給的肉餅，張大嘴咬了一口，肉餅卻完好無損。

他不敢置信地又咬了一口，張嘴哭了，捧著肉餅悲傷欲絕地說：「爹爹，我的牙壞了！咬不動了！嗚嗚嗚……」

他是真傷心了，擔心自己吃不了肉，淚水嘩嘩往下流。

顧川看看他手裡的肉餅，了然道：「昨天是不是把楊梅吃光了？」

小葡萄哭著點頭，抽抽搭搭地說：「吃掉了……」

顧川道：「吃了這麼多楊梅，不牙酸才怪。」

小葡萄淚眼汪汪地看著爹爹，不明白牙壞了和昨晚的楊梅有什麼關係。

顧川把他手裡的肉餅拿出來。「這個你不能吃了。」

小葡萄見握在手裡的大肉餅沒了，哭得更傷心了，邊哭邊抹眼淚，打著嗝說：「嗚嗚……一定是我……昨晚尿床了……嗚嗚……這是對我的……懲罰。」

這下可好了，所有人都知道這胖子昨晚尿床了。

蘇箏噗哧一聲笑了，目光落到兒子滿臉眼淚慘兮兮的模樣，連忙把笑聲憋回去，牽著他的小手。「別哭啦，你的牙明天就會好了，先把臉洗乾淨。」

小葡萄哽咽著。「真……真的嗎？」

蘇箏肯定道：「真的。」反正明天不好，後天也會好。

小葡萄洗得乾乾淨淨，牽著娘親的手走進來，他已經不哭了，但眼睛紅紅的，偶爾打兩個無法控制的哭嗝。

小葡萄盯著盤子裡香噴噴的肉餡餅，鼻子一抽，又想哭了。

顧川把剛做好的蛋湯端到桌子上，招手讓他過來。「過來喝蛋湯。」

蘇箏帶小葡萄洗臉時，顧川特地煮了碗蛋湯。

小葡萄拿著勺子，眼巴巴看著肉餅，一臉委屈地喝著碗裡的蛋湯。

顧川瞟了一眼小葡萄。「活該，叫你別吃楊梅了，還吃。」

蘇箏見兒子這樣而感到心疼，聞言在桌子底下踩了顧川一腳。「他愛吃是一天、兩天的嗎？」

顧川看了蘇箏一眼沒說話，他向來不注重口腹之慾，這點小葡萄像誰自是不必說，不過這話他只敢在心裡想。

段寒風低頭默默吃肉餅，心道：我來幹麼？陪顧川老丈人吃早飯不香嗎？

今日，遲到三天的石崎終於來了。

段寒風見到石崎自然沒有好臉色，他上上下下打量一番，只覺得石崎比他精神還好，衣服也比他整潔，他這幾日已經被摧殘得憔悴了。

「我還以為你迷路了呢！」

石崎一板一眼地回答。「公子，我沒迷路。」然後他一向嚴肅的臉上竟然露出些許羞澀。「公子，我快成婚了。」

段寒風手裡的杯子掉了。

「嗄？」他有些呆滯，怎麼來到這村子，他熟悉的人好像都不一樣了？

石崎，一個在京城靠著一張冷臉就能嚇哭小兒的人，竟然跟他說快要成婚了？

僅僅三天，他錯過了什麼？

話說那日，石崎匆忙找淨房，見到一家客棧，來不及由店小二領著，自己尋到後院去，中途忽地撞見一名女子。

雖然那女子現在不願意嫁，但他既然看了人家的身子，她又未出閣，他定要負起責任。那女子的雙親一聽聞他要來大陽村找舊友，便親自派小廝送他過來。

事情的來龍去脈，石崎點到為止，轉而問道：「大哥呢？」

在軍營時他一直叫顧川大哥，已經叫習慣了。

段寒風心累地把杯子扶起來，重新倒了一杯茶。「和他夫人在他岳父家，等會兒就過來了。」

石崎問：「聽說大哥有個兒子？」

段寒風懶懶應聲。「嗯。」

石崎去院子外面，把馬背上的包袱卸下，一打開，裡面全是小孩玩的物品。

在段寒風震驚的眼神下，石崎不好意思地解釋道：「我也不知道小孩子喜歡什麼，就多買了一些回來。」

段寒風無語。

沒為胖小子買東西的他，和石崎一對比，好像有點不太對勁？

且說小葡萄今早受傷了，由著爹爹和娘親帶他一起到外公那兒，被外公好一頓安慰，才快快樂樂地回來。

一手牽爹爹，一手牽娘親，走到近處，小葡萄發現院子外多了一匹馬。

「爹爹，又有一匹馬！」

「嗯。」顧川認出來這是石崎的馬。

一進院門，石崎就走過來，叫了一聲。「大哥。」

石崎上過戰場，身上氣勢比較足，看著不容易接近。

小葡萄抱著爹爹的腿，好奇地看著這個凶叔叔。

顧川把小葡萄抱起來，對石崎點了點頭。「來了。」

「嗯。」石崎的眼眶有點紅，他貧苦人家出身，能有今天這一切，除了他自身不怕死之外，多虧大哥提拔。

「到裡面坐。」

石崎恭敬地稱了蘇箏一聲嫂夫人，蘇箏坐了一刻，找個機會進屋了。

前幾日來的段公子玉樹臨風，整日笑咪咪，讓人覺得親切，今日來的這個朋友，她有些害怕。

這是……顧川的弟弟嗎？

廳堂裡，石崎努力露出一個自認為親切的笑容。「你叫小葡萄對不對？」

小葡萄摟著爹爹的脖子不出聲。

石崎也不在意，徑自把一包裹的玩具擺在桌子上，放輕聲音。「這是叔叔特意帶給你的，你看看有沒有喜歡的？沒有，叔叔再去買。」

裡面有一套餐具引起小葡萄的注意，餐具是縮小版，上面刻著漂亮的花和小鳥，小葡萄拿在手上看了看，這個可以拿去和璩璩他們玩家家酒！

小葡萄瞬間覺得這個看起來很凶的叔叔不可怕了，他抬頭對石崎露齒一笑。

石崎一臉稀罕，若不是擔心嚇到小葡萄，他恨不得把這奶團子抱在懷裡。

段寒風哼了一聲，他早就看穿這小胖子，對他好就樂呵呵，過不了一會兒就把你忘了，翻臉比翻書還快。

數年未見，幾人自然有不少話要說。小葡萄得了玩具就不賴在爹爹懷裡，對兩個叔叔說的話也沒興趣，抱著新獲得的餐具，一溜煙跑去找小夥伴玩了。

不過，一套餐具只有四個小碟子，小夥伴有六個，小葡萄苦惱地皺眉。給誰呢？誰都想要用新盤子做菜。

壯壯眼饞地看著漂亮的小碟子，最後大方地說：「小葡萄，我不用，不用給我。」

他是老大，要做出讓步，雖然他也好想要，嗚嗚……

璩璩哥哥七歲了，來年就要上私塾，他想了想說：「要不我們分組吧，兩人一組，一組一個小碟子。」

「可以。」第一個同意的是壯壯，這樣他也可以有新餐具了。

眾夥伴沒有異議。

璩璩哥哥拉過身旁的弟弟。「我和璩璩一組。」

壯壯點頭。「好。」

妞妞帶著陽陽一組。小葡萄和壯壯一組。

等分組完，突然璩璩不願意了，他拉過小葡萄。「我要和小葡萄弟弟一組。」

陽陽一見也不願意，他拉過小葡萄另外一隻手，不甘示弱地道：「我也要和小葡萄哥哥一組。」

小葡萄看著左右兩人，胖臉蛋上滿是為難。

小葡萄還沒想好要和誰一組，璩璩就一把推開陽陽。

陽陽今年才兩歲，被璩璩一下子推倒在地上，他愣了一瞬後，坐在地上哇哇大哭。

小葡萄掙開璩璩的手，氣憤地說：「你怎麼能推人呢？」

娘說了，陽陽是比他小的弟弟，不能欺負他。

璩璩見喜歡的小葡萄訓他，他眼睛眨啊眨，下一刻就放聲大哭。
妞妞在一旁也哭了，她想著陽陽不願意跟自己一組，是不是討厭她？
小葡萄懵了懵，見小夥伴都哭了，他癟癟嘴，也跟著哭了。
一時間，這塊屬於孩子玩鬧的地盤，哭聲震天。
作為老大的壯壯無措地看向璩璩哥哥。
璩璩哥哥道：「我在這裡看著他們，你回去叫顧先生過來，先把小葡萄領回去。」
壯壯聞言，撒腿就往顧家跑，他跑得快，過沒一會兒就跑到顧家，沒等氣喘勻，他就朝著屋裡喊：「顧先生，小夥伴打架啦！小葡萄哭啦！」
壯壯這一聲喊叫，把屋裡的幾人都驚動了，包括在裡屋的蘇箏。
「小葡萄怎麼了？」蘇箏慌慌張張就要往外跑。
顧川一把拉住她。「妳在家等著，我去。」
他怕萬一小葡萄磕著碰著，蘇箏會不分青紅皂白找其他孩子的爹娘算帳。
顧川跟著壯壯離開了。
段寒風和石崎見狀，也一前一後跟過去。
壯壯心急如焚，跑得飛快，幾個大人大步跟在他後面。
「就在那兒！」壯壯指著前面。
不用壯壯指，幾人也看到了，不僅看到了，耳邊全是這幾個小孩的哭聲。

壕壕哥哥見大人來了，鬆了一口氣。

「怎麼回事？」顧川拉起坐在地上哭的妞妞。

壕壕哥哥大概解釋了一下，幾個大人聽完哭笑不得。

段寒風蹲下身子，問小葡萄。「他們是因為想和你一組，你哭什麼啊？」

小葡萄斷斷續續地說：「嗚……我還沒……想好和誰一組。」

顧川幫妞妞和壕壕擦乾眼淚，對小葡萄說：「你不用想了。」

「啊？」小葡萄大眼睛紅紅的，神情迷茫地看著爹爹。

顧川撿起地上的小碟子，拉過小葡萄的手，把碟子放到他手上。「你自己一組。」

顧川替他們分組，妞妞和壕壕一組，壯壯和陽陽一組，壕壕哥哥一組，小葡萄一組。

小夥伴兩兩一組，小葡萄捧著小碟子，獨自一人傻傻站在原地。

顧川拿帕子把他臉上的淚水擦乾淨，囑咐他道：「馬上要吃飯了，玩一會兒就回家，知道嗎？」

「咳咳！」段寒風咳了兩聲道：「你這是不是欺負自己兒子？」

顧川問：「不然怎麼分？」

段寒風道：「我看那個小女孩挺可愛的，跟小葡萄分成一組啊！」

顧川瞟了段寒風一眼，眼底的嫌棄不言而喻。

等在堂屋的蘇箏，一見顧川回來，她氣勢洶洶地問：「小葡萄是不是被那幫孩子欺負了？」

瞧那架勢，好像只要顧川點頭，她就得替兒子找回場子。

「沒有，他們都想和小葡萄玩。」由於小葡萄就一個人，他們差點打起來。

聞言，蘇箏瞬間收起臉上的凶神惡煞，變得洋洋得意，對於胖兒子受歡迎十分欣然，她揚著腦袋道：「也難怪啦，小葡萄雖然胖了點，但是他又好玩又可愛，不愧是我生的。」

顧川笑了笑，大手揉了揉蘇箏的腦袋，沒有拆穿蘇箏小時候沒人陪玩的事實。

段寒風這幾天對於兩人的卿卿我我已經視而不見。

倒是石崎，見大哥的舉動，眼睛不自覺瞪大了。

這和以前的大哥不太一樣！

看時辰快到中午了，顧川打算做飯，石崎非常識趣地幫忙燒火。

段寒風晃了晃摺扇，走到蘇箏身旁，笑咪咪地問：「妳跟顧川，是如何成婚的？」

雖然他派來的人查到是她追求顧川，但他還是想聽過程。

蘇箏眼珠轉了轉。「想知道？」

段寒風點點頭。

蘇箏向廚房看了好幾眼，確定顧川在裡面，湊近了段寒風一點，神秘兮兮地說：「當然是顧川對我一見鍾情，見之難忘，日思夜想，苦苦追求……」

段寒風搖摺扇的手不知不覺停下了，嘴角的笑僵在臉上，一頭霧水。「嗄？」

這跟他得到的消息不太一樣啊？

蘇箏真誠地眨著大眼睛。「那段時間，顧川都瘦了，就是書上那句，衣帶漸寬終不悔……」

下一句是啥來著？蘇箏皺眉。

顧川叩了叩門，似笑非笑地看著蘇箏。

「我先進去了。」蘇箏看見顧川，嘿嘿笑了兩聲，抬腿溜進屋裡。

顧川看向段寒風。「你很閒？」

「沒有。」段寒風直覺這不是好問題，飛快否認。

顧川回廚房端了一筐野莧菜塞到段寒風手裡。「我看你挺閒，洗菜吧。」

飯快做好了，小葡萄抱著裝了泥土的餐具從外面跑進來，一腦門汗。見笨笨跑出來迎接他，他放下餐具抱住笨笨，小手摸了摸笨笨烏黑的毛。

和笨笨交流完感情後，小葡萄啪啪跑到洗菜的段寒風跟前，把小手放進水裡。「我要洗手。」

段寒風眼疾手快地抓住他黑乎乎的手，這手要是放到木盆裡，他洗了半天的菜豈不是白洗了？

「不能在這裡洗，你太髒了。」段寒風把木盆端走，離小葡萄遠一點。

被說髒，小葡萄不高興了，雙手扠腰，聲音嘹亮地反駁道：「你自己一身毛，還說別人是妖怪！」

這話原本是蘇老爺訓蘇箏的，被小葡萄聽到了。

小葡萄指著段寒風因為洗菜不熟練而弄濕的衣襬。「你自己都髒髒的，還說我髒！」

他氣呼呼哼了一聲，扭著胖乎乎的小身子去找娘親。

段寒風低頭看看衣服的下襬，半晌無言。

「娘親，洗手。」小葡萄撲到娘親懷裡，手上的泥土不可避免地蹭到蘇箏的衣服上。

「你怎地這麼髒啊？」蘇箏捏了捏小葡萄的臉蛋。

於是，蘇箏打了盆水幫他洗手。

「吃飯了。」顧川進房間叫母子倆吃飯。

小葡萄肚子咕嚕叫了一聲。「我餓了，肚子都癟了。」

蘇箏拍了拍小葡萄的肚子，他早上只喝了一碗蛋湯，此時應該早就餓了，但是他圓溜溜的小肚子，絲毫不見癟下去。

考慮到小葡萄的牙估計還酸著，顧川為他做了魚片粥，白米煮得酥軟，入口即化。他盛了一碗放到小葡萄面前，碗裡放了他的小勺子。

小葡萄垂涎地看著桌上的紅皮蝦。

蘇箏舀了一勺粥送到他嘴邊。「張嘴。」

小葡萄下意識地張嘴吃了。「娘。」他指著蝦要吃。

蘇箏又舀了一勺粥餵他。

餵了幾勺後，小葡萄扭著小身子不配合了。

顧川剝了一塊蝦肉放到小葡萄碗裡。

蘇箏扭頭瞪他。「他吃不動，又要哭了。」

顧川道：「發現吃不動就會乖乖喝粥了。」

果然，小葡萄一見愛吃的蝦肉，開開心心地拿過娘手裡的勺子，自己舀蝦肉吃。

一吃到嘴裡，他臉上的笑容就沒了，因為他咬不動，這才想起他牙壞了的事。

「嗚嗚……」小葡萄把蝦肉吐出來，想到吃不了蝦肉，悲從中來，癟癟嘴就哭了。

顧川問：「不餓嗎？餓就喝粥。」

「餓……」小葡萄哭著拿起勺子，邊哭邊舀米粥放到嘴裡吃，嘴裡的粥吃完了，還不忘張嘴哭。

石崎道：「他的牙怎麼了？」

顧川答道：「楊梅吃多了。」

小葡萄喝完了一碗粥，擦了擦眼淚，把空碗遞給爹爹。「還要一碗。」

石崎看向小葡萄肉墩墩的身子，暗道這估計都是吃出來的。

小葡萄連喝兩碗粥，抹了抹嘴巴，讓爹爹把他抱下來。

顧川把他從凳子上抱下來後，小葡萄跑去找笨笨，憂傷地說：「笨笨，我的牙壞了，吃不了肉肉。」

想到飯桌上的肉都沒吃到，小葡萄吸了吸鼻子，又想哭了。

笨笨搖著尾巴，啃著盤子裡的骨頭，並挪了下身子，用狗屁股對著小主人。

小葡萄沈浸在憂傷中，不知道自己被笨笨嫌棄了，他垂著大腦袋，手指頭絞啊絞，相當難過。

「小葡萄，要不要陪叔叔去鎮上？」石崎今日是第一次見小葡萄，並不知小葡萄的情緒來得快去得也快，他見這小胖子的背影可憐兮兮，就想著哄哄他。

小葡萄停住絞手指頭的動作，仰頭看他。「你需要有人陪你去嗎？」他拍拍胸脯，一臉仗義地說：「那我陪你。」

石崎嘴角抽了抽。

行吧！不管誰陪誰，總歸是他倆一起去。

「爹爹，娘親，我走啦！」小葡萄被石崎抱著，坐在高頭大馬上，對顧川和蘇箏興奮地揮手。

段寒風撇嘴。「這胖小子還挺喜歡石崎啊。」

蘇箏摸摸鼻子，小葡萄喜歡石崎，絕對不是因為石崎送了他禮物。

嗯，絕對不是！

第三十八章

「叔叔，鎮上有好多鳥，你看到了嗎？」

鳥？

石崎不解。「什麼樣的鳥？」

「就是綠色的鳥，很漂亮的！」

石崎稍微想了下。「是不是鸚鵡？」

小葡萄晃晃腦袋。「我不知道。」

石崎一陣無言。

「沒事，到鎮上你看到了，叔叔買給你。」

聞言，小葡萄把頭搖得像撥浪鼓。「不行、不行，娘親不讓買！」

石崎心道：你想怎樣？

到了鎮上，小葡萄嘴裡說的鳥果然是鸚鵡，他一見到路邊的鸚鵡就不走了，眼睛直勾勾看著鸚鵡。

「小孩，喜歡嗎？」小販取過一個鳥籠，遞給小葡萄。

小葡萄歡喜地接過，打量籠子裡的鸚鵡。

石崎蹲下身子問他，柔聲說：「要不要買？」

小葡萄搖搖頭，依依不捨地把籠子放下，奶聲奶氣地說：「不要。」

小販不耐煩道：「你不要，看這麼大半天幹麼？」

石崎目光不善地看了小販一眼，小販後面的話自動消聲了。

「走。」石崎抱起小葡萄。

待兩人走遠，小販才敢在心裡嘀咕幾句，剛剛那個一身黑衣的男人，也不知道什麼來頭，瞧著挺嚇人的。

「小葡萄，你看那是什麼？」石崎指著地上一個套圈的物件。

小葡萄雙眼一亮。「是鸚鵡！」

地上擺的東西除了花瓶玉器類，還擺了幾尊木雕，其中有隻綠鸚鵡，雕刻得栩栩如生。

「想不想要？」石崎悄悄伸手，捏了捏小葡萄肉墩墩的大腿，覺得手感極佳。

「要！要買！」

石崎搖搖頭。「這個不是買的。」

小葡萄眨了眨烏溜溜的眼睛，困惑地問：「不用買？」

外公說喜歡的東西都是要用銀子買，外公還說他有很多銀子。

石崎向小販買了十個圈，遞給小葡萄。「用這個圈圈套，套中了鸚鵡就是你的了。」

小葡萄還沒玩過這個，拿到圈子沒急著套，而且在手裡轉來轉去看了半天，等他看夠了，這才取一個圈，雙眼盯著鸚鵡，扔出第一個圈圈。

結果沒套中，圈子在他腳邊滾了幾個圈停下。

小葡萄繼續扔出第二個，第三個，第四個……一個都沒套中。

他好生氣！

噘著嘴，小葡萄把手裡剩下的三個圈圈全扔出去，三個圈圈在地上滾啊滾，啥都沒套著。

「哼！」小葡萄氣呼呼地對著鸚鵡木雕冷哼。

石崎眼裡閃過笑意，又買了十個圈給小葡萄。

「小葡萄？」

小葡萄正努力套鸚鵡木雕，聽到了江寶珠的聲音。他驚喜地抬頭，大眼睛看了一圈，也沒找到江寶珠。

小葡萄扒著石崎的褲腳。「叔叔，抱。」

石崎看到江寶珠了，一聽見小葡萄的要求，順勢把小葡萄抱起來。

小葡萄在叔叔懷裡，終於透過人群看到江寶珠，他對江寶珠露出一個大大的笑容。

「寶珠姨姨。」

江寶珠走過去，故意不看抱小葡萄的男人。

石崎笑道：「江小姐，好巧。」

江寶珠扯著嘴角應了一聲。「還行吧。」

她不知道父母看中這男人哪一點，母親昨天還明裡暗裡打探她的意思。

「要下來。」小葡萄不滿兩個大人忽視自己，在石崎懷裡扭動肉乎乎的身子。

石崎連忙把他放下來。

小葡萄扯了扯江寶珠的裙襬。「寶珠姨姨，套這個。」他把手裡的圈圈遞過去。

江寶珠接過。「想要哪一個？」

小葡萄道：「鸚鵡！」

江寶珠瞄準了地上的鸚鵡木雕，圈子看似隨意地扔出去，中了。

石崎挑挑眉，練過啊！

「寶珠姨姨好厲害！」小葡萄興奮地跳起來。

一旁的小販取出鸚鵡木雕遞給小葡萄。

小葡萄緊緊地摟在懷裡，相當寶貝。

江寶珠揚唇一笑，眉目間神采飛揚，烏髮紅唇，越發耀眼，石崎忍不住看了又看。

「還喜歡哪一個？」江寶珠轉著手裡的圈圈問小葡萄。

小葡萄抱著懷裡的鸚鵡，稀罕得不得了，聞言搖搖頭。「沒有了，謝謝寶珠姨姨。」

江寶珠捏了捏他胖乎乎的臉。

「咳咳！」石崎掩唇咳了聲。「江小姐，我覺得這個不錯。」他指著地上擺的一塊玉墜。
江寶珠翻了個白眼。「自己不會套啊？」
石崎還沒說話，小葡萄拉了拉寶珠姨姨的裙子。「寶珠姨姨，叔叔不會。」
剛剛叔叔都讓他自己去套鸚鵡，叔叔肯定不會。
石崎順著小葡萄的話。「嗯，我不會。」
他暗地裡給了小葡萄一個讚賞的眼神。
可惜傻傻的小葡萄看不懂暗示。
江寶珠嘟囔了一句真煩人，不耐煩地問：「哪一個？」
石崎重新指了一遍。
江寶珠隨手一拋，圈子穩穩地套中玉墜。
小販一臉菜色地取過來，遞給江寶珠。
江寶珠努了一下嘴。「給他。」
石崎接過，取下腰間成色極好的玉墜，換上這個成色一般的，換好後，對江寶珠笑道：
「謝謝，我很喜歡。」
江寶珠翻了個白眼，心道真是厚顏無恥的男人。
小販在一旁小心翼翼地問：「江小姐，還玩嗎？」
他心裡暗暗叫苦，生怕這祖宗還想玩，別說江家千金他得罪不起，身旁這位冷臉男人，瞧著也不是好惹的。

江寶珠擺擺手，牽著小葡萄的手。「不玩了，小葡萄我們走。」

石崎自然跟在兩人身後。

小販面上露出真心實意的笑容，朝江寶珠揮手。「江小姐慢走，下次再來！」

下次妳可千萬別來了！

石崎絞盡腦汁想了想，道：「感謝江小姐送我的玉墜，不若賞臉一起吃個飯？」

江寶珠呵一聲。「不知道石公子，是吃午飯還是晚飯？」

石崎看了一眼天色，此刻剛過申時。他臉微微發燙，好在臉不白，看不太出來。

「咳咳，小葡萄坐了一路的馬，天熱，要不要找個地方歇一歇？」

江寶珠看了看手裡牽著的小葡萄，確實，小臉蛋紅撲撲的。「我帶他去茶館歇一歇。」

走了幾步，江寶珠停下腳步，皺眉說：「你跟著幹什麼？」

石崎道：「小葡萄是我帶出來的，我自然得和他一起。」

「你可以先去忙你的，我把小葡萄送回去也行。」

石崎裝作聽不出江寶珠的趕客之意，厚著臉皮跟在後面。

趕也趕不走，江寶珠狠狠瞪了石崎一眼，牽著小葡萄進了一家茶館。

幾人沒進包間，在大堂隨便找個空位坐下了。

小葡萄坐在凳子上，先是把新得的寶貝鸚鵡木雕放在桌上，想了想不放心，又伸出小胖手往裡面推了推。

這家茶館是江家的產業，掌櫃的見小姐來了，吩咐小二切盤西瓜端上來，上了幾份小吃和楊梅汁，最後上了茶水。

江寶珠替小葡萄和自己各倒了一杯楊梅汁。

小葡萄嘴巴湊過去就想喝，石崎大手蓋住杯子。

「你幹麼？」江寶珠語氣不善。

石崎解釋道：「他楊梅吃多了，現在牙齒還酸著呢，不能喝楊梅汁。」

「哦。」江寶珠收回視線。

「叔叔……」小葡萄努力想把石崎的大手挪開，發現拿不開後，胖臉上寫滿急切。

石崎把楊梅汁端到自己面前，仰頭喝了一口。

小葡萄見叔叔不但不給他喝，還自己喝了，不免生氣。「壞叔叔！」

他嘴裡說著別人壞，自己卻要氣哭了，眼睛都紅了。

江寶珠把西瓜推到小葡萄面前。「不哭啊，小葡萄，我們吃西瓜。」她斜了石崎一眼。

「不給他喝就不給他喝，你喝什麼？」

石崎表示很無辜。不想浪費妳倒的楊梅汁啊！

甜甜的西瓜彌補了小葡萄沒喝上楊梅汁的難過，他晃著兩條小短腿，悠哉悠哉地吃西瓜。

兩個大人相對無言。

石崎倒是想和江寶珠說話，奈何他嘴笨，想不出說什麼。

一時間桌上只剩下小葡萄吃西瓜的聲音。

西瓜吃多了，自然想尿尿，小葡萄在椅子上動了動，害羞地說：「我想尿尿。」

他說的聲音太小，江寶珠沒聽到，又問了一遍。「你說什麼？」

小葡萄垂著大腦袋，閉緊嘴巴。

石崎是習武之人，耳力好，他聽到了，低聲問小葡萄。「叔叔帶你去？」

小葡萄搖頭。「我自己去。」

爹爹說他快長大了，要自己提褲子。

見小葡萄堅持，石崎把他抱下來，讓跑堂的帶他去。

小葡萄走了之後，兩個大人之間似乎更尷尬。

石崎清了一下嗓子。「咳咳，這間茶館是江家的？」

江寶珠昂了昂下巴，神情傲慢。「嗯，怎麼？」

「沒，挺好的。」石崎低頭喝了一口楊梅汁。

他跟江家父母坦白過身分，卻並未向江寶珠說過，一來是他很少和女孩子打交道，不知如何開口，二來是他一說話就被江寶珠刺。

石崎正在心中斟酌用詞，思量著如何和江寶珠說明，突然一道略帶遲疑的男聲傳來。

「寶珠？」

江寶珠偏頭，向外看了一眼。

是孟逸。

「寶珠，真的是妳？」孟逸驚喜地走進來，目光在江寶珠明豔的臉上流連。

石崎皺眉。

江寶珠冷淡道：「孟少爺。」

「寶珠……」孟逸眼裡有痛苦，家裡又給他定了一門親事，他看過未婚妻，長相平平，不敵江寶珠三分姿色。

石崎把茶杯磕到桌上，發出清脆的響聲，吸引了孟逸的注意。

「你是誰？」孟逸從沒見過此人。

「是誰不重要，這位公子進茶館難道不是喝茶的？」

掌櫃的是江家老人了，認識孟家少爺，也知孟家退了小姐的親事，害小姐淪為笑柄，當下親自過來招呼，配合石崎說：「孟公子想喝什麼茶？

「小店新出的碧螺春不錯，就是價格稍貴了點。」

孟逸急著和江寶珠說話，才不管茶水貴不貴，道：「就要這個了。」

掌櫃的招來跑堂的，吩咐他趕緊把茶呈上來，悄悄叮囑他不須上碧螺春，普通的茶水就可。

「寶珠。」孟逸再次試圖和江寶珠說話。

「嚐嚐這個。」石崎把南瓜餅推到江寶珠面前，蓋住孟逸的說話聲。

比起石崎，江寶珠更討厭孟逸，她挾起南瓜餅咬了一口。

小葡萄啪啪從後院跑出來，抱住石崎的胳膊。「叔叔，我們回家吧！」

他剛剛突然想到，他的牙好像好了！

「嗯，走。」

石崎單臂抱起小葡萄，邁開長腿走在前面。

江寶珠本來就是陪小葡萄來的，小葡萄走了，她自然也要走。

孟逸見狀想拉住江寶珠。

走在前面的石崎突然折回，拿走桌上的鸚鵡木雕，利用高大的身軀擋住孟逸。

這麼一耽擱，江寶珠已經走到外面了。

「寶珠，妳別走。」孟逸想追出去。

掌櫃的攔住他，滿臉笑容地說：「孟少爺，你的茶好了。」

孟逸眼見江寶珠走了，心中急躁。「多少銀兩？」

掌櫃的回答。「三百兩紋銀。」

「這麼貴？」孟逸不自覺提高音量。

掌櫃的不慌不忙補充道：「孟少爺點的可是我們店最好的茶，鎮上除了蘇家，只有我們家有，你看是去府上結帳，還是現結？」
孟逸懶得和掌櫃的爭執，從懷裡掏出銀票扔過去。「給你，讓開！」
掌櫃的接過銀票，本就不大的眼彎成一條線，笑咪咪地說：「歡迎孟少爺下次再來。」
孟逸沒聽清掌櫃的在說什麼，掌櫃的一讓開，他就衝出去了。然而，此時暮色將至，晚風陣陣，大街上人來人往，三兩成群，哪裡有江寶珠的身影？
掌櫃的抖了抖手上的銀票，有些遺憾，比起孟逸直接結帳，他更想帶著人去孟府要帳。也罷，坑他一筆，心頭也算舒暢。
另一廂，石崎和江寶珠走在街上。
江寶珠道：「剛剛那人，是我前未婚夫，後來他退婚了。」
石崎面色不變，哦了一聲。
江寶珠仔細觀察石崎的表情，沒發現有什麼變化。「你就不好奇為什麼退婚？」
石崎看著江寶珠，正色道：「不好奇。對我而言，我要感謝他有眼不識珠，才能讓我遇見妳。」
江寶珠嘴巴動了動，到底沒說出什麼帶刺的話，哼一聲轉過頭，白玉般的面孔逐漸染上一層薄紅。
「我到了。」江寶珠低頭看地面，不去看站在自己面前的石崎。
「嗯，進去吧。」石崎看著江寶珠泛紅的耳垂，面上不自覺帶出幾許笑意。

今日他沒準備，兩手空空不好上門，改日再登門拜訪。

門口兩名小廝瞅著外面抱著孩子的魁梧男子開始擠眉弄眼。「快告訴老爺，小姐是石公子送回來的！」

「我去稟告老爺！」一名小廝道。

另外一名小廝撒腿往主屋跑，聲音隨風飄來。「我去！」

「叔叔，我們回家吧。」小葡萄摟住石崎的脖子說。

他摟得太緊，石崎脖子往後仰了仰。「小葡萄，你為什麼要摟這麼緊？叔叔不會讓你掉下去的。」

小葡萄的胖胳膊又往裡收了收，眨著烏溜溜的眼睛無辜道：「叔叔，不摟緊，鸚鵡會掉的。」

石崎垂眸看著兩人之間的鸚鵡木雕，嘴角抽了抽。

這胖子，懶到不想用手拿。

不過，今日小葡萄，為他的姻緣做出了重大貢獻。

石崎掂了掂頗有分量的小胖子，心情極好地道：「走，回家了。」

回到顧家，天已經擦黑了。

小葡萄懷抱著鸚鵡木雕一路奔到堂屋，炫耀道：「娘親快看我的鸚鵡！」

「石叔叔買給你的？」
小葡萄頭搖得像撥浪鼓，開心地說：「不是喔，是寶珠姨姨！寶珠姨姨好厲害，她『咻咻』的，就套到鸚鵡了，還有叔叔的玉墜，也是寶珠姨姨套圈圈得來的。」
蘇箏說：「會套這個有啥，明兒娘也替你弄一個。」
小葡萄瞬間兩眼放光。「娘親也會？」
蘇箏答道：「你爹爹會！」
雖然她不會，但是她相公會，嗯，這樣算一算，也就是她會了。
小葡萄聽到爹爹會，立馬抱著鸚鵡木雕去廚房找爹爹了，不過一到廚房，他就想起一件很重要的事。
小葡萄跑到正在切菜的顧川面前興奮地說：「爹爹，我的牙好啦！」
顧川專注切手上的辣椒，哦了一聲。
「爹爹……」小葡萄一手抱鸚鵡木雕，一手牽著爹爹的衣角，踮起腳尖，伸長脖子，想看爹爹煮了什麼菜，可惜人矮，什麼也看不到。
顧川切完辣椒，低頭對兒子柔和一笑。「你不用看了，今晚沒有肉。」
小葡萄呆住了，隨後就是想哭，他癟癟嘴，淚水在眼眶裡打轉。「我想吃肉肉。」
他都一天沒吃到肉肉了，肚子都餓扁了。
顧川道：「想吃肉也行，吃完就跟我背《三字經》。」

小葡萄十分猶豫，神情糾結。

顧川見狀，輕哼一聲。「那你別吃肉了。」說著他甩開小葡萄的手作勢要走。

小葡萄見爹爹要走，一把抱住爹爹的腿，一臉委屈。「我背還不行嗎？」說著眼淚就流下來了。

晚上，小葡萄如願以償吃到肉，他卻不是那麼開心，胖臉蛋上難得有憂慮之色，連擺在旁邊的木頭鸚鵡都不能讓他開心了。

良久，小葡萄吃完最後一口雞肉，長長地嘆了一口氣，吃肉太難了，要不，他去外公家吃吧？

段寒風覺得奇怪，這小胖子整天傻樂，這會兒怎麼憂鬱了？

他踢向坐他旁邊的石崎，用眼神詢問，小葡萄怎麼了？

石崎回以無辜的眼神，他不知道啊，他們從鎮上回來時，小葡萄還是開開心心的。

顧川低頭問小葡萄。「吃完了？」

小葡萄垂著臉用勺子攪著空空如也的碗不吭聲。

「走。」

小葡萄無精打采地被爹爹拉著走。

蘇箏輕嘆一口氣。「我去我爹那兒了。」

她兒子又要哭了，她不想聽。

這夫妻倆怎麼了？

段寒風和石崎滿頭霧水。

小葡萄扒著爹爹的腿。「爹爹，為什麼不去書房？」

顧川很輕地哼笑一聲，語氣堪稱溫柔。「你上次不是說在書房就想睡覺嗎？」

小葡萄想不到理由拒絕背書，整個人愁眉苦臉，本就不小的腦袋似乎大了一圈。

顧川不由分說把小葡萄提到椅子上坐著，去書房抽出《三字經》過來。

「上次背到哪兒了還記得嗎？」

小葡萄絞著手指頭搖頭。

顧川攤開書，從頭開始教兒子。他讀一句，小葡萄跟在後面學一句。

良久，顧川合上書，問兒子。「會了嗎？」

小葡萄眨著眼睛，頗為無辜地看著爹爹。

顧川一陣無語。

這次他書都沒翻開，重新教了兒子幾遍，待他覺得差不多了，說道：「背背看，不會也沒關係。」

小葡萄瞅他爹，結結巴巴地開始背誦。「人之初，性本善，性相近……」

顧川給予兒子鼓勵的目光。

「性相近……」小葡萄嘴裡嘟囔著，慢慢垂下腦袋。「性相近……」

坐在廳堂裡的段寒風和石崎面面相覷。

段寒風小聲說：「顧川小時候，沒這麼的……呃……」

顧川進宮做伴讀時，比他還要小兩歲，記憶中沒有他兒子這麼……不堪，而且當年顧川應該有藏拙。

屋裡的小葡萄背不出來，又被爹爹看著，他委屈地哭了出來。「嗚嗚，我忘記了……」

顧川抬手幫他擦眼淚。「忘記就忘記了，你哭什麼？再教你幾遍就是。」

爹爹的安慰絲毫沒起到作用，小葡萄仍然哭得傷心，他哭著說：「我要是……嗚，不會背，是不是就沒……肉肉了？」

顧川幫他擦眼淚的手頓住了。

敢情他不是因為不會背書而哭，是擔心明天的肉？

「呵。」顧川收回手。「是的，今晚背不會，明天就別想吃肉了，繼續。」

「哇……」小葡萄一聽，哭得更傷心了。

不知道他去住外公家的話，娘親會不會和他一起去？如果娘親不去，那他豈不是要和娘親分開了？這麼一想，小葡萄更是悲從中來，眼淚落下。

段寒風指向裡屋。「你就放他這麼哭，真沒關係？」

顧川坐下，喝了一口茶。「沒關係。」

小葡萄每隔幾天就得哭，有時候是裝的，有時候是真哭。

段寒風喝了一口茶，掩飾到嘴邊的笑意，顧川為兒子頭疼的樣子也挺難得的，來一趟見到這一幕，值了。

裡屋小葡萄的哭聲忽然止住了，顧川似察覺到什麼，略微挑高眉梢，他走到小葡萄房門口探頭一看，果然，窗外站著蘇箏。

「娘親……」小葡萄抹一抹眼淚。「要是我去住外公家，妳會跟我一起去嗎？」

顧川眼皮跳了跳，這個小崽子。

段寒風在他身後輕輕笑出聲。

「呃……小葡萄，你看這是什麼？」蘇箏看見門邊抱臂而站的顧川，壓根兒不敢回答兒子的問題，連忙抓起手上的木盒子轉移兒子的注意力。

小葡萄果然被吸引了注意力，帶著濃濃哭腔的小奶音問：「是什麼？」

「不准眨眼啊。」蘇箏打開盒子，打開的瞬間裡面飛出一點點晶瑩的亮光。

窗外是漫天黑幕，星星點點的亮光慢慢匯聚，飛高，飛遠，一點點的亮光匯成黑夜中最美的風景。

小葡萄小嘴微張，驚喜道：「是螢火蟲！」

「好看嗎？」蘇箏笑著問兒子。

小葡萄點點頭。「好看！」

「那你不准哭了，明天娘親帶你去捉螢火蟲。」

小葡萄被幾隻螢火蟲哄得不哭了，他從椅子上靈活地爬下來，看都不看爹爹，爬上自己的小床睡覺，還乖乖地幫自己蓋上被子。

段寒風用胳膊肘捅了捅顧川，促狹一笑。「你們夫妻倆分工挺明確啊，一個負責打一巴掌，一個負責給一顆糖。」

顧川退後兩步，睨了段寒風一眼。「你別笑得這麼猥瑣，時候不早了，不回去休息嗎？」

段寒風直起身，不在意地一笑。「開始趕人了？」他勾住石崎的肩膀。「走吧，兄弟，咱倆別在這裡礙眼了。」

等兩人走了，顧川去廚房打來熱水，讓蘇箏去洗漱，想了想還是說：「小葡萄不會背書，有一半都是妳慣的。」

他還沒怎麼冷臉呢，蘇箏就忙不迭去哄了。

蘇箏從櫃子裡拿出一套寢衣，聽到這話就有意見了。「那另一半就是你慣的，你現在去把兒子從床上拉起來啊！」

她非常小聲地冷哼，轉身去洗澡。

顧川無語。

小胖子估計已經睡著了。

第三十九章

天邊將將泛起魚肚白，萬籟俱寂，唯有遠處樹上的鳥兒，偶爾傳來幾聲啼叫。

過了一會兒，小村漸漸熱鬧起來。

早起擔著木桶打水的漢子，婦人操著一口大嗓門念叨老伴，孩童咋咋呼呼的聲音，母親在訓斥自家孩子……

顧川練完最後一式，衣服已經被汗水浸濕了，他就著桶裡的水洗了個冷水澡。

「爹爹！」小葡萄赤著腳從屋裡跑出來，小奶音帶著急切。

顧川腰帶還沒來得及繫上，就被小葡萄撲過來抱住大腿。

「怎麼了？」顧川垂眼看著抱住自己大腿的小豆丁。

這小子昨晚不是還慫恿娘親和他去外公家嗎？

小葡萄一覺醒來已經忘了昨晚自己做下不理爹爹的決定，他撩起袖子，皺著小眉頭說：

「被蟲蟲咬了，抹藥。」

胖胳膊上鼓起一個紅腫的大包，在白嫩的肌膚上分外明顯。

自從養孩子後，家裡常備著各種藥膏，顧川拿出一盒止癢的，用指尖挑起一點抹在小葡萄胳膊上。

「好了，去臥室把鞋穿上。」

「哦。」小葡萄赤著腳跑回去穿鞋，又啪啪跑到爹爹跟前，快樂地圍著爹爹轉。「爹爹，飯好了沒？」

小葡萄深深吸了一口氣，空氣中飄著肉包子的香味。

顧川道：「還沒有。」

小葡萄蠢蠢欲動。「我幫爹爹嚐一嚐包子熟了沒！」

「不用。」

遭到爹爹拒絕，小葡萄耷拉著腦袋，噘著嘴哼了一聲。

顧川捏了捏他鼓起的腮幫子。「去叫娘親起床。」

小葡萄喜歡這件差事，噔噔噔地跑到主臥，一個泰山壓頂猛撲過去。「娘親，起床啦！」

蘇箏一下子就被砸清醒了。「起，娘這就起床，你先下去。」

「多謝蘇老爺了。」石崎鄭重地對蘇老爺施了一禮。

「哎喲！使不得、使不得！」蘇老爺連忙起身把人扶起來。

他看得出來，顧川這兩位朋友絕非普通人，尤其是那位段公子，周身氣度非等閒人家能養出來的。

石公子請他去江家提親，正好江家也有此意，他樂得做個順水人情。
隔天，蘇老爺就帶上媒婆去江家提親，兩方都有意，此去只是走個流程罷了，很快敲定了訂親的日子。
石崎近些日子都在為聘禮忙活，整天見不著人，只有段寒風無所事事在顧川面前晃蕩。
顧川問：「你是不是沒事做？」
段寒風手裡搖著蒲扇。「還真沒有。」
短短幾日，他手裡的竹扇已經轉變成大爺大娘人手一把的大蒲扇了，看見蚊子還會用扇子打一下蚊子，可以說非常實用。
「哦。」聞言，顧川面上帶出幾分笑意。
段寒風忽然生出不太好的預感。
果然，顧川下一句話便是：「正好，太陽下山了，陪我澆菜園。挑水的地方不遠，就在西邊。」
顧川回屋找出扁擔和水桶，把水桶遞給段寒風。「走吧。」
段寒風說：「我現在說有事，還行嗎？」
顧川看著段寒風挑了挑眉，沒說話。
段寒風把蒲扇別在腰上，認命地拿過木桶去挑水，一邊走一邊碎碎唸。「你說有我這麼好的兄弟嗎？在你面前任你使喚，你看看你曾經的部下石崎，你能見到他人影嗎？」

「裝滿一點。」顧川指著前面的水井。

段寒風所有嘮叨均被吞回肚裡，笨手笨腳地裝水。

顧川的菜園種了不少玉蜀黍，因為家裡的一大一小都喜歡吃。

夏天熱，地容易乾，顧川和段寒風分別挑了幾趟，菜園才澆得差不多。

段寒風這幾趟跑得熱死了，澆完最後一壟地，他隨便找了塊地，也不管乾不乾淨，一屁股坐下，拿過別在腰間的蒲扇狠命搧了搧。

「等石崎訂親後，我們就回去了。」段寒風突然道。

「嗯。」顧川應了一聲，面上辨不清神色。

段寒風站起身拍拍顧川的肩膀，似想說什麼，最終嘆息一聲，什麼都沒說。

顧川看了看被他拍過的肩膀。「你手上的灰塵都抹到我衣服上了。」

段寒風頓時把剛才那一抹傷感餵狗了。

「兄弟，你衣服是煙青色的！」

又不是白色！

顧川道：「哦。」

段寒風再次無言。

要不是從小就認識，他早就和這樣的兄弟絕交了。

「顧先生在家嗎？」竇東娘神色焦躁地來到顧家。

「在後院澆水呢，我去叫他，妳坐著等會兒。」

竇東娘拉住蘇箏。「不用。箏箏，妳幫我看看也是一樣的，妳看看信上寫什麼？」她把手裡的信遞給蘇箏。「東子早上出門到現在還沒回來，他爹在屋裡發現這封信。」

蘇箏接過信，竇東的字寫得歪七扭八，她得眯著眼仔細辨認才能認出來。

信裡面寫道：爹，娘，當你們看見這封信時，我已經走了……

蘇箏瞪大了眼睛。

「箏箏，信上寫什麼？」竇東娘見蘇箏的表情不對，不由忐忑地問。

「呃……」蘇箏拿著信飛奔到後院。「顧川，你看看竇東寫的信！」

顧川接過信，越看到後面，眉頭皺得越緊。

「顧先生，東子怎麼說？」

顧川言簡意賅。「信上說，他要去參軍，讓你們別擔心。」

「參軍？」竇東娘尾音發顫，嚇得腿一軟，險些摔倒了，好在蘇箏在旁邊扶了一把。

「他才十四歲，會個幾招幾式，就想著去參軍？我只有這一個孩子，萬一……他有個三長兩短，這日子還怎麼過？」

竇東娘平日爽朗俐落的一個人，這會兒說著話忍不住哭了。

蘇箏扶她到一邊坐著。「妳別擔心，我讓顧川騎馬去追，說不定還能追上。」

她向顧川使眼色。

顧川道：「我去找找看。」

顧川也不耽擱，叫上段寒風，兩人騎馬走了。

蘇箏安慰竇東娘。「妳也別太著急，興許竇東就自己回來了。」

竇東娘道：「東子從小就倔，也怪我，他不想讀書，我非逼著他讀書。」

竇東娘把臉埋在掌心裡，傳出嗚咽聲。

東子早就說過不想讀書，都怪她，要不是她逼著孩子，東子怎麼會不說自己想參軍，而是偷偷走了？

小葡萄扶著門框探出頭，盯著哭泣的竇東娘，垂下臉，似若有所思。

蘇箏好不容易把竇東娘勸住，一轉頭就看見小葡萄。

「餓不餓？」蘇箏招手讓小葡萄過來。

「餓，肚子都癟了。」小葡萄小跑過去，拍了拍薄薄一件夏衫根本遮不住的圓溜溜肚子。

雖然沒看出他肚子癟了，但是確實到了吃飯時間。

蘇箏道：「你自己去外公家吃飯，可以嗎？」

小葡萄歪頭想了想。「行，那我去了喔。」

「嗯，去吧！」

過了一會兒，小葡萄不僅自己吃飽回來了，送他回來的廚娘手裡還提著食盒。

「小姐，老爺讓我送了點飯菜過來，都是妳愛吃的，快趁熱吃。」廚娘把食盒放在桌上。

蘇箏把飯菜擺好，招呼竇東娘一起吃一點。

竇東娘搖頭，整個人失魂落魄。「我不想吃。」

蘇箏塞了一雙筷子給竇東娘，拉著她坐下。「多少也得吃一點，吃一點才有精力等竇東回來。」

竇東娘被蘇箏勸著，食不知味地吃了幾口，然後她突然想到什麼，雙眼迸出幾分神采。

「箏箏，我得回去，東子回來肯定會餓，我回去做好飯等他。」

蘇箏見竇東娘提起做飯，精神比剛剛好了一些，遂也不留她。「那行，我送妳回去吧。」

「不用，外面天黑了，妳帶著小葡萄不方便，妳在家吧，我回去了。」

竇東娘想到竇東估計沒吃飯，歸心似箭，腳下生風地走了，她得做幾道兒子喜歡的菜才行。

「娘親，東哥哥會回來嗎？」小葡萄仰起頭問娘親。

蘇箏摸摸他的腦袋。「會的。」

「東哥哥是不喜歡讀書，所以才走的嗎？他回來是不是就不用讀書了？」小葡萄一連串問題。

蘇箏毫無防備地說：「應該不用了吧。」

看竇東娘的樣子，估計不會再逼迫竇東讀書了。比起讀書，竇東更喜歡習武。

小葡萄扭著屁股坐到娘親懷裡，蓮藕般的手臂摟住娘親的脖子，一嘴小奶音。「那東哥哥肯定會很開心。」

可以不用讀書呢！

蘇箏不知道小葡萄的腦袋瓜在想什麼，她抱著小葡萄圓潤的腰線。「嗯，你要不要去睡覺？」

小葡萄搖著腦袋。「不要，我要等爹爹回來。」

蘇箏只當他還不睏，由他去了。

顧川到家時，母子倆還沒睡，蘇箏其實已經睏得不行，奈何小葡萄今天死活不願意睡，估計是在擔心竇東。

蘇箏睏倦地揉了揉眼睛，問顧川。「竇東找到沒？」

「找到了，已經送回家了。」

他們到縣城後找了韓捕快，十來個衙門的人一起找，沒費多大功夫就找到人，幸好去得及時，再晚一點，人就出鎮子了。

「爹爹……」小葡萄打了個呵欠，伸出短胖的手指頭揉眼睛。

顧川把他抱過來。「你怎麼還不睡覺？」

小葡萄把腦袋靠在爹爹懷裡。「還沒洗澡。」

「爹這就帶你去洗。」

小葡萄全身赤裸地站在他的專屬木桶裡，衣服脫掉後，小胖子渾身的肉毫無遮掩地暴露在燭光下。這身材，對得起他每天吃的肉。

小葡萄任由爹爹朝他身上淋水，嘴上說：「爹爹，娘親說東哥哥不用讀書了！」

顧川垂頭替小葡萄洗澡，隨口回答他。「他喜歡習武。」

習武？這是什麼？

雖然小葡萄腦袋滿是疑惑，卻還是大聲說：「爹爹，我也想習武！」

顧川挑挑眉梢，看兒子胖墩墩的身子，一摸全是軟乎乎的肉，是要鍛鍊才行，他道：「好，等你五歲就教你習武。」

小葡萄瞬間喜笑顏開。「那我是不是也不用讀書了？」

聞言，顧川替他淋水的動作頓了下。

原來這小子打的是這個主意……

「不是，你不僅得習武，還得讀書。」

啊？

小葡萄眨巴眨巴烏黑的眼睫，不敢置信道：「為什麼？那我也要離家出走！哼！」

顧川把他從浴桶裡提出來，拿了塊乾毛巾擦他的小身子。

「行，你走吧！走了就沒有松鼠鱖魚、紅燒肉、糖醋蓮藕、油炸雞腿、豬肉丸子、小籠包這些吃的了。」顧川一口氣說了好幾種小葡萄愛吃的，並道：「這些都給笨笨吃，你就只能在外面撿吃的，還沒人幫你洗澡，你也會變得臭臭的。」

小葡萄在心裡衡量一下，立馬改口。「我才不會離家出走，我走了，娘親肯定會傷心！東哥哥的娘親今天都哭了！」

穿好衣服後，小葡萄抱著爹爹的腿往上爬，蹬了半天沒爬上去，最後還是顧川提了他一把，才把小胖子提到懷裡抱著。

小葡萄緊扒著爹爹的脖子，腦袋擱在爹爹肩膀上，閉上眼睛。「我睡著了！」

顧川把裝睡的小胖子放到床上，替他蓋上小薄被，關上門出去。

蘇箏已經洗漱好了，正對著銅鏡卸髮上的珠釵，一見顧川進來，她說：「幫你留了晚飯，在桌上。」

顧川站在蘇箏背後，動作輕柔地卸掉珠釵，道：「好，妳先睡吧。」

夜色已深，蘇箏確實睏了，打了個呵欠，爬上床。

等顧川吃好飯、洗完澡回來後，蘇箏已經睡著了。

顧川並未點亮油燈，藉著月色放輕動作上床。他剛躺下沒一會兒，身旁熟睡的蘇箏一個翻身滾到他懷裡，腦袋在他懷裡拱了拱，熟練地找了個舒服的位置挨著不動了。

黑暗中，顧川笑了笑，抬起胳膊摟住蘇箏。

第二天一大早，竇東娘帶著竇東過來了。

竇東娘手裡提著竹籃，裡面放著幾塊嫩豆腐和豆漿，帶著感激說：「昨日多謝顧先生了，家裡也沒什麼好東西，小葡萄愛喝豆漿，我特意裝了一碗過來給他喝。」

竇東娘知道顧先生絕對不會收貴重的禮品，反而是自家做的豆腐好送出去。

果然，竇東娘特地提了小葡萄，又不是什麼貴重的東西，顧川也沒推脫，就收下了。

見顧先生收下，竇東娘提著竇東的耳朵，把人提到前面。

竇東十四歲的半大少年，早就比他娘高了，此刻彎著腰配合他娘的動作。

竇東娘惡聲惡氣地道：「還不謝謝顧先生！」

「謝謝顧先生。」竇東嘴上這麼說，心裡卻覺得要不是顧先生阻攔，他此刻早就出鎮子了。

顧川一眼就看出竇東的言不由衷，他道：「謝就不必了，下次別偷跑了，惹得父母擔心。」他頓了頓，說：「若真的想為國盡一己之力，明年你可去參加武舉。」

竇東聞言就是一喜，隨即臉又垮下來，他娘不喜歡他練武，只想讓他同穆以堯那般考取功名，所以他才想出偷跑的路子。

誰知竇東娘並未反對顧先生的話，反而說：「聽到了嗎？日後跟著先生學武定要更用心，萬不可辜負先生的教導。」

竇東喜形於色，一時忘記耳朵被他娘揪著的事，猛地直起身子，頓時疼得嘶了一口氣。

竇東娘好氣又好笑地放開竇東的耳朵。

竇東咧嘴一笑。「娘，妳放心，我肯定會用心練武的，爭取讓妳當武狀元的娘。」

竇東娘笑罵。「貧嘴。」

竇東母子走了後，顧川往鍋底添了一把火，把豆漿放了點糖煮。

蘇箏道：「我去看小葡萄醒了沒有。」

小葡萄昨晚睡得太晚，現在還沒醒，身上蓋的小被子早就被他蹬到床下，穿著個大紅色的肚兜，整個人趴在床上睡得正香。

兩條肉乎乎的腿岔開，膝蓋彎起來，睡姿有點像青蛙……

兩隻胖胳膊分別放在腦袋旁邊，圓圓的胖臉蛋壓在毛巾上，小嘴微張，有可疑的水跡順著嘴角落在毛巾上。

小葡萄一直以為這條毛巾是給他當枕頭的，所以拿到毛巾時，他還特別開心地墊在腦袋下。其實顧川放這條毛巾，是給他接口水用的。

蘇箏拍拍小葡萄圓潤的背。「起床了。」

小葡萄流著口水呼呼大睡，沒有一絲要醒的跡象。

蘇箏捏了捏他的臉蛋。「醒醒。」

小葡萄嚶嚀一聲，把臉換了個方向睡。

還不醒？

嘿嘿，蘇箏臉上露出賊兮兮的笑，把手伸向小葡萄的腳心。

「哈哈……哈哈……」小葡萄動了動小腳，笑醒了。

小葡萄翻了個身，發現抓住自己腳的人是娘親。

「娘親……」他模糊地喊道，睡意未消。

「快點起床，東哥哥和他娘親送了豆漿過來喔。」

「有肉包子嗎？」小葡萄躺在床上，揉著眼睛問。

「有吧？」蘇箏不確定地說。

小葡萄沒聽出娘親的不確定，單純以為早上有香香的肉包子和甜甜的豆漿，於是摟著娘親的脖子，開開心心起床了。

在洗臉時，小葡萄還嫌棄娘親動作太慢，搶過毛巾胡亂抹了一下臉，就當作洗好了。

「爹爹！」他滿懷期待地跑進廚房，嘛著嘴深深吸了一口氣，發現沒有聞到肉包子的香味。

他把眼光投向爹爹。

顧川問：「幹麼？」

「肉包子！」小葡萄扠著腰喊。

顧川答道：「今早沒有肉包子。」

「娘親！」小葡萄生氣地跺跺腳。

娘親又騙他！

蘇箏摸摸鼻子笑了笑。「雖然沒有肉包子，但是有玉蜀黍！你不是也喜歡嗎？」

小葡萄噘著嘴，不開心地說：「我不喜歡吃玉蜀黍，我就喜歡吃肉肉。」

顧川冷笑一聲。「呵。」

吃飯時，說了不喜歡吃玉蜀黍的小葡萄，抱著一根玉蜀黍啃得非常忘我，啃得滿臉都是玉蜀黍。

蘇箏語重心長地說：「兒子啊，做人要誠實一點。」

小葡萄端起豆漿咕嚕喝了幾口，才放下碗，抹了抹嘴巴同仇敵愾地道：「就是！娘親怎麼能騙我早上有肉包子呢！」

蘇箏一陣無言。

「噗……」一旁的顧川忍不住輕笑出聲。

蘇箏瞪了顧川一眼。「你笑什麼？」

顧川連忙收斂臉上的笑意，否認道：「沒有笑，妳聽錯了。」

「哼！」

小葡萄以為娘親是對他哼聲，於是他扠著腰，用力對她哼了一聲，哼的聲音比娘親大多了，哼完還把頭偏向一邊。

「咳咳，葡萄，你去外公家看看段叔叔吃飯沒？」顧川打破母子倆的僵持。

小葡萄眼睛轉啊轉，想到外公家可能會有包子，一口答應爹爹，一溜煙跑了。

「慢一點。」顧川少不得叮囑他。

「好！」小葡萄應了一聲，飛奔的短腿一刻沒停。

還沒進蘇老爺家的院子，小葡萄就開始喊叫。

「我來了！」

「小少爺來了！」

小葡萄到蘇老爺家可謂是眾星捧月，萬眾矚目，丫鬟小廝全圍過來，有搧扇子的，有幫他擦汗的。

「小葡萄，吃飯了嗎？」廚娘問小葡萄。

小葡萄聲音脆生生。「吃了。」

他見外公和段叔叔在裡面吃飯，繞過重重包圍，噔噔噔地跑過去。

「外公，石叔叔，段叔叔。」

然後他踮著腳，睜著大眼睛看他們吃的是什麼。

蘇老爺把小葡萄抱到他腿上坐著。「要不要吃一點？」

小葡萄看了一圈，沒有包子，便從外公懷裡下來。「我吃飽了。」他昂著腦袋。「段叔叔，爹爹讓我來看你吃飯沒？」
段寒風道：「你爹爹找我？」
小葡萄點點小腦袋。「嗯啊。」
剛好段寒風也吃完了，起身。「我去顧川那邊看看。」
小葡萄跟在段叔叔後面也要回顧家。
「你不在外公家玩？」段寒風問他。
小葡萄雙手背在身後，晃著頭說：「不，我要跟你一起回家。」

段寒風和石崎定下回去的日子，就在兩天後。
走的那日，顧川騎著馬送兩人一程。
小葡萄最喜歡坐馬，一見爹爹牽馬出來，立馬抱著馬腿不撒手。「我也要騎馬！」
顧川把人撈到馬背上。
「就送到這兒吧，前面就是鎮子了。」段寒風勒住馬，清晨有微風，吹得他髮絲微動，一向帶著笑意的眼睛，此刻似乎有些傷感。
「叔叔，你們要走了嗎？」小葡萄坐在爹爹懷裡問。
「是的，叔叔要回家了。這個送給你。」段寒風把他的隨身玉珮掛在小葡萄的脖子上，叮囑他。「不准弄丟了啊。」

小葡萄伸出小手，撈起玉珮看了看，放在嘴裡咬了咬，他很快失去了興趣。
看見玉珮上糊滿了晶瑩的口水，段寒風抽抽嘴角，乾脆別過臉去，不去看他的玉珮。
石崎的禮物就比較投其所好，他自己捏了個玩偶，所幸手藝不錯，捏得活靈活現。
「是笨笨！」小葡萄驚喜地接過，甜甜地道：「謝謝石叔叔！」
石崎道：「你喜歡就好。叔叔的家在京城，以後想叔叔了，來京城找叔叔，京城有很多好吃的，叔叔都可以帶你去。」
大哥不想去京城，可以讓小葡萄去，這樣大的小的，都會去了。
小葡萄果然上鉤。「那我要去！」
顧川摸摸兒子的腦袋，對兩位好友說：「一路順風。」
段寒風拍拍顧川的肩。「我們走了。」
希望有一日，我們能在京城相見。
顧川站在原地，看著兩人打馬進城，背影逐漸消失在人群中。
小葡萄眼看著兩位叔叔不見了，他問爹爹。「爹爹，京城遠不遠？」
顧川回道：「很遠。」
「那我們就騎馬去，這樣就很快了。」他家的馬跑得可快了，噠噠就到鎮上。
「嗯……」顧川掉轉馬頭，回家的路上伴著兒子的童言童語。

早晨出發時，小葡萄興高采烈、神采奕奕，回來時已經變成一個無精打采的樣子，靠在爹爹懷裡。

「這是怎麼了？」蘇箏難得見小葡萄這樣，不禁感到稀奇。

小葡萄滿臉委屈，向娘親告狀。「爹爹不准我說話！」

蘇箏把兒子抱下馬，瞪顧川。「你為什麼不讓他說話？」

「他話太多了。」

問他認識京城嗎？京城好玩嗎？有什麼好吃的？娘親有沒有去過？最後他忍無可忍讓他閉嘴了，並威脅他再說話以後都吃不到肉包子。

「他話多又不是一天、兩天了。」蘇箏彎腰牽住小葡萄的手。「走，我們不理爹爹，娘親帶你去外公家。」

「嗯！」小葡萄重重點頭，路過爹爹身邊故意哼了一聲，像小豬仔一樣。

顧川一臉無言。

第四十章

眨眼迎來小葡萄三周歲生辰。

小葡萄這一日穿得喜氣洋洋，快樂地在廚房裡左看右看。

「小少爺，廚房太熱了，你出去玩。」廚娘低頭哄小少爺，小少爺額頭都熱得冒汗了。

小葡萄不說話，盯著擺在盤子裡的炸魚看，小魚裹上麵粉，炸得顏色焦黃，外酥內嫩，看著就好吃。

廚娘見狀給了小葡萄一隻魚，小葡萄咬在嘴裡，啪啪啪跑出去了。

「娘親！」小葡萄抓著蘇箏的衣服就想往她身上爬。

蘇箏推開他。「好熱，你去找爹爹。」

小葡萄又換了方向，改坐到爹爹懷裡。

蘇老爺瞪了女兒一眼。「哪有那麼熱！」然後他笑咪咪遞給小葡萄一碗切好的西瓜。「小葡萄，來吃西瓜。」

小葡萄嘴裡有炸魚，不敢張嘴說話，怕被爹爹發現，因此他緊抿著唇，搖搖頭。

「怎麼不吃？你不是喜歡吃西瓜？」蘇老爺納悶道。

顧川發現了什麼，捏住小葡萄的腮幫子看。

小葡萄抗拒地把身子往後仰，不讓爹爹看，因為爹爹不准他在菜沒上桌之前偷吃。
顧川了然。「他嘴裡有吃的。」
小葡萄艱難地把魚嚥下去，否認道：「沒有。」然後他迅速地從爹爹腿上滑下去，走到外公身邊，偷偷看爹爹，大眼睛裡滿是警惕。
今日他生辰，顧川不打算訓他，對剛剛的事選擇視而不見。
外孫親近自己，蘇老爺高興，親自餵小葡萄吃西瓜。小葡萄長得太像蘇箏小時候，他不免更多了幾分喜愛。
小葡萄知道生辰會有禮物，因為外公和娘親已經給過他禮物了，所以吃完飯，他就向爹爹要禮物。
「爹爹，禮物。」
顧川遞給他一條手帕。「先擦擦嘴。」
小葡萄接過帕子，胡亂地抹抹嘴巴。
顧川說：「禮物在家裡。」
小葡萄主動牽住爹爹的手。「那我們回家。」
顧川意味不明地笑了笑。「你真的想要禮物嗎？」
小葡萄點點頭，肯定地說：「想要的！」
外公給了他銀子，銀子可以買好吃的，小葡萄摸摸鼓鼓囊囊的胸口，銀子都被他藏到這裡啦！娘親給了他一顆很漂亮的珠子，娘親說這個珠子到了晚上就會發光，叫夜明珠。

爹爹會給他什麼呢？

小葡萄很期待，他牽著爹爹的手，另一隻手拉著娘親，急切地帶兩人回家。

蘇箏小聲地問顧川。「你給兒子準備了什麼禮物？」

他們兩人是分開準備禮物，蘇箏也很好奇顧川要送小葡萄什麼。

顧川但笑不語。

「爹爹，到家啦！」小葡萄牽著爹娘的手開心地蹦蹦跳跳。

「嗯。」顧川推開門，徑直去書房。

知道爹爹要給自己禮物了，小葡萄寸步不離，緊緊地跟在爹爹身後。

顧川的禮物昨晚就準備好了，一直放在書桌上，他取過來放在小葡萄懷裡。

小葡萄抱著兩本書愣住了，幼小的心靈生出一絲不太好的預感。「爹爹……」

顧川道：「這是你三周歲的禮物，一本是《百家姓》，一本是《千字文》，你要認真看，知道嗎？」

小葡萄傻眼了，看了看懷裡的書，再看了看一臉嚴肅的爹爹，他委屈地哇一聲哭出來，邊哭邊跑出去找娘親。

小葡萄心理落差太大，哭得慘兮兮，抱著書斷斷續續向娘親告狀，最後抹著眼淚說：

「爹爹壞！」

顧川倚靠著門，眉目清雋，似笑非笑地看著蘇箏。

蘇箏摸摸鼻子，不自在地笑了笑，不去附和兒子嘴裡的話。沒辦法，小葡萄不愛讀書這點，她好像有點理虧，當初懷孕時，她千方百計找理由不看書。

蘇箏拿帕子幫兒子擦鼻涕。「別哭了，我們去睡個午覺好不好？」

小葡萄把腦袋靠在娘親身上，帶著哭腔說：「要和娘親一起睡。」

蘇箏哪有不應的，連聲道：「好，好。」她把小葡萄帶到他們房間，把兒子放在床上。「睡吧！」

「娘親也睡。」小葡萄拍拍身邊的位置。

蘇箏依言躺在他身邊。

小葡萄很好哄，哪怕剛剛還哭得傷心，稍微哄一哄，他就好了。

蘇箏輕輕拍著小葡萄的小肚子，小葡萄很快就閉上眼睛睡著了。蘇箏每日有午睡的習慣，這會兒她也睏倦了，跟著兒子一起睡了。

屋裡一時寂靜下來。

顧川躺在蘇箏身旁，目光落在母子倆如出一轍的睡顏上，嘴角不自覺向上彎起。

良久，他閉著眼睛沈入夢鄉。

灼灼烈日，晴空萬里。

碧藍色的天空下，枝繁葉茂的樹木隨著微風抖一抖青翠欲滴的綠葉，發出沙沙的輕響。

樹下不知名的野花輕輕搖曳身姿，夏日的蟬懶散地叫了兩聲，林間一隻威風凜凜的大黑狗追著一隻白色的蝴蝶玩耍，卻被花粉熏得連打了好幾個噴嚏。

顧川似作了一個夢，夢裡刀光劍影，生死一瞬，有肝膽相照的兄弟，有背信棄義的小人，有他曾以為的至親……

夢的最後，是一個姑娘等在他家門口，緊張兮兮用拙劣的藉口和他搭話，故作大方地遞給他一個飯盒，實則早已悄悄紅了臉頰。

他伸手接過食盒，食盒突然變大，打開蓋子的一瞬間，裡面冒出一個樂呵呵的胖團子。

胖團子有著一張和姑娘相似的臉龐，對他笑得天真無邪，脆生生地喊：「爹爹！」

這一日，蘇箏收到來自京城的信，江寶珠邀請他們參加她女兒的滿月酒。

不只蘇箏收到信，顧川也收到了一封信，是段寒風寫給小葡萄的。

「爹爹……」小葡萄眼巴巴看著爹爹手裡的信，踮著腳想拿信，奈何人矮，伸手抓了好幾次都沒抓到信紙。

信上大部分都是廢話，寫的全是京城有什麼好吃的、好玩的，剩下一小部分還是廢話，誘惑小葡萄去京城。

顧川一目十行地看完，把信給小葡萄。「給你看。」

小葡萄接過信，捧在手上低著頭看啊看，一臉認真。

看了半天後，小葡萄邁著短腿去屋裡找爹爹，奶聲奶氣說：「爹爹，信上寫什麼呀？」
見爹爹不理他，他嘟著嘴，扭頭去找娘親。
「娘。」小葡萄抱住蘇箏的腿。
蘇箏正對著鏡子描眉，小葡萄這一撲，青黑色的石黛在眉尾畫出長長一道。
蘇箏無奈地放下石黛，斜眼看小胖子，語氣不善。「幹麼？」
小葡萄把信遞給娘親。「娘，信……」
蘇箏接過信，小葡萄探頭去看。
「信上問你要不要去京城？」
小葡萄雙眼亮晶晶，猛點頭，連聲道：「要去、要去！」
他相當機靈，知道自己喊要去沒用，所以一把抱住蘇箏，狗腿地說：「娘親也去！」
蘇箏哼了一聲去洗臉。
小葡萄像跟屁蟲一樣尾隨在娘親身後，小嘴唸不停。「娘親，去嘛，去嘛！」
蘇箏捏了捏他的胖臉。「好，去。」
「哇！太好了！」小葡萄樂得一蹦三尺高，去找他爹。「爹爹，娘親說要去京城！」
顧川和蘇箏本來就決定帶小葡萄去京城，只是沒告訴他而已，怕這小胖子追著他們問什麼時候去。當初段寒風剛回京城時，小葡萄可是天天鬧著要去京城。
「我們什麼時候去啊？」小葡萄早就對京城嚮往許久，此刻烏溜溜的大眼睛眨啊眨，圍著爹爹問。

顧川回道：「過兩天去。」

得到答案的小葡萄一溜煙跑了，他要和他的小夥伴們告別！

顧川見他這樣，搖頭失笑。

顧川這幾天為了去京城做準備，因為韓秀才年事已高，精力有些跟不上，所以交代穆以堯看顧這些學生。

夫妻倆向蘇老爺說了要去京城的事，其實蘇老爺早就知道了，外孫前兩天就跟他說了，因此他擺擺手，囑咐兩人好生照看小葡萄。

一切安排好，一家人就啟程了。

小葡萄沒出過遠門，一開始幾天很興奮，和蘇箏坐在馬車裡嘰嘰喳喳，嘴沒停過，到了客棧，他也高興，吃什麼都覺得特別香。

可惜京城路途遙遠，頭幾天的興奮勁過了後，小葡萄就不開心了。

「娘親，還有多久啊？」

蘇箏回道：「不知道，不過估計還早著呢。」

小葡萄把身子往座位上一躺，一臉無精打采。

蘇箏也很鬱悶，路途顛簸，她覺得屁股都快開花了。

母子倆坐在馬車裡大眼瞪小眼，同時嘆了一口氣。

好在他們不是單純趕路，一家人到了市集也會停下來逛一逛，休息幾天。這一路倒也見了不少趣事，唯一讓顧川頭疼的是這母子倆無論到哪裡，都喜歡看胭脂。

蘇箏也就罷了，小葡萄一看見香香紅紅的胭脂就止步，興致勃勃和他娘一起挑胭脂。面對兩張如出一轍的臉，同時用可憐兮兮的眼神看他，顧川還能怎麼辦？掏錢買唄！

小葡萄不光是喜歡胭脂，他還對閃閃發亮的燈籠情有獨鍾，各式各樣的燈籠他都愛，所以一路上買了不少燈籠。

一家人慢悠悠地趕路，幸而出發得早，到京城的那一日，還沒到江寶珠女兒滿月的日子。

顧川早些年在京城置辦過別院，此時直接帶著蘇箏和小葡萄過去。

院子裡只有一名上了年紀的管家和兩個小廝看管院子，小廝年紀不大，並未見過顧川，見到管家行禮，就跟著管家行禮。

顧川抬手示意他們起來，管家吩咐一名小廝收拾房間，另一名小廝則被他派去買些飯菜回來。

其實房間沒什麼好整理的，顧川雖然不在這裡，但是管家從不偷懶，每一日都會帶著小廝把院子打掃得乾乾淨淨，主人一回來就可以住。

一家人吃完飯，小葡萄打了個呵欠就想睡覺。

顧川把小葡萄抱到他的房間。「睡吧。」

小葡萄這一路也累了，雖然顧川和蘇箏儘量讓他多吃點，但是路程遙遠，胖臉蛋都沒之前圓了。

躺在鬆軟的床上，爹爹又在旁邊陪著他，小葡萄眼睛一閉，睡著了。

顧川幫兒子掖好被角，帶上門回主臥，蘇箏果然沒睡，正坐在床邊等他。

蘇箏見顧川進來就哼了一聲。「你在京城，還有宅子啊？」

她又不傻，京城的宅子，哪是那麼容易買到的？

顧川挨著她坐下，蘇箏立馬挪了挪屁股，大眼睛裡清清楚楚寫著「你不說清楚就別靠近我」。

顧川道：「這處宅子是我很久以前買的，心情不好時會來這裡坐一坐。」

蘇箏斜眼看顧川，等他下面的話。

顧川輕垂眼睫，似有些傷心。「我曾經是一名世家公子，後來不是了。」

蘇箏頓時把因顧川有所隱瞞而生的那股鬱氣放下了，悄悄挪過去。「發生了什麼嗎？」

顧川摸摸蘇箏的腦袋，並不想把以前那些考驗人性的事告訴她，她在自己的庇護下，快樂地過一生就好，因此三言兩語說：「後來發生了一些事，我曾經的親人，巴不得我不再回來。」

顧川眼底閃過一絲冷嘲，他回來，有些人怎會不擔心侯爺之位還能不能坐穩？

蘇箏眨了眨眼睛，不再追問，張開手臂抱住顧川。「我和小葡萄才是你最親的人！」

顧川回抱住她柔軟的身子。「嗯，你們最重要。」

蘇箏躺在床上，想到從前難免有些不好意思，扭捏道：「那我曾經想讓你去考取功名，看起來是不是特別可笑啊？」

顧川是世家子弟，身上說不定還有一官半職。

顧川摟住蘇箏，違心道：「沒有。」

一開始他確實是厭煩的，不過兩人鬧過一次和離後，蘇箏的脾氣有所收斂，顧川也找到和蘇箏相處的方式，更別提兩人之間還有一個可愛的小葡萄。雖然兒子又笨又懶惰，但這是上天贈予他最好的禮物。

顧川不禁慶幸兩人當初並未真的和離。

蘇箏哼了一聲，不再追問，對於當初，她也有點心虛，於是把腦袋埋入顧川的懷裡。趕了這麼久的路，人早就疲憊了，聞著顧川身上特有的香味，蘇箏很快入睡。

顧川低頭吻了吻蘇箏的額頭，眼底溫柔。

第二天，小葡萄一起床就黏著爹爹和娘親。

他年紀還小，到了一個陌生的地方，哪怕管家和小廝極力友好對待他，他也害怕，本能地黏著爹娘。

「娘親帶你出去逛逛好不好？」

「好！」小葡萄開心地點頭，並舀了一大勺瘦肉粥，一口全塞到嘴裡。

顧川見狀，一陣無語。

不知道從什麼時候開始，小葡萄一高興就喜歡吃東西，而且吃得比平日還多，幸好已經開始教他習武，能適當鍛鍊一下。

管家是第一次見到小葡萄，小小的人獨自喝完一碗粥、吃掉五個小籠包，他震驚了，忐忑不安地問：「小少爺，你吃飽了嗎？」

明早他是否應多備些早膳？

小葡萄拍拍圓滾滾的肚子，脆生生地回答。「吃飽了。」

「哦哦，吃飽了好，吃飽了好。」管家放心了。

吃飽了就好，他今天準備的早膳不多，明早一定要多準備！他暗自對自己說。

實際上小葡萄沒吃飽，但他想到要出去玩，就不能吃了，外面一定還有很多好吃的！

蘇箏也是打著同樣的主意，喝了半碗粥就放下勺子。

顧川斜睨了母子倆一眼，慢條斯理地喝粥。

「爹爹，你吃飽了嗎？」小葡萄神情焦急，在凳子上動來動去，活像凳子上有針扎他。

顧川用勺子攪了攪粥，眼底帶著一抹笑。「還沒。」

小葡萄按捺住急切的心情又等了會兒。

「爹爹……」小葡萄簡直急得快哭了。

蘇箏瞪了他一眼。「吃飽了沒？」
她又不是小葡萄，哪裡看不出眼前這人是故意的。
顧川立刻放下碗。「吃飽了，走吧。」
小葡萄歡呼一聲，自己從椅子上滑下來，軟乎乎的小手牽住爹爹，另一隻牽住娘親，眉開眼笑地說：「走嘍！」
剛走到集市，小葡萄就撒嬌讓爹爹抱，他人矮，人一多他就看不見賣的東西。
京城的集市和他們一路走來的集市並無不同，大概就是人多點，更熱鬧點。
「娘親，有棉花糖！」小葡萄指著前面。
賣棉花糖的是一名五旬左右的老漢，佝僂著背，皮膚發黃，面上一道道歲月留下的痕跡，他對小葡萄友善地笑了笑。「小公子，您要哪一個？」
小葡萄看著一串串棉花糖，指了一個他覺得最大的。
顧川給母子倆一人買了一個。蓬鬆的白色棉花糖，舔一口都是甜甜的。
蘇箏拿著棉花糖，目光很快被旁邊的簪子吸引了。
棉花糖太大，小葡萄不僅吃得滿臉都是，還沾到顧川胸前的衣服上。
顧川跟他打商量。「葡萄，你要不要下來玩？」
「不要！」小葡萄舉著棉花糖緊抱住爹爹。
「行行行，你先鬆手！」棉花糖碰著顧川的臉，顧川有點後悔買給他了。

小葡萄摟了一會兒，確定爹爹不會把他扔下去，這才鬆開手，重新把臉埋在棉花糖裡舔。

蘇箏看中一支蝴蝶簪，一支桃花簪，問顧川。「哪個好看？」

「這個好看！」小葡萄說的是桃花簪。

桃花簪粉粉的，他喜歡。

蘇箏看了看精緻的蝴蝶，這個她也喜歡。

顧川覺得納悶，碰到差不多卻難以抉擇的胭脂時，她選擇都買，這個為什麼不兩樣都拿走？

他道：「兩個都買吧。」

「不行，只能要一個！」家裡有很多，蘇家鋪子每次上新款，都會送一批給她。

「那就這個吧！」顧川指了一下蘇箏看起來很喜歡的蝴蝶簪。

「這個也很漂亮呢。」蘇箏又看了看桃花簪，猶豫不決。

「買這個，娘親！」小葡萄很喜歡桃花簪。

最終蘇箏聽了兒子的意見，買了桃花簪。

顧川微笑，拿過簪子輕輕插在蘇箏的髮上。

小葡萄拍了拍手，非常捧場。「娘親好看！」

蘇箏被兒子哄得喜笑顏開。

顧川睨了一眼懷裡的胖兒子，小馬屁精，話都讓他說了。

一家人邊逛邊買，很快顧川手裡就提了一堆東西，小葡萄也不賴在爹爹懷裡，他改成牽著娘親的手。

「我餓了。」蘇箏摸摸肚子，她早上沒吃多少飯。「京城有沒有什麼好吃的？」

顧川想了想。「有一家玉蘭樓，裡面的菜很好吃。」

「那我們快去吧！」蘇箏雙眼亮晶晶。

小葡萄聽到有好吃的，一雙眼睛瞬間發亮，仰起大臉對爹爹露齒一笑。

顧川笑了笑，帶母子倆過去。

一路上，小葡萄的小短腿走得飛快，都沒喊過一句累。

顧川向店小二要了間雅間，幾人往二樓去，小二非常有眼色地接過顧川手裡的東西。

「幾位客官吃點什麼？」小二把菜單遞給顧川。

顧川看蘇箏。「妳想吃什麼？」

蘇箏問：「你們的招牌菜有哪些？」

「夫人，我們的招牌菜可多了，有東坡肉、神仙鴨子、茄汁魚捲、珍珠酥皮雞、琵琶蝦、麻辣肘子……」說起招牌菜，小二朗朗上口，都沒停頓。

小葡萄聽得吸了吸口水，黑葡萄般的眼睛一眨不眨地看著店小二。

蘇箏道：「剛剛你說的那些，都上一份吧。」

「好！」小二拿著菜單下去準備了。

顧川把小葡萄從椅子上提下來。「滿臉的棉花糖，跟我去洗一洗。」

因為洗乾淨回來就可以吃飯了，所以小葡萄高高興興地跟爹爹去洗手。

樓下有個小廝打扮的人無意間抬頭看了一眼，突然目光凝住了。

「侯爺，那個人，好像是……前侯爺？」

後面三個字他說得極小聲，生怕觸到侯爺逆鱗。

被稱作侯爺的男子轉頭，只見一個牽著孩子的高大背影。

他搖搖頭，斬釘截鐵道：「不可能。」

長兄怎麼可能牽著個孩子？

小廝不敢再多話，連聲應道：「是是……」

侯爺雖然嘴上說不可能，還是問了店小二幾句，得知是一家三口，他徹底放心了。

就算長兄成婚，也不可能有孩子，以長兄的性子，當初連過繼他的孩子都不肯，又如何肯收養孩子呢？

當一道道色香味俱全的菜被呈上來，小葡萄眼睛亮晶晶的，感嘆道：「看起來都好好吃啊！」

蘇箏深以為然，她也有同樣的想法。

顧川笑了笑，給母子倆一人遞了一雙筷子。「嚐嚐看。」

蘇箏挾了一塊酥皮雞，雞肉外酥內嫩，入口帶著鹹香。「好吃！」

顧川道：「多吃點。」

小葡萄很著急，由於使用筷子不夠熟練，又看上離自己最近的大肘子，挾了好幾次都沒成功，差點氣哭了。

夫妻兩人欣賞了下兒子精彩的面部表情，見真的要哭了，蘇箏才挾起一個肘子放到他碗裡。「快吃吧。」

小葡萄低頭咬了一口麻辣肘子，肘子燉得酥軟入味，雖然有點辣，但是味道極好。小葡萄喝了一口茶，又繼續啃他的肘子。

顧川知道兩人愛吃蝦，剝了一碟琵琶蝦放在一旁，留給兩人吃。

一家人吃完飯已經是半個時辰後。

小葡萄吃得肚皮圓滾滾，拖著肚子打了個飽嗝，蘇箏也撐得癱在椅子上。

顧川倒了三杯店家附送的消食茶，蘇箏和小葡萄自發地端起來喝。

小葡萄捧著茶杯。「爹爹，能不能讓廚子和我們一起回家？」

顧川說：「不能。」

「好吧。」小葡萄覺得有點可惜。

不過，等他長大後，也可以找個這樣的廚子開酒樓，他想。

顧川可不知道一頓飯就讓自家兒子萌生開酒樓的想法，略坐了會兒，他就帶兩人回去。

樓下向店小二打探他的人早已不在。

「公子，下回再來！」小二把一家人送到門口。

接下來一連下了兩日的雨，蘇箏也懶得出去逛，就在房間裡陪小葡萄。

小葡萄拿著筆愁眉苦臉。「娘親，為什麼我要叫顧絢呢？」

蘇箏問：「那你想叫什麼？」

小葡萄回道：「爹爹的名字就很好！」

川字多好寫啊！

「顧絢」這兩字，小葡萄學著寫很久了，到現在只認識一個顧字。

蘇箏揉了揉小葡萄的腦袋。「別想了，趕緊寫。」

「喔。」小葡萄垂下腦袋，繼續寫沒人能認識的字。

天晴時，江寶珠女兒的滿月酒也到了。

「妹妹，我要看妹妹！」小葡萄知道有小妹妹的存在，一大早就嚷著要去看。

「知道了，馬上就能見到妹妹了，你別吵。」蘇箏被他嚷得頭都大了。

一家人坐著馬車，由年輕的小廝趕馬，來到將軍府。

將軍府？江寶珠的相公是將軍？

蘇箏摸著腦袋，一頭霧水，更讓她驚訝的是，顧川對守在門外的小廝露了個臉，對方就立刻請他們進去了。

蘇箏狐疑地看向顧川。

顧川小聲解釋道：「以前認識的，那時他還不是將軍。」

「石叔叔！」小葡萄還記得石崎。

石崎笑著把小葡萄舉起來轉了幾圈，小葡萄興奮地哇哇大叫。

「大哥。」石崎放下小葡萄，喚了顧川一聲，眼裡滿是喜悅。

顧川輕捶了他一拳。「恭喜。」

石崎嘿嘿笑了幾聲，吩咐丫鬟帶蘇箏去看江寶珠。

「寶珠姨姨……」小葡萄嘴甜，一進門就喊。

蘇箏豎起食指放在唇上。「噓，小聲點。」

「知道了。」小葡萄乖巧點頭，小聲回答母親。

「箏箏，小葡萄，你們終於來了，我都想死你們了。」江寶珠見到蘇箏很是驚喜，稀罕地捧起小葡萄的臉蹂躪了半天。

江寶珠比以前稍胖了些，皮膚瑩白，面色紅潤，看得出來日子極為順心，眼角眉梢俱是初為人母的喜悅。

蘇箏道：「哼，去年妳大婚，我們不是才見過？」

江寶珠道：「那都是去年的事了。」

「還說，妳都沒提過，石崎是將軍。」

江寶珠無奈道：「我以為妳知道。」

她也是後來才知道石崎竟然是大將軍，而她見過的段寒風更是貴不可言，想來，顧川也不會是普通人。

蘇箏也是想念江寶珠，自江寶珠遠嫁京城後，她就沒有別的朋友了。

蘇箏問：「妳女兒呢？快讓我瞧瞧。」

小葡萄也在一旁眼巴巴念叨妹妹，只是他收到娘親的囑咐，只敢小聲念叨。

「在隔壁屋。」江寶珠帶兩人過去。

「夫人，小姐剛吃完奶，這會兒剛睡下。」奶娘見江寶珠進來施了一禮。

「嗯，妳先退下吧！」

小嬰兒躺在嬰兒床裡睡得正香，手握成拳放在臉側，雖然還小，能看出五官輪廓較像江寶珠，以後又是一個大美人。

小葡萄扒著床欄湊上前，好不容易見到心心念念的妹妹，他卻突然呆住了。

小葡萄前後變化太快，江寶珠忍不住問：「怎麼了小葡萄？」

小葡萄猶豫地說：「妹妹好醜。」

蘇箏敲了下小葡萄。「妹妹不醜，只是妹妹還小，再過段時間就好看了，你剛出生的時候也像妹妹一樣。」

小葡萄瞪大眼睛，感覺受到傷害，他覺得妹妹皺巴巴的，還沒頭髮，一點都不好看，於是他辯駁道：「我小時候才不是這樣，哼！」

他邁著短腿生氣地跑出去了。

外公可是一直說他好看！娘親騙人！

蘇箏和江寶珠追了兩步，見他拉著丫鬟要去找爹爹，江寶珠便吩咐丫鬟帶小葡萄去前院找爹爹。

小胖子跑一會兒就累了，他停下來，軟乎乎的小手主動牽住丫鬟的手，萌萌地問：「丫鬟姊姊，我好看嗎？」

小丫鬟跟著他跑得氣喘吁吁，見小葡萄停下了，她悄悄鬆一口氣。

雖然不知這是哪家的公子，不過既然和夫人交好，自然不是他們能得罪的，她道：「小少爺自然是好看的。」

這話雖有討好之意，卻毫不違心。小少爺胖嘟嘟的，唇紅齒白，肌膚勝雪，一雙大眼睛烏溜溜的，很靈動，她覺得比年畫上的童子還好看。

「嗯。」聽到想要的的答案，小葡萄滿意地點點頭，雙手背在身後，去找爹爹了。

他知道爹爹在哪兒，他記得路，他好聰明！

小葡萄得意洋洋，等他自己找到爹爹，看爹爹還說他笨！

「小少爺……」丫鬟眼見小葡萄越走越偏，忍不住開口提醒。

「噓！」小葡萄的胖手指放在唇上，眼睛烏黑發亮。「姊姊不能說話喔。」

「……可是，小少爺，你離你爹爹，越來越遠了。」

小葡萄腳步頓住了，然後若無其事地改道。「我不是忘記了，我只是想考考妳喔。嗯，對！就是這樣！」說完他還煞有介事地點頭，連自己都相信了。

丫鬟沒忍住噗哧一聲笑出來，她連忙收住笑聲。「是，小少爺說得是。」

小葡萄七彎八拐，再加上小丫鬟不著痕跡地指路，終於找到了。

小葡萄啪一聲推開門，乳燕投林般飛奔過去抱住爹爹的腿。

幾個大人正在說話，見小葡萄進來停住了。

段寒風看了一眼依然圓滾滾的背影，笑道：「小葡萄，不記得我了？」

小葡萄把埋在爹爹腿上的臉抬起來，驚喜道：「是怪叔叔！」

段寒風手癢地捏了捏小葡萄的臉蛋。「嗯哼，還記得我，不枉費我對你好。」

「我記憶力很好的！」小葡萄昂首挺胸，等待大人的誇獎。

廳堂一片寂靜……

顧川一把拉過自賣自誇的兒子，不想當場拆穿他，連自己名字都沒學會。

「你不是要看妹妹，怎麼過來了？」

小葡萄眼睛轉了轉，覺得身為哥哥，不能讓別人知道妹妹醜，他道：「我想爹爹就過來了。」

雖然妹妹沒有他好看，但終究是他妹妹！哎，當哥哥太難了！

小葡萄嘆了一口氣。

顧川不是很懂小葡萄怎麼突然嘆氣，只當他是跑累了，便倒了杯茶給他。

小葡萄捧著茶杯咕嚕兩口喝完了，眼睛定在碟子裡精緻的點心上。

段寒風輕笑，把他抱起來坐著，碟子推到他面前。「吃吧。」

糕點是梅花狀，雪白色的，散發著甜香，小葡萄一口咬掉半個，大眼睛微微瞇起，吃得分外滿足。

「我家裡有好幾個哥哥姊姊，還有妹妹，小葡萄想不想去看看？」

小葡萄咬著糯米糕，腮幫子鼓鼓的，含糊不清地說：「我不去。」

「為什麼？」段寒風有些意外。

「石叔叔這裡好。」有吃有喝，還有爹娘和寶珠姨姨。

段寒風道：「我那裡也有很多好吃的，都是你沒吃過的，還有一個種了很多漂亮花朵的園子。」

很多他沒吃過的？小葡萄遲疑了。

段寒風也不催促他，神秘一笑，在一旁靜靜等小葡萄回答。

果然，小葡萄扭扭捏捏道：「那明天去一會兒喔，吃完就回來。」

成功拐到小葡萄，段寒風但笑不語。

趟。

將軍府賓客如雲，江寶珠的娘家人也來了，石崎不好一直陪著兩人，抽空去了外面一趟。

段寒風既然來了，也得讓外人知道他過來，略坐一會兒就去外面露臉了。

顧川拿過帕子把小葡萄嘴巴上的糕點屑擦掉。「我們去接娘親回家。」

小葡萄已經把一碟糕點吃了一半下去，他從椅子上滑下來，拉住爹爹的手。「我帶你去找娘親。」

顧川特意避過賓客，帶著蘇箏從後門走。

「老爺，夫人。」小廝早已駕著馬車等在後門，他來得早，左右也無事，管家就吩咐他早點過來等老爺。

顧川扶著蘇箏上去，等她坐好又把兒子塞進去，自己隨後上車。「走吧！」

小廝熟練掉轉馬頭，揮一揮馬鞭，馬車漸漸走遠。

「哎，那不是……」

「是，他回來了？」

兩人對視一眼。「先跟上去，再回去稟告侯爺。」

這兩人是被將軍府拒之門外的平安侯府下人。

因為石崎擁有實權，壓根兒不把靠著祖蔭的平安侯府看在眼裡，嫌棄得不加掩飾。

顧川察覺到有人看他，不過他也不太在意，左右不過以前相識的罷了。

侯府。

「你們說，看見了我大哥？」

「是，小人絕不敢說謊，同行的還有一位夫人，和一個四、五歲的孩子。」

現任侯爺顧峻捏緊手中的茶杯，眼裡透著緊張，交代兩個下人。「這事，先瞞著我母親，知道嗎？」

兩個小廝點頭如搗蒜。「是是是，小人知道。」

「退下吧。」

待下人一走，顧峻把手一揮，桌上的茶具嘩啦一聲落在地上，發出噼哩啪啦的響聲。

既然走了，為什麼要回來？還帶著一個孩子回來？

不能，他不能過回以前的日子，一輩子都活在長兄的光芒下！

夜晚。

顧峻只帶了一名小廝，來到顧川在京城的宅子前，他示意小廝敲門。

「誰啊？」管家年紀大了，正準備休息，聽到了敲門聲，他過去開門，小聲嘟囔著。

「這麼晚了……」

門外是眼生的兩人。

「你們是？」
小廝出面道：「我們找你們老爺。」
「稍等片刻。」
不大一會兒管家回來了。「我們老爺請兩位過去。」
看著和幾年前面貌並無多大改變的大哥，顧峻酸澀地喚了一聲。「大哥。」
老天爺對他真是優待。
顧川神色淡淡，明知故問。「深夜來訪，所為何事？」
顧峻其實有很多想問的，比如：為什麼回來？還會不會離開京城？
但他看著長兄面無表情的臉，這些問話通通嚥回肚子裡。
「府裡下人說見到你了，我就來看看大哥。」顧峻故作輕鬆一笑，絕口不提下人跟蹤顧川的事。
「哦。」
顧峻尷尬地笑了兩聲，拿起杯子想喝兩口茶掩飾尷尬，發現裡面只剩一點茶水，大概是白日剩下的，壓著火氣放下杯子。
「大哥要不要帶著家眷回府過幾日？我也見一見大嫂和姪子，母親也很想念大哥。」
「不必了，我們一家和侯府沒什麼關係，下次也不必來了。時辰不早，若是無事，早些回去吧。」顧川懶得和顧峻兜圈子，直接下逐客令。

顧峻聽到想要的答案，也不在意大哥的冷淡，虛偽地說：「那好，大哥早日休息。大哥，不管怎樣，你都是我的大哥。」

最後一句話，他說得真情實意，至於真心有幾分，在座的兩人都明白。

「爹爹……」

顧峻站起來，剛走到門外，正屋裡跑出一個小團子，一臉睡意地喊爹。

顧峻還沒反應過來，就見顧川的神色一瞬間緩和下來，大步走過去，溫聲道：「怎麼醒了？」

「尿尿。」小葡萄揉了揉眼睛。

他是被尿意憋醒的，見到這裡有亮光，走過來就看到爹爹了。

「爹爹帶你去。」

顧峻見父子倆走遠，有些恍然。

大哥有多久沒對自己真心笑過了？這一瞬間，他突然覺得失去很重要的東西。

顧峻還未細想失去的是什麼，小廝提醒道：「侯爺，我們走吧。」

「走。」顧峻忽略心底那一絲失落。

「爹爹，他們是誰啊？也和段叔叔、石叔叔一樣，是你的朋友嗎？」

顧川打了盆水讓小葡萄洗手，聞言道：「不是，一些不重要的人。」

「喔。」小葡萄洗完手，靠著爹爹的大腿，閉著眼睛就想睡覺。

顧川垂眼，看向賴在他腿上的胖團子。「回屋睡。」

顧川沒辦法，只得把懶惰的胖團子提回他的床上。

小葡萄躺在床上，無意識地動了動嘴巴，也不知道是夢見什麼好吃的。

顧川笑了笑，拉過被子幫他蓋上。

房間裡，蘇箏還在睡，月光模糊勾勒出她的容顏，顧川輕輕上床，把人摟在懷裡。

他發現，自己見到以前的人，沒有曾經的失望與憤怒，心情意外平靜。

第四十一章

第二日，段寒風派人過來接小葡萄。

蘇箏還不知道小葡萄為了點吃的就把自己賣了，問道：「你說你來接小葡萄？」

來人是穿著便裝的吳公公，他笑道：「夫人，我家老爺吩咐我們接小少爺過去玩。」

顧川牽著小葡萄從後院出來，道：「昨天他答應段寒風要去他家做客。」

「哦，那去吧！」蘇箏無所謂地擺擺手。

不久後，她得知段寒風就是當今聖上時，嚇得心臟都快停了。

「哇！段叔叔的家好大啊！」小葡萄驚嘆，只覺得一雙眼睛不夠看。

吳公公笑著在前面領路。「小少爺，這邊走，當心腳下。」

到了御書房，門外的公公攔住他。「吳公公稍等片刻。」他去裡面稟告一聲。

「皇上，吳公公把小少爺帶過來了。」

段寒風聽到小葡萄來了，這才對跪在地上的人說：「記住朕說的話，若是再有下次……」

顧峻恨不得把臉埋在地上，連聲道：「是、是，下官定不敢再去打擾大哥！」

段寒風從奏摺上抬起頭，道：「退下吧！」

顧峻起身時身子趔趄了一下，他已經在御書房跪一個時辰。不過他不敢多耽誤，踉踉蹌蹌退出御書房。

「吳公公，皇上請您進去。」一名公公走出來道。

「小少爺，跟我走。」

小葡萄懵懵懂懂地跟著吳公公進去。

「你們都退下吧！」段寒風揮退幾個公公。

「是。」

小葡萄看著和往日不太一樣的段叔叔，兩隻小手放在身前不安地絞啊絞，站在原地不敢上前。

「小葡萄，快過來。」段寒風收起臉上的嚴肅，笑著向他招手。

還是熟悉的段叔叔！小葡萄啪啪啪跑上前。

段寒風見他有些忐忑，乾脆把人抱到他腿上坐著。

「段叔叔，你怎麼穿成這樣啊？」

「不好看嗎？」

小葡萄搖搖頭。「也不是不好看，就是……」

他扯著段寒風的袖子，想說什麼，奈何腦子裡存貨太少，想了半天也表達不出來。

段寒風笑著敲了一下他的腦袋，吩咐立在一旁的宮女把櫻桃呈上來。「吃櫻桃。」

紅如瑪瑙的櫻桃立刻吸引了小葡萄的注意力，他也不糾結段叔叔的穿著，伸出小手拿起還帶著水珠的櫻桃，一口塞進嘴裡，大眼睛滿足得瞇起。

兩人一個看奏摺，一個吃櫻桃，誰也不打擾誰，看著還挺和諧。

不過很快和諧就被小葡萄打破了。

雖然剛見到段叔叔有些害怕，但是這會兒坐在段叔叔懷裡，吃著好吃的，他已經把那點害怕拋之腦後了。

「怎麼了？」察覺到小葡萄在他腿上動來動去，像一隻扭動的胖蟲子，段寒風眼睛從奏摺上拿開，落在小葡萄身上，這才發現一碟櫻桃已經被他吃完了。

段寒風這才想到，自己忘了叫宮女多準備一些。

「想不想出去玩？」

櫻桃吃完了，小葡萄就坐不住了，聽到段叔叔這樣說，立刻點頭。「想！」

「要去看好多花朵的園子！」他還記得段寒風昨日說的話。

段寒風笑了笑。「讓宮女姊姊帶你去，等我忙完，再去找你吃好吃的，好不好？」

「好！」

宮女領命帶小葡萄去御花園。

「站住，你是誰？」突然一個小女孩冒出來問。

宮女連忙回道：「二公主，這是皇上請過來的小客人。」

二公主今年六歲，母親乃是貴妃，外祖是一品大學士，二公主在皇上心中也頗為受寵。

二公主揚了揚腦袋，揮一揮小手，不耐煩地道：「我又沒問妳，你說話！」

最後一句話是對小葡萄說的。

小葡萄回答。「我是小葡萄。」

二公主橫眉冷目，凶巴巴地說：「我是問你是哪家的？」

小葡萄皺著小眉頭，萬分不解，歪著腦袋說：「我就是我家的啊。」

二公主更氣了，他肯定就是仗著自己可愛，霸占父皇的時間！

想到今早去找父皇被攔在門外，二公主氣炸了，她吼道：「你是不是傻子？」

小葡萄不理解眼前這個打扮精緻、長相漂亮的小姊姊為什麼張牙舞爪的，他也不太懂她的話，不過最後一句說他傻，他聽懂了。

小葡萄自認非常聰明，最討厭別人說他傻，他生氣了！

於是他雙手扠腰，比二公主喊得還大聲。「妳才傻！」

二公主被小葡萄吼傻了，她身邊的人除了父皇，哪一個不是小心奉承她？這還是第一次，有人敢吼她。

一旁的宮女要急死了，一個是母族勢力雄厚、招惹不起的二公主，一個是皇上特地接過來、深得寵愛的小少爺，哪個都得罪不起，她們只能在一旁急得團團轉。

「你……這個潑猴！」二公主想了半天，想到了前兩天，皇祖母說她的話。

「妳才是潑猴，這麼凶，而且，妳還長得不好看！」小葡萄不甘示弱回道。

二公主簡直氣炸了，她長這麼大，哪個不是說她玉雪可愛？

「二公主，小少爺，要不要一起去御花園看花？」宮女頭疼地看著兩人。

「行。」小葡萄絲毫不記仇。

二公主氣憤地跺腳。「我才不要和他去！妳也不准帶他去！」

宮女看著兩人愁得頭都大了。

「二妹，不可胡鬧。」

宮女眼前一亮，連忙行禮。「太子殿下。」

「起來吧。」太子溫和道。「你是小葡萄？」

小葡萄警惕地點頭，他可是聽到了，這個人是凶巴巴女孩的哥哥。

太子道：「我帶他們去御花園。」

宮女喜出望外。這樣誰都不用得罪了，雖然今天的小少爺深得聖上歡心，但若是因此得罪貴妃娘娘，日後她在宮中的日子也不是那麼好過。

「走，小葡萄。」太子牽起小葡萄的手。

太子今年雖然才十歲，但是自幼被當成儲君培養，言行舉止有著不符合他這個年齡的成熟。

「皇兄！」二公主見太子要帶這個小胖子去御花園，噘著嘴鬧脾氣撒嬌。

一向寵她的哥哥這次卻不吃這一套，淡聲道：「若是妳不想去，讓宮女送妳回去。」

「誰說我不想去的？我要去！」二公主威脅地朝小葡萄揮了揮拳頭。

小葡萄已經發現了，這個高很多的哥哥和凶巴巴女孩不是同一派的，壓根兒不怕她，還學著村裡的小夥伴對她扮了個鬼臉。

「皇兄，你看他！」

二公主發現皇兄不理自己，只跟討人厭的小胖子說話，一肚子委屈，偏偏又不甘心回去。於是她跺腳氣呼呼地跟上去，粗暴地拉住皇兄的另一隻手，對著小胖子哼了一聲。

「好多漂亮的花花啊！」小葡萄嘴巴微張，被眼前大片的花驚到了。

「哼，小土包！」二公主翻了個白眼。

「二妹，別鬧。」太子淡淡說了一句。

母后交代過他，小葡萄是前任平安侯的公子，前任平安侯不僅與父皇交好，當朝大將軍曾經還是他的部下，萬萬不能得罪。

二公主雖然不服氣，但是也不敢不聽皇兄的話。

如今正值菊花季，顏色各異的菊花爭相開放，每個顏色都被宮人擺在一處，一眼望去頗為壯觀。

「還有紫色的！」小葡萄鬆開太子的手，噔噔噔跑過去。

小葡萄圍著花看了半天，終於決定辣手摧花。

他下手快，太子還沒來得及阻止，他已經摘了一朵開得最燦爛的菊花。

二公主驚道：「你竟然敢摘花！」

小葡萄眨著水潤的桃花眼。「我也幫妳摘一朵？」

二公主怒道：「這是我家的花！」

「好了，花已經摘了，你們別吵了。」太子出來做和事佬。

小葡萄明白自己做錯了，不應該隨便摘別人家的花，他耷拉著腦袋。「對不起，我不應該摘妳家的花。妳也可以去我家摘花，我家的花也很漂亮喔。」他補充道，語氣非常真誠。

「誰稀罕你家的花……」二公主嘟囔一句，不過小葡萄已經道歉了，她雖年紀小，卻是吃軟不吃硬的性子，因此只是小聲嘟囔。

「往前面走吧，前面還有很多花。」太子一手牽一個。

小葡萄被這些花迷得目不轉睛，根本沒看腳下的路，只顧著看花。

太子落在小葡萄身上的目光不免多了些，害怕他摔倒。

「啊！」二公主突然尖叫一聲。

太子嚇了一跳，到底只是十歲的孩子，聲音慌張。「怎麼了？」

二公主要被嚇哭了。「皇兄，剛剛不知道什麼東西，從我腳邊飛過去。」

太子皺眉，目光四處搜尋。

「是這個嚇到妳了嗎？」小葡萄指著花叢道。

二公主和太子順著他指的方向望過去，看見一團白色的小東西。

小葡萄跑過去，伸出手指小心地戳了戳白色毛茸茸的屁股。

「喵喵？」小葡萄聲音軟乎乎，學得唯妙唯肖。

「喵……」白貓扭過身子，四肢緊繃，警惕地看著小葡萄，如果發現此人不對立刻逃走。

「喵喵……」小葡萄溫柔地和貓說話。

「喵喵？」白貓碧藍色的眼睛似有疑惑。

太子看著一人一貓交流，臉色有些複雜。

二公主悄悄扯了扯皇兄的衣袖，小聲問：「皇兄，他能聽懂貓說話嗎？」

「……大概吧。」

二公主震驚地目瞪口呆。「好……厲害。」

「牠受傷了。」小葡萄發現貓的前爪流血了。「喵喵，我帶你去把傷口包起來，你別動喔。」

不知道小貓是不是確定了眼前這個胖團子是無害的，在小葡萄伸手抱牠時，牠並沒有掙扎。

小葡萄小心翼翼地把小貓抱在懷裡，大眼睛四處看了看，想著去哪裡包紮傷口。

要是爹爹在就好了，爹爹會包紮，小葡萄垂下腦袋，他有點想爹爹了。

「跟我來吧！」太子道。

幾個小孩沒看到，拐角處站著兩名宮女，身形被花壇擋住。

其中一名宮女道：「怎麼辦？貓被太子殿下帶走了。」

另一名宮女穩了穩心神。「先回去稟告娘娘。」

太子把兩人帶去東宮，吩咐太監去請太醫。

太子身邊的人來請，太醫不敢耽擱，步履匆匆來了。「太子殿下，二公主。」

「嗯，幫牠看看。」

鬍子花白的太醫見到太子指的貓愣了愣，他還以為是太子身體不舒服，一路上火燒火燎地趕過來。

「快點。」二公主催促太醫。

太醫不敢怠慢，連忙挽起袖子替貓看病。

太醫檢查了幾遍，發現貓的前腿受傷了，看傷口像是利器扎的，他手腳麻利地把傷口包紮好了。

「不疼喔，喵喵。」小葡萄在一旁輕輕撫了撫小貓的背。

哎，看到貓，他開始想念笨笨了，也不知道笨笨有沒有想他？

「唉……」小葡萄嘆了一口氣。

「為何嘆氣？」太子問。

小葡萄問：「貓貓為什麼會受傷？」

太子道：「可能是牠貪玩，不小心弄傷了吧？」

為貓看病的太醫本身就很憋屈，聽到這話，道：「太子殿下，看這傷口像是人為的，而且這貓身上有很多舊傷。」

小葡萄瞪圓眼睛，握緊小拳頭。「是被打的嗎？那太壞了！」

他怒氣沖沖，提上裝著小貓的籃子就要出去。

太子拉住他。「你要去哪兒？」

小葡萄甩開太子的手，喊道：「我要去找叔叔，讓叔叔找出來是誰打貓，然後罰他不能吃飯！」

他敏銳地察覺到這些人都聽段叔叔的話，對他來說，不給飯吃，就是最大的懲罰了。每次爹爹罰他不准吃飯時，他可傷心了。

小葡萄被養得很好，渾身肉墩墩，又跟著爹爹學了一段時間的蹲馬步，太子一個沒拉住他，小葡萄噔噔噔地提著貓跑了。

二公主見狀，立馬跟上去。

「等等，你知道父皇在哪兒嗎？」太子追上來問道。

小葡萄猛地頓住腳步，因為他不知道。

身後二公主追得太緊，一下子沒收住腳步，重重地撞上小葡萄後背。

小葡萄胖乎乎的身子也禁不住背後的衝撞，啪一聲，兩人齊齊摔倒在地上。
小葡萄慘一點，二公主直接砸在他背上。
「嗚嗚……」二公主痛得哇哇大哭。
太子和身旁的宮女連忙把兩人拉起來。
「摔到哪裡了？」
小葡萄看了看在籃子裡的貓，幸而宮女墊了毯子，籃子掉到地上也沒摔到貓。他抽了抽鼻子，小奶音帶著哭腔。「不痛。」
嗚嗚，好痛……
小葡萄悄悄把摔傷的手掌在衣服上蹭了蹭，爹爹說了，男子漢不能哭。
太子見小葡萄疼得眼淚汪汪，吩咐宮人把剛送走的太醫請回來，幫兩人看看。
「皇兄，嗚嗚……好疼。」二公主見皇兄不理自己，只圍著小胖子，她朝皇兄伸手，要皇兄過來。
太子走過去查看狀況，發現她沒什麼大礙，他緊張地問：「哪裡疼？」
「哪裡都疼！」
太子安慰道：「等下太醫就來了。」
年邁的太醫又折回來，發現小葡萄手掌蹭破了，捲起褲子一看，膝蓋也破皮了，白白胖胖的腿上腫起一片紅色格外刺眼。

太醫替小葡萄抹上藥水，二公主因為有小葡萄這個人形肉墊在，身上沒摔傷，但以防萬一，太醫還是讓宮女檢查一遍，確定沒摔傷才放心。

「我帶你去找父皇，不准跑了，慢慢走知道嗎？」

小葡萄烏溜溜的眼睛看看抹著藥水的手。「知道了。」

「皇兄，我也要去！」二公主推開身旁的宮女。

太子無奈道：「妳不是身體不舒服？」

二公主嘟著嘴。「我就要去！」

「行，走吧。」

因為皇上還在御書房處理事務，公公見到太子和二公主都來了，笑臉相迎。

「太子，二公主，小少爺，容奴才去裡面通告一聲。」不大一會兒公公就出來了。「皇上請幾位進去。」

「段叔叔……」小葡萄扭著肥胖的身子，第一個衝進來。

「怎麼了？誰惹小葡萄不開心了？」段寒風發現小葡萄的眼睛紅紅的。

二公主有些心虛，她害怕小葡萄說是她害他摔倒，父皇會因此訓斥她。

「不小心摔倒了。段叔叔，你能不能找出是誰打了貓？」小葡萄扯著段寒風的袖子，一雙眼睛充滿信任地看著段叔叔。

段寒風本來沒聽懂他說的話，直到看見小葡萄手裡提的籃子才理解。平日裡這種小事他是不屑管，此刻被小葡萄依賴、孺慕的眼神看著，段寒風挺直腰桿，覺得不能辜負小葡萄的信任，立刻吩咐身邊的太監去調查。

最後太監查到這波斯貓是劉貴妃的，本來虐待一隻貓在宮中也不是什麼大事，壞就壞在太監還查到劉貴妃和兩個月前一位才人小產之事有關，經查實以後，確實是出自劉貴妃之手。

皇上得知此事大怒，考慮到劉貴妃母族，留了劉貴妃一命，打入冷宮，不過這些都是後話了。

「段叔叔，這隻貓，我可以帶回家嗎？」小葡萄喜歡這隻毛茸茸的小貓。

段寒風道：「當然可以，你喜歡就帶回去。」

小葡萄歡歡喜喜地點頭。

段寒風讓宮女把二公主帶下去，示意太子上前。

「今日朕考考你功課學得如何。」

「是，父皇。」太子一板一眼回答。

小葡萄見太子對答如流，崇拜地看著太子。

好不容易聽太子背完了，見段叔叔還要問問題，簡直比爹爹還可怕！

小葡萄道：「段叔叔，我想回家了。」

段寒風有些意外。「不吃完飯再回去嗎？」

小葡萄頭搖得像撥浪鼓。「不，我想娘親了。」

段寒風說：「好吧，那你下次再過來好不好？」

小葡萄眨著大眼睛，心想：我不能來，萬一考我功課怎麼辦！

難得今日小跟屁蟲不在，吃完早飯，顧川就帶著蘇箏出去。

秋高清爽，天空似也比往日藍上幾分。

「這是要去哪兒？」蘇箏撩起車簾，映入眼簾的是人煙稀少的鄉間小道。

顧川清朗悅耳的聲音隨風飄來。「到了，妳就知道了。」

蘇箏噘嘴，放下車簾，捏了一塊紅棗糕咬了一口，嘟囔道：「神神秘秘的……」

神神秘秘的顧川駕馬走了一個多時辰，終於停下來。

「箏箏，到了。」

蘇箏搭著顧川的手跳下馬車，閉上眼深吸了一口氣。「好香啊！」

呼吸間滿是桂花的甜香。

顧川說：「走，我們上去。」

上去？

蘇箏見顧川指著山頂傻了。

「怎……怎麼上去？」她控制不住結巴了，有種不太好的預感。

顧川微微一笑。「走上去。」

「哎，上去幹麼，我不去。」蘇箏拒絕。

然而蘇箏的拒絕並沒有用，顧川拉著她右手，半強迫把她拉走了。

「還要多久啊？」蘇箏氣喘吁吁，涼爽的秋天硬是熱出一身汗，她實在走不動了。

顧川從懷裡掏出手帕，替蘇箏擦了擦臉上的汗，安慰道：「已經走一半了，馬上就到了。」

顧川擰開水壺遞給蘇箏。

蘇箏咕嚕咕嚕喝了好幾口，抹一抹嘴把水壺還給顧川。她心裡後悔，早上不該跟顧川出來，在家等兒子回來不好嗎？

等蘇箏好不容易爬上山，已經快午時，兩隻腿軟得像麵條，全靠顧川的手支撐著才沒倒下。

山頂有一座寺廟，顧川扶著蘇箏進去。

「施主，你來了。」裡面的小僧見到顧川有些意外。

蘇箏覺得他應該是極熟悉顧川，面上雖有意外之色，語氣卻是熟稔的。

顧川笑著對他點了點頭。

「方丈在裡面，施主稍等。」

顧川扶著蘇箏坐到一旁的石凳上。

蘇箏緩了緩急促的呼吸，問道：「你經常來這裡？」
顧川點頭。「以前來過幾次。」
小僧從裡面出來了。「施主，方丈請您過去。」
顧川進去時，方丈已經擺好一盤棋，見顧川進來，抬手示意他對面。「坐。」
方丈長得慈眉善目，年近八十高齡，一雙眼睛透著睿智。
顧川也不多話，手執白子，兩人一來一往，寂靜無聲。
一局罷，方丈搖頭笑了笑。「老衲輸了，施主的棋藝，比起幾年前，精進不少。」
若說幾年前，顧川的棋是殺伐決斷，不留退路，如今則變得柔和幾分，進可攻，退可守。
方丈仔細觀察顧川的面相，雖表面和幾年前一樣，但細看之下，卻能發現身上沒有了幾年前的鬱色，眼神溫柔，周身氣質平和。
兩人坐著聊了一會兒，方丈估摸著時間，寺裡的小僧應準備好齋飯了，邀顧川一起過去。
「與施主同行之人，許是早就想吃飯了。」
當年方丈算出顧川在南方有一點緣分，只是那緣分時有時無，讓他看不破天機，如今見顧川面目溫和、眼神帶笑，想必已找到了那一個天機。
顧川想到蘇箏不自覺笑了笑，便不再推辭，今日帶著她爬山，回去還不知道要怎麼嘮叨他呢。

齋飯味道雖然清淡，但是還不錯，蘇箏也餓了，喝了一大碗南瓜粥。

吃完午飯，顧川就告辭了，臨走時悄悄留下一張銀票。

「不……我不走了。」蘇箏看著一望無際的路，還沒走，腿就軟了。

顧川今日騙蘇箏出來爬山理虧，不自在地摸摸鼻子。「先走一段，等下我揹妳下去。」

蘇箏揚揚下巴。「那行吧。」

走沒多久，蘇箏就摟著顧川的脖子，踮起腳，跳上他的背。

顧川接住蘇箏，腳下穩穩地走下山。

「下來吧。」揹著人走了這麼久的山路，顧川呼吸都沒變一下。

蘇箏賴在顧川身上，摟緊顧川。「不要下去。」

她一步都不想走了，她覺得自己好笨，為什麼上山時不讓顧川揹她？

顧川無語。

兒子喜歡耍賴的原因就在這裡了。

到底理虧，顧川還是一路把蘇箏揹到拴著馬的樹下。

此刻已是申時，微風陣陣，樹上的桂花飄揚，落在蘇箏髮頂。

顧川抬手，輕輕捻下蘇箏髮鬢上小小的桂花。

「回去吧，小葡萄也該回來了。」

再說小葡萄，他提著寶貝貓，帶著對雙親的想念和被段叔叔嚇到的心臟，迫切地想見到爹爹和娘親。

一被公公抱下馬車，小葡萄就急著找爹娘，邊跑邊喊：「爹爹，娘親！」

年邁的管家艱難地跟在小葡萄後面。「小少爺，別喊了，老爺和夫人今兒一早出去了。」

小葡萄眨著烏黑的眼睛。「你騙人！」

爹娘出去，怎麼可能不帶他？

他把幾間房都找了個遍，沒有爹爹，也沒有娘親。

「小少爺，沒有騙你吧，老爺和夫人真的出去了。」

小葡萄眨了眨眼睛，眼底很快漫上一層水霧，他癟癟嘴。「哇……」

「小少爺別哭，老爺、夫人馬上就回來了。」

小葡萄的哭聲驚天動地，響徹雲霄，把年邁的管家嚇了一跳，管家手忙腳亂地哄著。

好不容易等小少爺哭累了，不哭了。管家擦擦額頭上的汗，哄小少爺去休息。

小葡萄啞著聲音。「我不去，我要等爹爹、娘親回來。」

「那小少爺是不是還沒吃飯？吃點飯好不好？」

小葡萄倔強地說：「我不吃。」

管家沒辦法，只得陪小少爺一起等。
小葡萄身上有股倔強，說了要等爹娘回來，哪怕肚子餓得咕嚕叫也不願意吃飯，他抱著貓坐在門口等爹娘。紅腫的眼皮，憂鬱的坐姿，眼巴巴看著門外的模樣，看上去相當可憐。
巷子裡傳來馬車的動靜，小葡萄眼睛亮了，如風一般跑過去。「爹爹，嗚嗚……」眼淚不要錢一樣往外灑。
顧川下馬抱起兒子。「哭什麼？」
小葡萄淚眼汪汪地看著坐在馬車裡的娘親。
蘇箏的腿還軟著，向被抱著的小葡萄投去羨慕的目光。
「嗚嗚……」小葡萄見娘親下來了，伸手討抱，哭著說：「你們上哪兒去了？為什麼不帶我？」
顧川知道蘇箏腿軟，沒把胖小子交給蘇箏，反而問道：「你怎地這麼早就回來了？」
他以為小葡萄會比他們晚一點回來。
小葡萄吸了吸鼻子。「我想你們了。」
管家出來道：「老爺，小少爺午時還未吃飯，一直在門口等你們回來，勸也不聽。」
「你個小傻子，怎麼還不吃飯？」蘇箏聽到兒子還沒吃飯頓時心疼了。
「嗚嗚……娘親。」小葡萄哭得慘兮兮，鼻子裡吹出一個鼻涕泡泡。
顧川嘴上不說，心裡心疼，也不嫌棄兒子的鼻涕泡泡，把小傢伙抱到廳堂，和蘇箏一起並排坐著。

「爹爹給你做飯，在這裡等一會兒。」

顧川為了節省時間，燉了一碗蛋羹出來，稍微放涼了一點，就端給小葡萄。

「快吃。」

小葡萄餓極了，這會兒爹娘都回來了，他心裡安穩，拿起勺子吃了一大口。

「慢點吃。」蘇箏心疼地拿手帕擦去小葡萄嘴角溢出來的蛋羹。

小葡萄吃了幾口後，顧川才問他。「為什麼中午不吃飯？」

他以為兒子是在宮中受委屈了。

小葡萄舉著勺子，帶著哭音道：「你們是不是不想要我了？」

所以才不等他回來就出去……

這樣一想，小葡萄又傷心起來。「嗚嗚……雖然我笨，但我以後會乖乖讀書的，別不要我，嗚嗚……」

一定是他太笨了，不像太子哥哥和堯哥哥那樣聰明，所以爹娘不喜歡他。

蘇箏心疼死了，摟著小葡萄道：「怎麼會不要你？你這麼可愛，娘親最喜歡你了。還有，誰說你笨的？你最聰明了！」

小葡萄抽抽搭搭地說：「真的嗎？」

說話同時，他用眼神偷瞅爹爹。

顧川哭笑不得，摸了摸兒子的腦袋。「當然是真的，不過日後也要用心讀書習字，知道嗎？」

「嗯。」小葡萄重重點頭。

知道爹娘還是喜歡自己，小葡萄又快樂起來。他晃著小腳吃完蛋羹，溜下凳子，跑去把他的寶貝貓提過來。

「娘親妳看，是貓貓。」

蘇箏非常捧場。「哇，好可愛啊！」

「嘿嘿，是段叔叔給我的喔。」小葡萄笑起來，剛哭過的眼睛彎成一道月牙。

夫妻倆見兒子笑了，兩人對視一眼，皆是笑了。

第四十二章

一家人在京城停留了數日，顧川問了蘇箏和小葡萄的想法，得知他們想回去了，便婉拒段寒風和石崎的挽留，帶上蘇箏和小葡萄，踏上回鄉之路。

這一次他打算走水路。

前路漫漫，沿途看看與來時不同的風光。

路上小葡萄扳著手指頭細數，小奶音叨叨不停。「我想外公了，想堯哥哥，還有東哥哥，還有壯壯，桃子妹妹，還有笨笨……」

深夜時，顧川作了一個夢……

他夢見自己和蘇箏和離之後，心中空落落的，彷彿失去很重要的東西。

剛開始顧川沒太在意，只當是不習慣，畢竟有一個人整天在他耳邊咋咋呼呼的，相當吵鬧，突然分開了，他感覺不習慣很正常。

這些年，他不是已經習慣安靜了嗎？甚至不喜歡身邊有人。

等他意識到不對勁時，是自己做了一份鯽魚湯。

恍惚中，有人絮絮叨叨地說：「你別的菜做得不怎麼樣，也就這道魚湯還能勉強入口。」

她邊說邊晃著腦袋坐下，舀起一勺魚湯，吹一吹熱氣再塞進嘴裡，一雙桃花眼愉悅地瞇起，活像一隻吃到心愛小魚乾的小貓。

顧川眨眨眼，剛剛還愜意喝湯的少女已不在，飯桌上只有熱氣騰騰的魚湯，和他自己。魚湯依舊鮮美，顧川吃到口中卻覺得味如嚼蠟，他突然發現，自己放不下。不知什麼時候起，他把那個刁蠻任性又有些不可理喻的少女放在心上了。

明白自己的心意後，顧川想回去看看蘇箏。

不過那日他並沒有去蘇府，他路過蘇家的鋪子時，看到了蘇箏，和她身邊那位面生的公子。兩人之間熟稔自然，談笑風生。蘇箏眉眼彎彎，笑容依舊。

顧川遠遠看著並未走近，這樣也好，她以後會有自己的孩子，而不是像他，心中藏著難以啟齒的秘密。

顧川走後，鋪子裡的蘇箏舉著簪子道：「就拿這個吧，這個好看。」

那位公子接過簪子，懷疑地問：「妳確定嗎？這個她真的會喜歡嗎？」

蘇箏肯定地點頭。「確定、確定，你未來媳婦我熟，她一定會喜歡的，二百兩銀子就行了。」

那公子半信半疑地付了款。

鋪子裡賣掉一個賊醜的簪子，蘇箏笑瞇了眼睛，跟掌櫃的打聲招呼，帶著落雪回去了。

「小姐，妳今日不是打算去找姑爺嗎？」落雪小心翼翼地問。

蘇箏瞬間像被踩了尾巴的貓，凶巴巴地說：「誰說我要去找他了？我才不去呢！像他胸無大志，一窮二白，對我又凶，說和離就和離，我去找他幹麼？」

她巴拉巴拉說了一大堆顧川的壞話。

落雪偶爾附和一、兩句，心道：小姐，妳之前可不是這樣說的。

蘇箏說累了，主動閉嘴了，心頭嘀咕：要是顧川買簪子來哄她，她就消氣了。哎，算了，顧川那麼窮，不買簪子也行，叫她回去就可以了，她才不要自己回去呢，多沒面子啊！

顧川回到村裡簡單地收拾了東西，最後看了一遍空蕩蕩的房屋，緩緩關上門。

他摸了摸馬的大腦袋。「我們走了。」

繼續往南吧！聽聞有個地方，一年四季，皆是夏季。

顧川上馬，與來時一樣，孑然一身。

天空飄起細雨，霧濛濛一片，一人一馬，漸漸消失在霧氣中。

顧川閉著眼，眉頭緊鎖，額上出了一層虛汗，睡得極不安穩。

他睜開眼望向懷裡的蘇箏，見人安穩地睡在他懷裡，急促的呼吸這才稍稍平穩，盪在半空的心回到胸腔。

是夢。

大概是顧川手臂摟得太緊，蘇箏不舒服地動了動，嘴裡咕噥一聲，臉埋進顧川的脖頸處，不一會兒，傳來清淺的呼嚕聲。

顧川出了一身汗，極為不舒服，他捨不得放開懷裡的蘇箏，忍著沒去洗澡。

他不敢想像，如果當時蘇箏沒發現自己懷孕了，兩人真的和離了，留下他們母子怎麼辦？

早上，蘇箏醒來時發現顧川還躺在床上，她有些驚訝，揉了揉眼睛，睡意未消。

「你怎麼還沒起床啊？我餓了。」

顧川夜裡沒睡，眼底一片淡淡的青色，他吻了吻蘇箏的眼皮，溫聲道：「想吃什麼？」

蘇箏摸了摸癟癟的肚子。「我想吃香香脆脆的煎餅。」

顧川起床穿上衣服。「我這就去做，再煮份南瓜粥。妳睡一會兒。」

顧川正在廚房做早飯，小葡萄已經自己穿上衣服，跑到廚房外面探頭探腦。兒子那大腦袋讓人想忽視都難。

顧川看了他兩眼。「進來。」

小葡萄嘿嘿笑著跑進來，扒住爹爹的腿。「爹爹，外面下雨了。」

飄揚的細雨讓顧川想起昨晚的夢，他垂頭看著掛在自己腿上的小團子，目光放柔了。多虧蘇箏懷孕了，兩人才沒和離。

「下雨了，今天可不可以不蹲馬步了啊？」小葡萄抱著爹爹的腿撒嬌。

「可以。」

小葡萄瞪大眼睛，爹爹今天竟然這麼好說話！

他相當機靈，眼睛轉了轉，試探地問：「那明天呢？」

顧川揪了揪他頭頂的一撮頭髮。「明日的事，明日再說。」

沒有得到明日不用蹲馬步的承諾，小葡萄苦大仇深地嘆了一口氣。

不過今日不用蹲在院子裡也很不錯啦！小葡萄想了想又自己開心起來。

顧川往他嘴裡塞了條小魚，小魚裹上麵粉，外表炸得金黃，咬一口滿嘴都是香味。

小葡萄喜歡吃這個，三兩口就吃完了。

「啊……」小葡萄張大嘴巴，示意爹爹他還要。

顧川捏了捏他胖嘟嘟的臉蛋，並未投餵。「爹爹去叫娘親過來吃飯。」

「我也去！」小葡萄牽著爹爹的手，啪啪跟上爹爹的步伐。

吃完早飯，細雨就停了。

今早爹爹沒有讓他蹲馬步，按理說小葡萄應該感到開心，但是他開心不起來，他感到頭大。原因是笨笨生氣了，大黑狗憂鬱地趴在院子裡，用屁股對著他。

小葡萄上前捋了笨笨的屁股，一口小奶音。「笨笨，你別生氣了。」

吃早飯時，笨笨和小白——段叔叔送給他的貓，搶最後一條炸魚，他凶了笨笨，笨笨就不理他。

笨笨對小主人的話充耳不聞，一張狗臉憂鬱地看著院外。

這時小白邁著優雅的貓步，悄無聲息走到笨笨身後，用前爪快狠準地撓了笨笨一把。

笨笨抖了抖身子，精神抖擻地站起來，朝小白凶狠地露出狗牙。

小白嚇得渾身炸毛，喵嗚一聲，邁開四條小短腿跑得飛快。

小葡萄痛心疾首，跟在笨笨後面碎碎唸。「笨笨，別追了，為什麼你不能和小白和平共處呢？」

一貓一狗，加上小葡萄，院子裡熱鬧極了。

不遠處的馬無聊地甩了甩尾巴，看著這三隻跑來跑去，牠低頭吃了一嘴新鮮的草。

哎，真不是牠說，牠隨便走幾步都比這三隻快。

顧川和蘇箏早已見怪不怪，自從把小白從京城帶回來，這一幕就時不時上演。一開始笨笨不理這隻挑事的貓，這隻貓蹬鼻子上臉，直到笨笨忍無可忍反擊。

不過很快這場戰爭就結束了，小白會爬樹，笨笨不會。果然，小白飛快躥到院子外，身姿俐落地爬上樹，笨笨圍著樹轉了轉，威脅地吼了幾聲，哭喪著一張狗臉回來了。

小葡萄抱住笨笨的頭，認真教育笨笨。「笨笨，你是男子漢，小白是妹妹，你要讓著妹妹知道嗎？」

笨笨跑了一圈，氣已經消了，牠用狗臉蹭了蹭小主人的臉，狗耳朵動了動，忽略小主人的胡言亂語。

顧川和蘇箏並肩站在一起。

顧川牽著蘇箏的手，微微側頭問她。「中午要不要喝魚湯？」

蘇箏把視線從小葡萄身上收回來。「要！」

「那我去捉魚。」

顧川做了和夢中一樣的鯽魚湯。不同的是，夢中這張桌子旁只坐了他一人，如今坐了三人。

放在中間的魚湯熱氣騰騰，顧川被熱氣氤氳得眼眶微濕。

小葡萄的碗小，他呼嚕喝完一碗，把碗遞給爹爹，大聲道：「爹爹，再給我一碗魚湯。」

「我也要一碗。」蘇箏捧起碗，三兩口喝完碗底的湯。

顧川笑了笑，眼底似春日初融的冰水，依言給兩人一人盛一碗。

喝完湯，小葡萄忽然道：「娘親，我以後會有妹妹嗎？」

「嗯？」蘇箏扭頭看他。

小葡萄說：「壯壯有妹妹了。」

蘇箏問：「你也想要妹妹嗎？」

小葡萄搖搖頭。「不想要，壯壯的妹妹醜。」

壯壯的妹妹剛出生才十來天，還沒長開。

「那你說，哪個妹妹好看？」蘇箏逗他。

她其實不太懂兒子的審美，小時候他還覺得長著翅膀的蟬好看，甚至一度產生過想變成蟬的想法。

小葡萄歪頭想了想，道：「桃子妹妹好看！」

桃子妹妹經常穿粉色的衣服，紮兩個粉色的小揪揪，會叫他小葡萄哥哥，還把她藏起來的糖糖給他吃。

顧川大手揉了揉兒子的腦袋。「不會有妹妹。」

小葡萄已經是上天給他的恩賜，他不敢再奢求別的，這樣就很好了。

蘇箏在一旁贊同地點頭，她只要小葡萄就夠了，讓他開開心心地長大，把所有的愛都給他。

番外

書房亮起昏暗的燭光，一名年輕人手執書卷，濃密烏黑的睫毛微垂，眼瞼處灑下一片陰影。

「少爺，老爺讓您過去。」小廝推門進來，輕聲道。

「知道了。」年輕人微微抬頭，露出一張清俊的面孔。挺鼻薄唇，一雙瀲灩桃花眼，眼尾微微上挑，本應多情的樣貌，卻被周身清冷的氣質蓋過。

年輕人合上手中的書，推開座椅走出去，對著小廝道：「走吧！」

來到大廳，年輕人對坐在首位的人施了一禮。

「外公。」

「絢兒，坐。」

蘇絢挑了個不遠不近的位子坐下。

蘇老爺輕嘆了一口氣。「明日你就要赴京趕考，路途遙遠，務必小心。」

「絢兒明白。」蘇絢垂眸應道。

祖孫倆一時無言。

蘇老爺有心想說些什麼話緩和氣氛，但嘴巴張張合合，最後什麼也沒說。

蘇絢站起來。「外公，若是無事，絢兒先回去了。」

「哎，回去吧！好好歇息，明日還要趕路。」

蘇老爺的目光一直看著蘇絢，直到他挺直的背影消失在拐角處，再也看不見。

他布滿皺紋的手擦著眼角的淚，絢兒長得太像蘇箏，他一見到絢兒，就想到他捧在手心疼寵多年的女兒早逝，白髮人送黑髮人的痛苦，讓他每時每刻都活在愧疚之中。

他害怕見到絢兒，所以他忙碌於做生意，把絢兒交給黃氏照顧。他從來沒想過，在他面前溫柔善良的黃氏會苛待絢兒，更沒想到當初女兒被貴人看中，是因為黃氏的策劃。

想到黃氏，蘇老爺恨得牙癢癢，奈何黃氏被絢兒揭穿罪行時就上吊自殺了。

「咳咳……」

「老爺，夜深了，該歇息了。」陪伴蘇老爺一輩子的管家靜靜立在一旁。

蘇老爺搖搖頭。「你說，絢兒是不是恨我？恨我這麼多年以來不聞不問？」

管家不答，黃氏隱瞞得太好，他這些年隨著老爺東奔西走，若不是少爺拿出黃氏這些年的罪證，他也沒發現到，不知從什麼時候起，府上已經全是黃氏的人。

蘇老爺蒼老的眼睛淚光閃爍，他佝僂著背，自問自答。「怎麼可能不恨呢？整整十五年的忽視。」

「少爺，您回來了。」見少爺回來，小廝殷勤地迎上去。

蘇絢神色淡淡道：「你退下吧！」

小廝不想退下，本想在少爺面前討好他，不過這會兒見少爺的臉色不對勁，忙應聲退下。「是。」

蘇絢一向不喜身邊人多，大概是小時候被這些下人忽視慣了，他反而更喜歡一個人待著。

書架上整整齊齊擺滿了書，蘇絢從最上面一排的角落裡抽出一卷畫，畫雖擺在角落，畫卷卻纖塵不染，可見主人極為愛惜。

蘇絢打開畫卷，裡面畫著一名女子栩栩如生。

女子著一身淺粉色的衣衫，背後是一片桃林，枝頭粉色的桃花開得正豔，女子一雙瀲灩桃花眼，執扇淺笑，桃花眼微彎，笑容比三月的桃花更爛漫。

這畫是他在外公書房偶然看到的，他臨摹了一幅。

「娘……」蘇絢修長的手指捏緊畫卷邊緣，生疏地喊出這個陌生的稱呼。

次日，蘇絢拒絕帶任何小廝，自己簡單收拾了包袱，珍重地把畫卷放進包袱裡。

意料之中，他考進前三甲。

殿試時，蘇絢得了探花，狀元郎是他的同窗謝呈，榜眼是名動江南的才子。

瓊林宴上，少年得志，蘇絢難得喝了點酒，面上也有了幾分笑意。待回鄉後，他打算向喜歡的姑娘提親。

「蘇弟，想什麼呢，難得見你笑了。」榜眼晃著手中的酒，面上帶笑，敬了蘇絢一杯。

「沒什麼。」蘇絢朝他舉起酒杯，一飲而盡。

沒想到，蘇絢晚了一步，他喜歡的姑娘已經答應嫁給別人了。

聽說狀元郎和江家姑娘乃天造地設一對，更難得是兩情相悅。

蘇絢本想問江家姑娘，元宵節那日，她接下他的燈籠，贈予他的手帕，莫非都不記得了？

不過蘇絢沒機會問了，更不知道當朝狀元郎新婚之際，新娘子拿出一盞兔子燈籠，笑問新郎當初的手帕還在不在？

蘇絢查到了十五年前逼迫他母親，害母親慘死他鄉的罪魁禍首。他查到了自家母親之所以在路上去世，只是因為那些女人擔心多一個人分寵，乾脆毒死他母親。

多可笑，他十幾年來過得悽悽慘慘，失去母親，只是因為這些所謂的貴人，一時興起娶他母親，後來更是因為不在意，害他母親年紀輕輕，香消玉殞。

而這些貴人卻聲色犬馬，過得逍遙自在，憑什麼！

蘇絢不惜自毀前程，和這些酒囊飯袋成為一黨，暗地裡收集證據。當然，和這些人混在一處，他的手也不乾淨，不過無所謂，能為娘報仇就好。

後來，他扳倒劉貴妃一派，作為劉貴妃黨羽，他也不可避免受到牽連，家產全部充公，打入天牢。

「蘇絢，朕給你安排一個全新的身分，南方有個小城，風景宜人，等風頭過去了，朕派人送你過去。」四十多歲的皇上已在寶座坐了二十年，周身有一股不怒自威的氣場。

蘇絢穿著白色的囚服，臉色比衣服還要蒼白，他緩緩搖頭。「多謝皇上，不過，蘇絢這名字我用得挺好，還不打算改名。」

身邊的公公用尖銳的嗓音道：「你真是不識好歹，皇上好心……」

皇上抬手制止太監的話，微微一嘆。「你好好考慮一下，若想好了告訴朕，朕來安排。」

蘇絢哂笑，朝中勢力分散，幾位皇子各有擁護者，他能扳倒劉貴妃，他不相信其中沒有皇上的推波助瀾。

「皇上，您啊，就是太心軟了，這蘇大人，可不算無辜啊！」跟了皇上多年的太監偷偷觀察主子的神色，揣摩聖意道。

皇上走出天牢，望著漸漸沈下的夕陽，目光微動，似陷入往事中。

他不是心軟，只是偶爾覺得蘇絢有些像他的故人，雖然長相不像，但身上那股氣質，像極了。

皇上走後沒多久，就聽牢中有人驚慌喊道：「蘇大人服毒自盡了，快去稟告皇上！」

蘇絢雙目半張，嘴角溢出鮮血，臉色慘白。

這短暫的一生如走馬看花般在他腦海中過了一遍，最後停在那年元宵節，戴著兔子面具的姑娘杏眼含笑，接下他送的兔子燈籠。她塞給他一條手帕後，害羞地提著燈籠就跑，手帕上用粉色的絲線繡著一個江字，下面則是一朵粉色桃花。

他知道，這是江家姑娘江桃。

其實他小時候見過江桃。

那年冬天，外公出去談生意，很久沒回來，下人忘了給他送飯，他又冷又餓，偷偷跑出府，吃了她一個包子。

恍惚中，他似乎看到另一個自己，與他擁有截然不同的人生——有父母寵愛，外公疼愛，一路順風順水地長大。

哦，他叫小葡萄……

那是來生嗎？

蘇絢蒼白的唇勾起一抹弧度，骨節分明的手無力地垂下。

但願是來生。

——全書完

2022年7月出版

佳釀小千金

文創風 1085～1086

「本王至今未娶，妳可知為何？」
明明今生她與王爺素昧平生，這是何出此言？
難道……他發現了她的秘密?!

食來運轉，妙筆生花／以微

若要論天下第一美食，皇城第一樓可說是當之無愧，
尤其那遠近馳名的桃花酒，更是只有其東家之女才釀得出來！
只可惜這位佳釀千金卻遭人妒恨，毒害身亡，第一樓也關門大吉……
孰料，曾經廚藝精湛的嬌女，竟重生為孤女尹十歌，
如今不但頂著皮包骨的身子，整日忍饑受凍，與哥哥相依為命，
再瞧瞧這破敗的屋舍與空空的灶房，巧婦也難為無米炊，
就連兄妹倆辛苦得來一點點銀錢，都要招來惡鄰覬覦……
與其把積蓄留在身邊反被巧取強奪，倒不如實行致富的花錢計畫——
如今世道，鹽可是貴重之物，尋常百姓根本食用不起，
偏偏她豪氣購入大批鹽巴，決定來製作最拿手的——醃鹹菜！
這出其不意的一招果然奏效，鄰里間吃過的都難以忘懷，
不但有人為了搶購鹹菜大打出手，還引來豪華酒樓想要高價收購，
名與利突如其來，看來不愁吃穿的小日子指日可待～～

2022年7月出版

分家後財源滾滾

文創風 1083～1084

生意做得好好的，卻突現危機，
說是富紳家千金看她不順眼？
哼！誰怕誰呀？別想擋她的發財路！

自立不黏膩，幸福小情意／圓小辰

於末世生存，身懷異能的唐書瑤已經習慣當個女強人，
原以為要在這和平的古代當小女子很容易，孰不知這才是難點……
她身為一個普通農家女娃，上山打獵可是會把家人給嚇壞的，
這世的家人雖有懶惰的毛病，可十分疼愛原主，她不願辜負這份情。
被迫分家後，她只能耐心引導，讓散漫習慣的爹娘願意努力做營生。
所幸她有的不只是異能，還有上輩子末世前資訊爆炸的一些點子，
吃食營生做得十分順利，從包子攤車到在店裡涮串串香，生意興隆，
連新搬到對街的鄰居貴公子都聞香而至，當天就派人上門作客。
可貴人就是與眾不同，串串香得就著滾燙的高湯涮才好吃，
偏偏他們不坐大堂，也不要包廂，卻是提出了要外帶？
她不禁懷疑這是哪間同行僱的人，特意過來找麻煩的。
如今她這間店人力有限，若開了外帶的先例，那可要亂成一團了！
但來人客客氣氣，她只得在心裡祈求這貴客不是什麼奧客，
然後大著膽子講出難處，再提出解決方案——
「這樣吧，你們跟我從後門將這些鍋啊、串啊搬過去如何？」

2022年7月出版

文創風 1081～1082

廢柴夫君是個寶

原本夫君就是個紈袴，成天耍廢沒啥出息，
她是不期不待沒有傷害，誰知世事難料，
這人當不成世子後，下鄉「不務正業」還挺在行的，
跟莊稼一打交道，本領大到連皇帝都關注……

機智夫妻生活，趣味開心農場／寒山乍暖

什麼——新郎官揭了蓋頭人就跑啦？簡直離譜！
想她顧筠論相貌、才華都是拔尖的，唯獨庶女出身低了點，
沒想到，在外經營多年的好名聲，於新婚之夜毀於一旦。
只能怪自己期望太高，眾所皆知她的夫君就是個紈袴子弟，
空有一副好皮囊、好家世，成天吃喝玩樂、遊手好閒，
做學問連個八歲小孩都不如，還是廢到出名的那種。
這人隔日歸來，也不知哪根筋不對勁，一改浪蕩子的形象，
向她誠心表示會改過向善，且不再踏入酒樓、賭坊半步。
即使浪子回頭金不換，可過往積欠的賭債還是得還啊，
一看不得了，竟欠下七千多兩，這敗家程度也是沒得比了！
雖然她拿出嫁妝先替他償還了，但做夫妻還是得明算帳，
白紙黑字寫下欠條後，從此她既是他的妻子，也是他的債主，
他可沒有耍廢的本錢，自然得努力上進，好好掙錢啊！

文創風
1101

閒閒來養娃 下

國家圖書館出版品預行編目資料

閒閒來養娃 / 君子一夢著. --
初版. -- 臺北市 : 狗屋出版社有限公司, 2022.09
冊 ; 公分. --（文創風 ; 1100-1101）
ISBN 978-986-509-360-0（下冊 : 平裝）. --

857.7　　111012472

著作者　君子一夢
編輯　黃鈺菁
校對　黃薇霓
發行所　狗屋出版社有限公司
地址　台北市104中山區龍江路71巷15號1樓
電話　02-2776-5889～0
發行字號　局版台業字845號
法律顧問　蕭雄淋律師
總經銷　知遠文化事業有限公司
電話　02-2664-8800
初版　2022年9月
國際書碼　ISBN-13　978-986-509-360-0

本著作物由北京晉江原創網絡科技有限公司授權出版

定價280元
狗屋劃撥帳號：19001626
網址：love.doghouse.com.tw　E-mail：love@doghouse.com.tw